KB119545

아스파라거스 꽃다발

아스파라거스 꽃다발

박제이 옮김

다키와 아사코 지음

위즈덤하우스

차
례

새벽의 양상추

군마현 쇼와무라 다카기 농장

칠흑 같은 암흑 속에 크고 작은 흰 조명이 여기저기서 빛나고 있다.

그보다 한층 큰 불빛은 밭 한쪽에 댄 트럭이 비추는 헤드라이트다. 캄캄한 무대에 한 줄기로 떨어지는 스포트라이트처럼 눈부신 빛의 고리가 선명한 초록빛 이랑을 둥글게 에워싸고 있다. 열린 짐칸에서도 빛이 새어 나와 차 주변에 쌓인 종이 상자를 비춘다.

작은 불빛도, 마찬가지로 '헤드 라이트'다. 다만 이것은 트럭이 아니라 사람용이다. 사호를 포함해서 밭에서 일하는 모두가 '문자 그대로' 하나씩 머리에 쓰고 있다.

그 불빛으로 사호는 손목시계를 확인했다. 4시 반이었다. 낮이 길어졌다고는 하지만 해가 뜨려면 조금 더 있어야 한다. 5월에 들어섰지만 해 뜨기 직전의 고원은 아직 쌀쌀하다.

발밑으로 시선을 돌리고 다시 칼을 든다.

양상추가 땅과 닿는 부분에 칼을 대어 심을 슥, 잘라낸 후 겉

잎을 두세 장 벗기고는 열두 개들이 상자에 넣는다. 2단씩, 아랫단에는 심을 아래로, 윗단은 심을 위로 향하게 한 후 틈이 생기지 않게 빽빽하게 넣는다. 한 단에 여섯 개를 넣으려면 꽤 힘을 주어야 하는데, 잎이 상해서도 안 된다. 힘 조절이 어렵다.

한 상자를 완성하고, 사호는 좌우로 뻗은 이랑을 살폈다. 한 사람에 한 줄씩 배당되어 끝에서부터 일제히 시작했는데 오른쪽을 맡은 시게타 씨도, 왼쪽을 맡은 곤도 씨도 몇 미터는 앞섰다. 경험의 차이를 생각하면 당연하지만 저만치 멀어져가는 동료들의 등을 보면 마음이 급해지는 것도 사실이다.

다시 정신을 차리고 새 양상추에 손을 뻗는다. 뿌리 부분을 자른다. 겉잎을 벗긴다. 상자에 넣는다. 한 걸음 앞으로 나아가, 또 다음 양상추에 손을 뻗는다. 자른다. 벗긴다. 담는다. 기계적으로 몸을 움직이는 동안 머릿속은 점점 비워진다.

어느새 이랑의 끝이 코앞으로 다가왔다. 칠흑 같던 하늘이 푸르스름한 빛을 띠기 시작하고, 어딘가에서 새들이 지저귀는 소리가 들려온다.

뻐근한 허리를 문지르며 고개를 들자, 사호의 입에서 "아." 하는 소리가 새어 나왔다. 부드러운 곡선을 그리는 산 능선이 아침 햇살을 받아 눈부신 초록으로 빛나고 있었다.

6시 반, 출하장으로 달려가는 트럭을 배웅하자 아침 양상추 수확은 일단락되었다.

완전히 밝아진 밭을 뒤로하고, 줄줄이 사무실로 향한다.

입구의 수돗가에서 순서대로 손을 씻고 아침 식탁에 둘러앉았다. 긴 탁자 위에 반찬이 담긴 큰 접시가 여러 개 놓여 있다. 모든 메뉴에 신선한 채소가 듬뿍 들어갔다.

유채 들깨 무침, 베이컨 시금치 오믈렛, 집에서 만든 무말랭이 볶음, 낫토 위에는 과하다 싶을 정도로 파가 올라가 있다.

"수고했어요."

흰 앞치마를 두른 전무가 열 명분의 밥그릇에 능숙한 솜씨로 밥을 퍼 담는다.

사호가 이곳에서 일하기 시작한 이후 의표를 찔린 일을 세자면 끝이 없지만, 그녀를 전무라고 부르는 것도 그중 하나였다. 전 직장에서 일할 때의 감각에서 다 벗어나지 못한 탓인지, 묵직한 직함을 들을 때마다 양복을 입은 위엄 있는 남성을 떠올리지 않을 수 없었다.

다카기 농장은 회사 조직으로 운영되고 있다. 농장주인 다카기 씨가 사장, 아내인 에쓰코 씨가 전무를 맡고 있다. 사호는 작년 겨울부터 정직원으로 고용되었다. 선배 사원은 삼십 대부터 오십 대까지, 남녀 합쳐서 총 일곱 명이다. 사장은 그들보다도 나이가 많아서 이제 갓 환갑을 넘겼고, 전무는 그보다는 몇 살 아래라고 한다. 아슬아슬하게 이십 대인 사호가 회사에서 가장 어리다.

"잘 먹겠습니다."

테이블 끝에 앉은 사장이 말하자 다들 두 손을 모아 예를 표했다.

잠시, 거의 대화가 없다. "맛있어."나 "맛있네." 등 혼잣말 같은 목소리가 이따금 들릴 뿐, 모두가 온 힘을 다해 식사에 집중하고 있다. 사호도 선배들을 따라 열심히 젓가락을 놀린다. 일어나자마자 세 시간 가까이 쉬지 않고 육체노동을 했으니 배에서 꼬르륵 소리가 날 만도 하다. 간이 약간 심심해서 재료의 풍미를 돋운다.

"아, 맛있다."

사호 옆에서 벌써 밥그릇을 비운 시게타 씨가 진심을 담아 말했다.

그녀는 직원이 아닌 파트타이머로 일하고 있다. 다음 달 즈음 양상추 수확이 본격화되면 시게타 씨 외에도 몇 명쯤 임시 아르바이트를 쓴다고 한다.

시게타 씨는 다카기 부부와 오래전부터 알고 지내는 사이이기도 하다. 소꿉친구인 전무와 가족끼리 어릴 때부터 친했다고 하는데, 사장을 이름인 '오사무 씨'라고 부르고 전무를 '엣짱'이라는 애칭으로 부른다. 몇 년 전까지는 같은 마을에서 함께 농사를 지었는데, 시게타 농원은 비교적 규모가 작아 거의 부부 둘이 도맡아 일했다고 한다. 그러다 남편의 건강이 악화한 것을 계기로 농사일을 접고 시게타 씨만 이곳에서 일하게 되었다. 통통한 몸집과는 다르게 민첩한 몸놀림으로 이 밭 저 밭을 오가며 활기차게 일한다.

"엣짱 밥 더 줘."

시게타 씨는 빈 밥그릇을 전무에게 건네더니 사호에게 말을 걸어왔다.

"삿짱, 어땠어? 첫 수확은."

"처음 아니잖아요? 나카무라 씨 시금치랑 딸기도 수확했으니까."

전무가 끼어들었다.

"그렇긴 하지만 아무래도 양상추는 특별하니까."

농장의 주력 상품인 양상추는 다른 작물에 비해 특별대우를 받는다. 해뜨기 전부터 수확하는 것도 특징 중 하나다. 선도를 해치지 않도록 저온으로 유지된 트럭에 실어 오전 중에 수도권까지 배송된다.

"그렇구나, 나카무라 씨는 오늘이 처음이었구나."

"시금치에 비하면 양상추가 더 쉽지?"

"익숙해지기 전에는 상자에 넣을 때 조금 애를 먹긴 하지만."

주변 모두가 대화에 참여한다.

"네."

모든 질문에 사호는 한마디로 답했다.

작은 회사여서인지 농업이라는 일의 특성 때문인지 다카기 농장은 직원들끼리 사이가 좋다. 휴식 시간에는 편하게 잡담이 오가고, 모두가 참석하는 술자리도 정기적으로 열린다. 솔직히 동료들끼리 너무 호흡이 잘 맞아서 처음에는 오히려 불안할 정도였다. 사호는 사교적인 성격이 아니라서 친구를 만드는 데 시간이 걸리는 편인데 과연 잘 녹아들 수 있을지 걱정이 컸다. 안 그래도 입사 당시의 사호는 자신감이 사라진 상태였다.

다행히 그런 걱정은 기우로 끝났다. 도시에서 온 경험 없는 신입을, 시게타 씨를 비롯해 모두가 따뜻하게 맞이해주었다.

"삿짱, 이거 먹었어? 그렇게 멍하니 있으면 곤도 씨가 다 먹어버린다고."

시게타 씨가 큰 접시를 끌어당기더니 사호의 앞접시에 오믈렛을 한 조각 덜어주었다.

"아, 고맙습니다."

사호는 어쩔 수 없이 다시 젓가락을 쥔다. 허겁지겁 먹은 탓인지 이미 꽤 배가 불렀지만 거절할 틈도 없다.

"제대로 안 먹으면 쓰러져. 안 그래도 말랐는데."

이런 식으로 시게타 씨가 자꾸만 먹여서인지 사호는 반년도 안 돼서 살이 7킬로그램이나 늘었다. 지금 체중은 학창시절과 거의 같다. 사회인이 되어서 빠졌던 살이 그대로 다시 돌아온 셈이다.

"시게타 씨는 진짜 나카무라 씨 엄마 같다니까."

오믈렛 접시를 다시 뺏어가면서 곤도 씨가 고개를 흔들었다. 시게타 씨가 자랑스러운 말투로 답한다.

"맞아. 내가 군마에서는 삿짱 엄마지 뭐."

완전히 과장된 말도 아니다. 시게타 씨는 늘 사호를 살뜰히 챙겼다. 업무 시간 외에도 집으로 불러서 저녁을 먹이거나 휴일에 누마타의 시내까지 차로 데려다주기도 한다. 비슷한 나이의 외동딸이 있어서 왠지 가만히 둘 수가 없다고 하는데, 그 귀한 딸은 반년 전까지의 사호와 마찬가지로 도쿄에서 회사를 다니고 있다.

"처음 만났을 때는 이 애를 어쩌나 싶더라고. 비쩍 말랐지, 얼굴은 창백하지. 이 애 정말 괜찮을까? 했다니까."

사호의 첫인상이 어지간히 충격적이었는지, 시게타 씨는 같은 말을 자꾸만 반복한다.

"근데 결과적으로 괜찮았지. 괜찮기만 해? 이렇게 야무진 일꾼이 되었잖아. 역시 오사무 씨는 사람 보는 눈이 있어."

이것도 단골 멘트다. 말수가 적은 사장이 맞장구치지 않고 흘려 넘기는 것도, 사호가 멍하니 고개를 숙인 채 잠자코 있는 것도 매번 똑같다.

"부지런하지, 세심하고 눈치 빠르지. 우리 딸이랑은 딴판이야. 걔는 연락 한번 안 하고 정말 정머리 없다니까."

사호는 점점 더 곤란해져서 오믈렛을 젓가락으로 쿡쿡 찔렀다. 사호도 부모님께 제대로 연락을 안 하기 때문이다.

"어때, 맛있어? 본인이 키운 채소는 다르지?"

어머, 하고 시게타 씨가 갑자기 얼빠진 목소리를 냈다.

"내 정신 좀 봐. 씻기만 하고 가져오는 걸 잊어버렸네."

전무가 주방으로 달려가더니 금세 세숫대야만 한 샐러드 볼을 안고 돌아온다.

"오래 기다리셨습니다."

수북이 쌓인 양상추에 일제히 손을 뻗었다.

"삿짱도 눈치 보지 말고 먹어봐. 얼마나 맛있는지 몰라."

시게타 씨의 재촉에 사호도 한 장 입에 넣었다. 지금까지 먹어본 그 어떤 양상추보다 잎이 두껍고 크다. 끝을 깨물어보니 아삭아삭한 식감과 함께 입안 가득 촉촉한 단맛이 퍼졌다.

"맛있다······."

다른 사람들도 만족스러운 표정으로 우물우물 입을 움직이고 있다. 역시 우리 것이 제일 맛있어, 처음 수확한 건 각별하죠, 같은 말을 나누는 동안 커다란 볼은 순식간에 텅 비었다.

식후 휴식 겸 오전 업무가 시작된다. 각자 조례할 때 확인한 역할 분담에 따라 흩어진다.

다카기 농장의 조례는 일반 기업과는 약간 다르다. 업무상 공지사항을 공유하고 둥글게 서서 라디오 체조를 한 후 한 줄로 늘어서서 서로 어깨를 주물러준다. 힘쓰는 일을 대비해 근육을 풀어주기 위한 목적 외에도 고생한 몸을 서로 위로해주는 의미도 담겨 있다고 한다. 처음에는 당황스러웠지만 사호도 다른 사람을 따라서 앞에 선 동료의 어깨를 주물러주었다. 딱딱하게 굳어 있건, 의외로 말랐건, 저마다의 고생이 손바닥을 통해 전해지는 듯해서 확실히 위로하는 마음이 샘솟았다.

한편, 하루의 끝을 맺는 종례 때는 각자가 한마디씩 '오늘 기뻤던 일'을 발표하는 시간이 있다. 사소한 일이라도 상관없다. 누가 작업을 도와주었다든가, 점심 반찬이 좋아하는 것만 나왔다든가, 하늘이 무척 예뻤다 같은 것이라도 괜찮다. 사호는 '매일 그렇게 기쁜 일이 일어나나?' 반신반의했지만, 그러고 보면 아무 일도 안 일어난 날이 더 드물다. 일상생활에 숨겨진 사소한 기쁨을 놓치지 않도록, 의식하게 되기도 했다.

바라보는 시선에는 개인차가 있다. 시게타 씨는 곧잘 젊은이들이 일하는 모습을 언급하면서 '큰 도움이 되었다, 이런 부분이 고마웠다'며 감사의 인사를 전한다. 대식가인 곤도 씨는 너는 매번 먹을 것 이야기뿐이구나, 하며 놀림당하기 일쑤다. 짧은 시간이기는 하지만 각자 하는 말들을 통해 서로의 마음속을 엿볼 수 있기에 이 또한 직장 내에서 인간관계를 원활히 유지하는 효과가 있는지도 모른다.

사호는 한 손에 낫을 들고 시금치밭으로 향했다.

바람은 선득하니 차가웠지만 날이 맑아서인지 아침보다는 훨씬 따뜻하다. 정방형으로 나뉜 농지에 농담을 이룬 녹색과 갈색 토지가 어우러진 소박한 패치워크가 펼쳐져 있다.

고즈넉한 풍경을 바라보고 있노라니 하품이 나왔다. 오늘 아침에는 알람이 울리기 전에 일어나버렸다. 조례 시간에 맞춰 3시에 설정해두었는데 2시 반에 눈이 딱 떠졌다.

일찍 일어나야 하는 아침은 꼭 그랬다. 전날 밤에 제대로 잠도 못 드는데 멋대로 눈이 떠져버린다. 초등학교 소풍날도, 중학교 축제날도, 대학 입시날도 그랬다. 참 편리하네, 하고 아버지는 감탄했고, 사호는 간이 작은 거야, 라고 엄마는 쓴웃음을 지었다. 늦잠 자는 것보다야 낫지만 수면 부족으로 머리가 잘 돌아가지 않는 건 곤란하다. 특히 대학시절 구직 활동 중에는 무척 힘들었다. 설명회나 시험, 면접이 매일같이 있었으니까.

"삿짱 졸려 보여."

옆을 걷고 있던 시게타 씨가 킥, 하고 웃었다. 사호의 하품을 목격한 모양이다.

"시즌이 시작될 무렵엔 힘들지. 그래도 조금 있으면 몸이 적응할 거야."

사실 사호에게 있어서 3시 기상은 못 견딜 정도로 힘든 일은 아니었다. 3시 반부터 일을 시작해야 하는 것도. 도쿄에 있을 때도 그 시간대에 회사에 남아 일한 적이 종종 있다. 아침 일찍이라기보다는 밤이 이어진 느낌이었지만. 야근하는 날도 드물지 않았다. 이따금 날짜가 바뀌기 전에 퇴근한 밤, 호기롭게 침대에 들어가도 묘하게 말똥말똥해서 잠이 들지 않았다.

이직한 후로 사호의 생활은 180도 달라졌다.

어젯밤에는 저녁 8시에 잠자리에 들었다. 심지어 낮에 열심히 몸을 움직이기 때문인지 베개에 머리를 대기만 해도 곯아떨어진다.

"맞다, 삿짱, 내일부터 당분간 모닝콜 해줄까?"

아니에요, 라고 거절하려는데 날카로운 전자음이 울리기 시작했다.

서둘러 작업복 주머니를 뒤진다. 휴대전화로 알람을 맞출 때 스피커의 음량을 높인 후에 원래대로 되돌리는 걸 깜박한 모양이다.

"전화? 혹시, 남자?"

시게타 씨가 히죽히죽 웃으며 말했다.

"아니에요."

"정말? 수상한데?"

휴대전화 화면을 곁눈질로 본다.

"어머나, 어머님이네?"

겨우 벨 소리를 끄고 사호는 끄덕였다. 연이어 진동이 울리는 휴대전화를 주머니에 넣으려는데 시게타 씨가 팔을 붙잡는다.

"받아봐."

"아녜요. 일하는 중이잖아요."

"일단은 쉬는 시간이잖아. 받으라니까."

여느 때처럼 한발도 물러설 기색이 없다. 사호는 쭈뼛쭈뼛 통화 버튼을 눌렀다.

"여보세요?"

시게타 씨는 사호를 배려하는 듯 육묘나 딸기 재배에 사용하는 비닐하우스 쪽으로 걸어간다.

"아, 사호? 연휴에 말이야. 어떻게 할 건가 싶어서."

기분 좋게 말을 시작한 엄마를 사호는 조심스럽게 막았다.

"미안, 이제부터 일해야 해서요."

"어머, 그렇지? 미안, 미안."

엄마는 재빨리 말했다.

"일, 열심히 해."

딸의 대답을 기다리지 않고 전화는 뚝 끊겼다. 사호는 한숨을 푹 내쉬고는 납작한 기계를 주머니에 넣었다.

시금치밭은 하우스 뒤쪽으로 펼쳐져 있다. 담당하는 구획에 도착한 후 사호는 땅 위에 쭈그려 앉아서 낫을 들었다. 줄줄이 이어지는 진초록색 이랑 너머로 농장을 내려다보듯 아카기산 능선이 이어져 있다.

쇼와무라의 아카기 지구는 제2차 세계대전이 끝나고 재건하던 시절에 개척되었다. 현 사장의 조부가 개척을 시작했을 때는 물조차 충분치 않은 황폐한 벌판이었다고 한다. 고생 끝에 개척된 농지가 다음 세대로 이어지면서 군마현에서도 손에 꼽히는 풍요로운 농경지로 거듭났다. 일교차가 크고 한랭한 고지대의 기후를 살려 주로 고원 채소를 재배하고 있다.

특히 시금치는 잎채소 중에서도 단연 추위에 강하다. 서리를 뒤집어쓴 채 반쯤 얼어버린 듯 보여도, 낮의 햇살을 받으면 다시 살아난다. 입사 초기, 그 모습을 처음 두 눈으로 본 사호는 추위도 잊고 숨을 꿀꺽 삼켰다. 녹은 서리가 이슬처럼 맺혀서 반짝반짝 빛나는 드넓은 밭은 넋이 나갈 정도로 아름다웠다.

아침식사 자리에서 화제에 오른 대로 시금치 수확은 꽤 까다롭다.

우선 줄기와 잎의 경계 부분을 한 손으로 쥔 후에 낫을 땅에 찔러 넣고서 날로 뿌리를 걸듯이 베어낸다. 선도를 유지하기 위해 뿌리는 5밀리미터에서 1센티미터 정도 남겨야 한다. 마지막으로 가볍게 흔들어서 뿌리 부근에 비죽비죽 나 있는 약한 이파리들을 제거한 후에 방향을 맞춰서 바구니에 담는다.

이 작업이 손에 익기까지 무척 애를 먹었다. 시범을 보여주는 시게타 씨의 물 흐르는 듯한 손놀림을 바라보는 동안에는 그렇게 어려워 보이지 않았는데, 막상 직접 하면 좀처럼 잘 되지 않았다. 뿌리를 잘못 잘라서 줄기가 가닥가닥 흩어지거나 손이 미끄러져 땅에 떨어뜨리는 바람에 이파리가 흙투성이가 되기도 했다.

그때마다 울고 싶은 기분이었다. 겨우 바구니가 하나 가득 차도, 고개를 들면 드넓은 밭이 끝없이 이어졌다. 이걸 전부 일일이 손으로 벤다고 생각하니 아득해졌다. 마트 매대에 진열된 깔끔하게 포장된 채소는 그 상태 그대로 밭에서 자라는 게 아니라는 당연한 사실을 새삼 깨달았다. 누군가가 수확해서, 봉투에 넣고, 상자에 넣어서 출하하고, 나아가 수많은 사람들의 손을 거쳐 소비자에게 가 닿는다.

반년 전까지는 딱히 의식한 적 없었던, 그 긴 여정의 한 자락을 지금 사호가 도맡아 하고 있는 것이다.

'일, 열심히 해.'

아까 엄마는 그렇게 말하면서 일을 열심히 하는 딸의 모습을 떠올렸는지도 모른다. 사무실 책상에서 컴퓨터를 다루는 모습일까? 아니면 회의에서 자료를 설명하는 모습일까? 어느 쪽이든 작업복을 입고 밭 한가운데 쭈그리고 앉아 있는 모습은 절대 아닐 터였다.

사호조차 상상해본 적이 없으니까.

다카기 농장은 고용지원센터에서 소개받은 곳이다.

사호가 구직 상담 창구에 나간 것은 그날이 처음이 아니었다. 7년간 다닌 시스템 회사를 그만둔 직후부터 몇 개의 일자리를 소개받았다. 그중 몇 곳은 서류전형을 통과하고 면접까지 갔지만 최종 합격은 하지 못했다.

그날, 칸막이로 나뉜 창구에서 사호를 맞이한 직원은 사람 좋아 보이는 인상에 약간 살집이 있는 중년 남성이었다. 한시라도 빨리 취직하고 싶다고 호소하는 사호에게, 곤란하다는 듯 고개를 갸웃거려 보였다.

"그렇게 서두를 필요는 없지 않아요?"

구직을 돕는 관공서 직원에겐 어울리지 않는 발언에 사호는 발끈했다.

"일을 해야 먹고살죠."

"하지만, 많이 지쳐 보여서요."

손끝에 놓인 사호의 이력서를, 직원은 내려다보았다.

"지금껏 꽤 열심히 일해오셨죠? 너무 초조해하지 말고 일단 푹 쉬세요. 그러다 몸 상하면 무슨 소용이 있겠어요."

다정한 말투에, 사호는 그만 말문이 막혔다.

누군가가 이토록 따뜻하게 마음 써주는 게 얼마 만이던가. 애 쓰고 있다고 인정받은 건, 사회인이 된 후 처음 있는 일이라 해도 과언이 아니었다.

눈시울이 붉어지자, 부끄럽기도 하고 한심하기도 해서 고개를 들지 못하는 사호에게 그는 조심스레 티슈를 내밀었다.

"그렇게 빨리 일하고 싶으세요?"

사호는 고개를 끄덕였다.

"그렇군요. 그러면 최소한 건강한 직장을 골라야 할 것 같아요."

사호는 다시 고개를 끄덕였다.

"시스템 엔지니어로 일하셨지요. 최근에는 SE 쪽 인재가 특히 부족해서 아무래도 일이 바빠질 수밖에 없더라고요. 알고 계시 겠지만."

안다. 지금껏 수년간 온몸으로 실감해왔다.

"나카무라 씨처럼 7년이나 실무 경험을 쌓아온 분은 기업에서도 매우 매력적일 거라 생각해요. 그만큼 높은 연봉도 기대할 수 있지요. 하지만 말이죠. 그렇다고는 해도 역시 아픈······ 아니, 이제 막 회복한 분에게는 역시 추천하기 힘들다고나 할까······."

직원은 말끝을 흐리더니 손수건으로 이마를 닦았다.

그가 말하고 싶은 바를 사호도 이해했다. 기업 입장에서는 곧바로 투입 가능한 경험자를 채용하고 싶을 텐데, 한번 그런 격무에 시달리다 두 손 두 발 다 들고 도망친 사람을 다시 뽑는 건 꺼려질 것이었다. 서류전형은 통과해도 1차 면접에서 떨어진 것은 사호를 본 면접관이 이 사람은 힘들겠다고 판단한 결과이리라.

"SE가 아니어도 괜찮아요. 제가 할 수 있는 일이라면 뭐든 할게요."

경력 없는 직종은 불리할 것 같아 멀리했지만 도전해볼 수밖에 없다.

"그렇군요. 그렇다면 선택지도 다양해지죠. 경력을 보지 않는 회사로 한정되긴 하지만요."

앗, 하고 그가 갑자기 목소리를 높이는 바람에 사호는 깜짝 놀랐다.

"한 곳, 나카무라 씨에게 맞을 것 같은 회사가 있어요."

"정말요?"

사호의 목소리도 함께 높아졌다.

"SE는커녕, 컴퓨터와도 그다지 연이 없어 보이는 일이지만요."

"전혀 상관없어요."

컴퓨터를 안 다뤄도 된다면 오히려 고맙다.

"다행이네요. 지금, 자료를 드릴게요."

직원은 부랴부랴 구인 공고문을 인쇄하더니 사호 앞으로 내밀었다.

"농장?"

사호가 엉겁결에 중얼거렸다.

"이른바 농업법인이죠. 정말 좋은 회사예요. 저, 이곳 사장님인 다카기 씨를 한 번 만났는데요. 정말로 도량이 넓은 분이에요. 뭐랄까, 인재를 소중히 여기고 또 잘 키우려는 자세가 훌륭한 분이죠. 중간 다리를 놓는 저희로서도 여러분이 생기 넘치게 일하는 모습을 보고 싶거든요."

본인의 말에 본인이 고개를 끄덕인다. 불과 몇 분 전까지만 해도 웅얼거리듯 말하더니, 마치 딴 사람이라도 된 것처럼 말이 술술 나온다.

"수입이 불안정할까봐 걱정하는 분도 계신데, 일반 회사원과 마찬가지로 월급이 보장됩니다. 솔직히 일반 기업과 비교하면 인재를 더욱 신중히 골라야 하지만요. 대도시 생활을 고집하는 분께는 맞지 않고, 본인은 좋아도 가족이 반대하는 경우도 있어요. 좋은 회사인데 그럴 땐 아까워요."

카운터에 양손을 짚고 있던 그는 멍하니 듣고 있는 사호 쪽으로 몸을 내밀었다.

"하지만 나카무라 씨는 이 회사와 잘 맞을 것 같아요."

"네?"

"저의 직감입니다. 수십 년 이 일을 했는데요, 점점 보이더라고요. 맞는 사람인지 아닌지."

뿌듯하다는 표정으로 가슴을 펴고는 다시금 사호의 이력서를 훑어본다.

"조건 면에서도 걸리는 점은 없어 보이네요. 미혼이고 동거 중인 가족도 없으시고요. 근무지는 도쿄가 아니어도 괜찮다고 하셨고."

"저, 근데 농사를 지어본 적이 없는데요."

"괜찮아요. 여기, 미경험자 환영이라고 쓰여 있잖아요."

직원이 구인공고를 검지로 톡톡 두드리더니 사호 쪽으로 내밀었다.

"이렇게 건강한 직장, 솔직히 없어요. 일찍 자고 일찍 일어나는 규칙적인 생활이 가능하고, 채소도 마음껏 먹을 수 있고요."

사호는 잠시 생각한 후 지원해보기로 했다.

이렇게까지 열심히 추천하는데 딱 잘라 거절하기도 어렵고, 그의 직감을 완전히 부정하는 것도 실례인 것 같다. 게다가 어차피 채용될 것 같지도 않았다. 농업이니 힘쓰는 일도 있으리라. 뭐든 할 거라고 했으니 정말로 뭐든 할 생각이지만 '갓 회복한' 사람은 분명 반갑지 않을 터였다.

하지만 사호의 예상과는 달리 서류를 보내고 며칠 후에 만나보고 싶다는 연락이 왔다. 마침 사장의 도쿄 출장이 예정되어 있다고 하여 도심의 호텔 라운지에서 면접을 보게 되었다.

약속 시간 5분 전에 도착한 사호는 다카기 사장을 쉽게 알아볼 수 있었다. 햇볕에 그을려 근엄하고 깊게 팬 주름, 탄탄한 몸에 양복을 입은 건장한 남자는 손님이 드문드문 앉아 있는 가게에서 확연히 눈에 띄었다. 그 박력에 위축되어 조심스럽게 다가가자 그는 벌떡 일어나 허리를 숙여 인사했다.

사장은 이력서에 기입된 사호의 경력을 확인하고 농장의 근무조건을 간략히 설명해주었다. 그리고 이야기하는 내내 사호의 얼굴을 가만히 쳐다보았다. 질문과 답변의 내용보다는 마음속 깊은 곳까지 꿰뚫는 듯한 그의 날카로운 눈빛이 사호는 더 신경 쓰였다.

이야기가 대략 마무리되었을 즈음 사장은 천천히 말했다.

"괜찮다면, 구경하러 쇼와무라에 오지 않을래요?"

그 말의 뜻이 사호의 머릿속에 들어오기까지 얼마간 시간이 필요했다. 여전히 사호에게서 시선을 떼지 않은 채로 그는 말을 이어갔다.

"그다음은 나카무라 씨한테 달렸어요. 우리 회사에서 일하고 싶은지 어떤지 본인 눈으로 직접 판단했으면 좋겠어요."

그렇게 반년 전에, 사호는 처음 쇼와무라로 왔다. 그날, 이곳에서 본 풍경은 방금 전 눈앞에 펼쳐진 그것과는 전혀 다른 모습이었다. 초여름의 상큼한 녹색으로 뒤덮인 밭도, 화창한 햇살이 내려앉는 산도, 전부 새하얀 색이었다.

"모처럼 와주셨는데, 하필. 이러면 어떤 이미지인지 감을 못 잡으시겠네요."

부지 내를 안내해준 전무는 미안하다는 듯 말했다.

"11월에 이렇게까지 눈이 내리는 건 흔한 일은 아닌데, 그래도 그쳐서 다행이에요."

설원으로 변한 밭을 비롯해 비닐하우스와 봉투 포장 작업장까지 둘러본 후 사무실에 가서 사장과 일대일로 이야기했다. 군데군데 흙이 묻은 점프수트형 작업복은 일전의 양복보다 훨씬 잘 어울렸다. 사장은 회사 경영 방침이나 사업 계획에 관해 면접 때보다 자세히 설명했다.

"저는 우리 회사뿐 아니라 업계 전체를 발전시키고 싶어요."

사장은 마지막으로 자신의 포부를 밝혔다.

"아쉽게도 이 시대에 농업이라는 일은 인기가 없어요. 날씨에 좌우되어 불안정하고 육체적으로도 힘들죠. 하지만 적어도 나나 우리 직원들은 날마다 보람을 느끼며 일하고 있어요."

차분한 말투에서 오히려 강한 의지가 엿보였다.

"힘든 상황이기에 미래 이 업계를 짊어질 인재를 최선을 다해 키우고 싶어요. 농업의 재산은 땅과 사람이니까. 그 둘을 소중히 지켜나가면 백 년 후에도 천 년 후에도 자연에서 풍요로운 결실을 얻을 수 있지 않을까요?"

왠지 거대한 이야기라, 사호는 배려의 맞장구조차 치지 못한 채 귀를 기울였다.

돌아가는 길은 전무가 차로 역까지 데려다준다고 했다. 사장과 둘이서 사무실 바깥으로 나오자 가랑눈이 흩날리고 있었다.

"봄이 오면 이곳은 온통 초록색으로 변해서 절경을 이루거든요. 그건 꼭 보여주고 싶네요."

사장의 말에 사호는 깊이 생각할 것도 없이 답했다.

"보고 싶어요."

사장이 팔짱을 낀 채 사호를 바라보았다. 뭔가 하고 싶은 말이 있는 듯 입 주변이 일그러져 있었다.

"보여주셨으면, 해요."

떨리는 마음으로 고쳐 말한 사호에게 그는 오른손을 내밀었다. 팔랑팔랑 날리는 눈발 속에서 두 사람은 악수를 했다.

그때 사장이 한 말에, 지금 사호는 진심으로 동의하고 있다.

낮을 움직이던 손을 쉬고 주변을 빙 둘러본다. 정말로 절경이라고밖에 표현할 수 없다. 푸릇푸릇한 작물로 뒤덮인 밭, 산맥을 물들인 신록, 구름 한 점 없는 푸른 하늘. 마음이 씻긴다 하면 조금 과장이지만 무념무상이 된다고 할까. 어깨에서 힘이 스윽 빠지는 것 같다.

후우, 하고 숨을 내쉬는데 등 뒤에서 목소리가 들렸다.

"나카무라 씨."

사호가 깜짝 놀라 뒤를 돌아보니 사장이 이랑 사이를 걸어오고 있다. 멍하니 다른 생각에 잠겨 있는 것이 마음에 들지 않았던 걸까.

사장의 관찰력은 보통이 아니다. 직원들에 대한 배려뿐 아니라 날씨 변화며 작물의 이상이며 사소한 변화까지 알아채고 재빨리 손을 쓴다. 날이면 날마다 주의 깊게 세상을 둘러보는 덕분에 더욱 신경이 갈고 닦이는지도 모른다.

"오늘 오후에 잠깐 시간 있어요?"

예상치 못한 말에 사호는 잠시 말문이 막혔다. 사장이 느릿느릿 덧붙여 말했다.

"컴퓨터가 말이야, 또 말을 안 듣네."

한 손으로 볼을 문지르는 것은 곤란함을 느낀다는 표시다. 과묵하고 무표정한 사장이지만 사호도 조금씩 감정을 읽게 되었다. 오사무 씨는 표정은 그래도 의외로 섬세한 사람이라고, 시게타 씨가 말한 적도 있다.

사장은 작업부터 경영 계획 세우기까지 무엇이든 척척 해내는데 컴퓨터만큼은 서툴렀다. 다른 직원들도 크게 다르지 않아서 사호는 꽤 귀중한 존재다. 동료들이 '나카무라 정보 시스템 부장'이라고 반 장난으로 부르기도 한다.

"다음 주 회의용 자료를 만들려는데 갑자기 멈춰버렸어요."

볼을 계속 문지르면서 이어 말한다.

분기별로 열리는 경영 회의에는 직원 모두가 참석한다. 회사의 일원으로서 사업 계획과 예산을 이해하고 의식하며 일해주기를 바라기 때문이다. 사장은 농업을 생업으로 삼은 이상 기술뿐 아니라 경영에 관해서도 배워야 한다고 생각한다.

"알겠어요. 제가 봐볼게요."

"고마워요. 살았네."

그렇게 말해주면 사호도 기쁘다.

면접 때 한없이 초췌해져 있던 사호가 사장은 안쓰러웠던 모양이다. 고용지원센터의 직원도 절찬했던 대로 품이 넓은 사람이다. 시게타 씨의 말을 빌리자면, 어떻게 해야 하나 싶은 사람을 나 몰라라 하지 않고 손을 내밀어주었다. 정작 중요한 농사일은 아직 제대로 하지 못하니, 어딘가에서 조금이라도 보답을 하지 않으면 죄송스럽다.

"방해해서 미안해요. 그럼 하던 일 열심히 해요."

열심히. 아무렇지 않은 사장의 한마디가 완전히 다른 목소리로 변해서 사호의 귓전을 메아리쳤다.

일, 열심히 해. 엄마는 사호와의 전화를 끊을 때 꼭 그렇게 말한다.

"고맙습니다."

답하는 목소리가 기어들어 갔다. 사장은 의아하다는 듯 사호의 얼굴을 한 번 보더니, 아무 말 없이 발걸음을 돌려 사무실로 돌아갔다.

점심시간은 정오부터 시작된다. 아침때와 마찬가지로 모두 함께 식사를 한 후 오후 업무가 시작되는 2시까지 각자 자유롭게 보낸다.

점심 주 메뉴는 돼지고기 샤브샤브 양상추 쌈. 이 계절이면 꼭 나오는 요리라고 한다. 각자 앞접시에 양상추를 한 장씩 펼친 후 고기를 올려서 쌈을 싼 다음 본인 취향의 소스를 찍어 먹는 요리다. 시게타 씨가 사호 앞에서 시범을 보였다.

"고기는 적게 올려야 해. 주인공은 양상추니까."

폰즈 파와 들깨소스 파가 앞다투어 추천을 했기에 사호는 양쪽 다 맛보았다. 깔끔한 폰즈도 진한 들깨소스도 일품이었다.

"이거 먹으면 여름이 온다는 실감이 들어."

"올해 양상추, 꽤 잘되지 않았어요?"

"초봄 기온이 딱 좋았지. 비가 많이 오지도 않고 가물지도 않았고."

식탁에서 나누는 이야기 또한 양상추가 주인공이다.

"그래도 이렇게 잘 커줬네요."

하우스 안에서 일제히 싹을 틔웠던 작은 모종의 모습을 사호도 기억하고 있다. 겉모습은 겨울의 눈 풍경인데 한발 앞서 봄이 찾아온 것 같았다. 그 어린 새싹이 점점 잎을 늘리고 결구(結球, 배추 따위의 채소 잎이 여러 겹으로 겹쳐서 둥글게 속이 드는 일—옮긴이)되어 결국은 아이 머리만 한 크기로 자라는데, 그 성장 과정을 지켜보면 왠지 벅차오른다.

하지만 사호는 음식에 그다지 손이 가지 않았다.

"왜 그래, 삿짱? 기운 없어?"

시게타 씨도 사장과는 조금 다른 느낌으로 감이 좋다.

"좀 더 먹어. 배가 부르면 기운도 나는 법이니까."

끈질기게 권하는 시게타 씨에게 사호는 애매한 미소를 지어 보였다. 기운이 없는 건 배가 고파서가 아니다. 엄마와 연락을 주고받은 후에는 늘 이렇다.

시게타 씨에게도 고민이라는 게 있을까. 거의 없어 보인다. 있더라도 특유의 긍정적인 기세로 극복하겠지. 이렇게 비뚤어진 생각을 하다니, 사호는 이런 자신이 한심했다. 이건 마치 내 고민 따위 알 리 없다고 엄마에게 반항하는 사춘기 딸 같다.

"이렇게 일찍 일어나면 힘이 없는 것도 당연하죠."

곤도 씨가 끼어들어줘서 살았다.

"곤도는 아침에 너무 약해."

"아, 올해야말로 지각 안 하는 게 목표예요. 아니 근데 벌써 이 일한 지 10년이 됐는데, 이제 슬슬 몸이 적응할 때도 되지 않았어요? 왜 이렇게 졸린 건지. 지금도 방심하면 바로 잠들 것 같아요."

"근데 또 그런 것치고는 참 잘 먹어."

"하긴 그래."

테이블 여기저기에서 농담조의 말이 날아든다.

"아니, 식욕이랑 수면욕은 따로잖아요."

곤도 씨는 무척이나 진지하게 항변한다. 개개풀린 눈이 너무도 졸려 보인다.

"뭐, 먹으면 먹는 대로 더 졸리긴 하죠. 저, 가볍게 낮잠 좀 자고 올게요. 잘 먹었습니다."

곤도 씨가 빈 그릇을 겹쳐 들고는 서둘러 일어서자 사호도 따라서 몸을 일으켰다. 이대로 앉아서 같이 잡담을 주고받을 기운이 없다.

"저도, 잘 먹었습니다."

곤도 씨를 따라 주방으로 향하려는데 삿짱, 하고 시게타 씨가 부른다.

"아까 엣짱이랑도 얘기했는데, 양상추 보내는 게 어때?"

"어딜요?"

"고향에. 기념할 만한 첫 수확이잖아."

사호는 무슨 소리인지 몰라 잠시 멍했다. 하지만 의미를 파악한 순간, 순식간에 볼이 새빨개졌다.

"괜찮아요, 괜찮아."

"뭐 어때, 괜찮아. 뺄 거 없어. 정 그러면 회사에서 보내는 선물이라고 해도 되지 않을까 하더라고, 엣짱도. 삿짱이 항상 열심히 일한다고."

"괜찮아요. 정말로 신경 안 쓰셔도 돼요."

사호가 아무리 거절해도 시게타 씨는 싱글벙글 웃으며 더욱 다그친다.

"냉장으로 보내면 돼. 부모님이 분명 기뻐하실 거야. 자랑스러운 딸이 수확한 채소니까."

"말도 안 돼요!"

비명 같은 목소리가 사호의 입에서 터져 나왔다.

"저는 그렇게 자랑스러운 딸이 아니에요."

시게타 씨가 눈을 동그랗게 뜨고 입을 다물었다.

"저…… 여기에서 일하는 거 부모님께 아직 말 안 했어요. 아버지도 어머니도 도쿄에서 일하는 걸로 알고 계세요."

"숨기고 있다는 거야? 왜?"

시게타 씨의 시선에서 도망치고 싶어서 사호는 고개를 푹 숙였다.

"……도저히 입이 안 떨어져서요."

시선 끝에서, 시게타 씨가 고개를 떨구는 것이 보였다. 활기찼던 식탁이 쥐 죽은 듯 조용해졌다.

대학 4학년 여름, 사호가 취직한 회사를 알리자 어머니는 몹시도 기뻐했다.

"그렇게 유명한 회사라니. 대단하다, 얘."

엄밀히 말하면 유명한 것은 사호가 채용된 회사가 아니라 그 모회사인 대형 전자제품 제조업체다. 자회사이기에 회사 이름에 같은 고유명사가 들어갈 뿐이다. 실제로는 하청의 하청을 맡고 있기에 자회사가 아니라 '손주회사'라고 불러야 할지도 모른다.

들떠 있는 어머니를 실망시킬 수 없어서 사실대로 말하지 못

한 사이에 '나카무라 씨네 딸 사호가 도쿄의 일류 기업에 다닌
다'는 소문이 온 마을에 퍼졌다. 어머니가 동네방네 자랑하고 다
닌 것이다.

"역시 사호는 수재라니까."

사호는 눈에 띄는 장점은 없는 평범한 아이였지만, 학교 성적
만큼은 나쁘지 않았다. 이제 와 생각해보면 머리가 좋았다기보
다는 열심히 공부했기 때문이리라. 꾸준히 노력하는 건 싫지 않
았고, 밖에서 아이들과 어울려 노는 것보다 혼자서 책상 앞에 앉
아 있는 것이 마음 편했다. 시험에서 좋은 점수를 받으면 어머니
가 지나치다 싶을 정도로 칭찬해줬기에 그것도 자극이 되었다.

어머니는 어린 시절 수재였다고 한다. 대학에 가고 싶었지만
집이 가난해서 단념해야 했다고. 그 당시 적어도 산요(山陽) 지
역의 작은 어촌에서는 딸을 대학까지 보낼 필요는 없다고 생각
하는 집도 적지 않았다.

어머니는 딸에게 자신이 느낀 절망을 물려주고 싶지 않았을
것이다. 혹은 딸이 자신의 한을 풀어주기를 바랐던 것일지도 모
른다.

"졸업하면, 이곳을 떠나."

사호가 고등학교에 들어가자마자 어머니는 그렇게 말했다.
좋은 대학에서 공부하고, 좋은 회사에 취직해서, 그 어딘가에서
좋은 남자를 만나 결혼하는 것. 그것이 어머니가 그린 딸의 인생
설계도였다.

아버지는 참견하지 않았다. 사호의 집은 아이의 진로뿐 아니라 무엇이든 어머니가 정했다. 성격이 유한 아버지와 그 성격을 물려받은 사호는 대체로 잠자코 따랐다. 말도 안 되는 일을 강요하는 것도 아니고, 어머니의 의견은 늘 옳기에 반론의 필요도 여지도 없었던 것이다.

"이런 시골에 있어봤자 앞날이야 뻔하지. 어부한테 시집가거나 농부한테 시집가거나."

어머니가 무신경하게 이런 말을 내뱉어도 아버지는 옆에서 그저 웃고 있었다. 오히려 사호가 마음이 불편했다. 아버지는 어부이다.

"어부나 농부도 물론 훌륭한 일이지."

어머니 역시 너무 심하게 말했나 싶었는지 서둘러 덧붙였다.

"다만 말이야, 뭐든 하늘에 좌우되는 건 좀 그렇지. 회사에 다니는 게 안정적이고 불안하지 않잖니."

실제로 어업이나 농업 일 자체에 어머니는 경의를 품고 있었다. 사호가 밥그릇에 밥알을 남기면 농부님들에게 면목이 없다며 혼쭐이 나기도 했다. 문제는 '뭐든 하늘에 좌우된다'는 점이다. 아무리 애써도 날씨 하나로 물거품이 될 수 있다. 무슨 일이든 자기 뜻대로 해야 직성이 풀리는 엄마에게, 절대 거스를 수 없는 압도적인 힘으로 모든 것을 뒤집어엎는 존재란 도저히 참을 수 없는 일이리라.

사호는 엄마만큼의 고집은 없었다. 대도시를 향한 막연한 동경은 있었지만 무슨 일이 있어도 고향을 떠나야겠다고 생각하지는 않았다. 고향에서의 삶은 불안정하기는 해도 불행하지는 않았다. 검소했지만 생활은 굴러가고 있었고, 이러니저러니 해도 금실 좋은 부부라는 것쯤은 자식의 눈에도 의심의 여지가 없었다.

하지만 한껏 들떠 있는 어머니에게 속내를 말하기는 어려웠다. 설사 말했다 해도 과연 들어주었을까.

사호는 도쿄에 있는 대학에 진학했다. 어머니는 필사적으로 가계를 꾸려 학비와 생활비를 대주었다. 우수한 딸의 안정된 미래를 위해.

사장이 애용하는 오래된 컴퓨터는 사호가 몇 분 만지작거리기만 했을 뿐인데 아무 일 없었다는 듯 다시 작동했다. 심각한 얼굴로 화면을 지켜보던 사장은 "고맙습니다"라고 정중히 인사하더니, 말을 꺼냈다.

"잠깐 시간 돼요?"

"저…… 아까는 죄송했어요."

사호가 먼저 사과했다. 낮에 벌인 언쟁은 사장의 귀에도 들어갔을 터였다. 아까 한 말만 갖고는 사호가 이곳에서 하는 일에 만족하지 않는 듯 들렸으리라.

"아니요. 저마다 사정이 있으니까요."

사장은 천천히 고개를 가로저었다. 표정에서는 아무런 감정도 읽을 수 없었지만, 내심 기분이 상했는지도 모른다. 오해를 풀고 싶다는 일념 하나로 사호는 머뭇머뭇 말했다.

"저, 이 회사에서 일하게 해주신 것에 정말 감사해하고 있어요. 사장님이나 다른 분들도 친절하게 대해주시고."

사장은 아주 살짝 미간을 찌푸렸다.

할 말이 있는 듯 바라보았기에 사호는 심호흡했다. 이 사람에게는 자세한 사정을 이야기해야 할까.

"합격했을 때 부모님께 말씀드리려고 했어요."

바로 전화로 알릴까도 생각했지만 제대로 설명할 자신이 없었다. 다음에 집에 내려가서 직접 이야기하자 싶었다.

"하지만 실제로 얼굴을 마주하니 어떻게 말을 해야 할지 모르겠더라고요."

새삼스러운 일도 아니다. 몇 년 전부터 사호는 부모님께 제대로 된 속마음을 말하지 못하고 있었다.

가령 SE 업무가 각오했던 것 이상으로 가혹하다는 것, 만성적인 편두통에 시달리고 있다는 것, 자회사의 하청 업무는 하늘 대신에 제멋대로인 고객과 억지를 부리는 모회사의 의향에 좌지우지된다는 것, 방대한 시간과 노력을 들여온 일을 하루아침에 뒤집어엎는 일도 종종 있다는 것 등등. 그렇다고 사호의 연봉이 깎이는 것은 아니었지만, 열심히 노력해서 쌓아 올린 것이 단숨에 휴지조각이 되어버리는 일은 너무도 허무했다.

그래도 부모님께 이런 약한 소리를 할 수는 없었다. 딸은 도쿄의 대기업에서 부족함 없는 회사원 생활을 하고 있다고, 두 분은 믿어 의심치 않고 있다. 그 기대를 저버릴 수도, 걱정을 안길 수도 없었다.

사호는 줄곧 부모님을 속여온 것이다. 계속 자랑스러운 딸로 존재하기 위해서.

"어려운 일이죠. 부모 자식 사이는."

미동도 없이 사호의 이야기를 듣던 사장이 나직이 말했다.

"부모는 자식을 고생시키고 싶어 하지 않죠. 농가에서도 비슷한 이야기를 들어요. 본인들은 괜찮지만 자식들에게 이어받으라는 말은 못 한다고."

사장은 먼 곳을 바라보는 듯하더니 후, 한숨을 내쉬었다.

"젊을 때는 그런 말을 들을 때마다 답답했어요. 솔직히 화도 났죠. 그런 한가한 소리나 하고 있으니까 농업이 점점 쇠퇴하는 거라고. 훌륭한 자식들이 태어났으니 이러쿵저러쿵하지 말고 일을 물려주면 되잖아. 하지만……."

막힘없이 말하던 사장이 말끝을 흐렸다.

"요새는 조금씩 알 것 같은 기분도 들어요. 그, 부모의 마음이란 걸. 물론 저는 부모가 된 적이 없으니 상상할 수밖에 없지만요."

사호가 퍼뜩 생각이 나서 물었다.

"혹시 시게타 씨도 그런가요?"

우리 애는 근성도 없고 야무지질 못해서 농사일에는 맞지 않는다고 농담처럼 말했지만, 실은 딸 눈치를 보느라 물려받아달라는 말을 꺼내지 못한 것은 아닐까? 아니, 매사에 솔직한 시게타 씨인 만큼, 숨기지 않고 자신의 바람을 말했다가 거절당했는지도 모른다. 어느 쪽이든 딸은 농업이라는 길을 택하지 않고 마을을 떠났다. 마침 딸과 교대라도 하듯 마을로 들어온 사호를, 시게타 씨는 응원하지 않을 수 없었으리라.

아까 본 시게타 씨의 굳은 얼굴이 뇌리를 스치면서 마음이 무거워졌다. 부모님이 분명 기뻐하실 거라고, 시게타 씨는 열띠게 말했다. 딸이 수확한 채소를 먹는 것은, 어쩌면 그녀에게 있어서 이루지 못한 꿈인지도 모른다.

"그 댁 따님은 정말 착한 아이인데요."

사장이 천천히 말을 꺼냈다.

"똑똑하고 밝고. 아내도 우리 아이처럼 예뻐했어요."

아내, 라고 사장이 전무를 가리켜 부르는 것을 사호는 처음 들었다.

성적이 좋았던 시게타 씨의 딸은 도쿄의 사립고등학교에 진학했다. 명문 사립고라서 지방에서 상경하는 학생들을 위해 기숙사를 갖추고 있었다. 그녀는 1년 만에 몰라보게 촌티를 벗었다. 대도시에서의 새로운 삶이 즐거워서 어쩔 줄 모르는 모양이었다.

고등학교 생활이 2년째 접어들 무렵, 시게타 씨는 딸을 돌봐줘서 고맙다는 사례를 하고자 수확한 채소 한 상자를 기숙사 책임자에게 보냈다.

"그랬더니 며칠 후에 울면서 전화가 왔다는 거예요."

"울면서요?"

"네. 엄마 때문에 다 들켰다면서요."

집이 농사를 짓는다는 사실을 친구들에게 숨긴 모양이었다. 누가 물어보면 자영업을 한다고 말했다고 한다. 거짓말은 아니니까.

"창피해서 그랬다고 했대요. 뭐, 사춘기니까요. 친구들 부모는 의사니 변호사니 은행원이니 그랬나봐요. 그래서 그때는 시게타 씨답지 않게 축 처졌었어요."

아까 힘없이 속삭이던 시게타 씨의 말이 사호의 귓전에 되살아났다. '숨기고 있다는 거야? 왜?'

"저기, 저는 창피하다는 생각은 전혀……."

사호는 횡설수설 변명했다. 사장이 고개를 가로젓는다.

"알고 있어요. 나카무라 씨가 일하는 모습을 보면 누구나 알 수 있죠. 시게타 씨도 아마 실은 알고 있을 거예요."

과연 그럴까?

놀란 나머지 사호는 답할 말도 없었다. 시게타 씨에게 심하게 상처를 준 것은 아닐까? 나를 딸처럼 예뻐해주는 '군마의 삿짱 엄마'를 야멸차게 배신한 건 아닐까?

"그래서, 이야기를 되돌리면요."

사장이 담담히 말을 이어갔다.

"부모님께는 말하고 싶은 마음이 들 때 말씀드리면 되지 않을까요? 그렇게 서두를 필요 없잖아요. 빨리 그런 날이 오면 좋겠다고는 생각하지만."

번뜩 정신이 들어 사호는 고개를 꾸벅 숙였다.

"죄송해요. 쓸데없는 푸념이나 듣게 하고."

갑자기 부끄러움이 밀려들었다. 분위기에 휩쓸려 주절주절 개인적인 비밀 이야기를 털어놓고 만 것이다. 하필이면 사장님 앞에서.

"정말 죄송합니다. 저를 써주셨는데 폐만 끼치고. 반성하고 있습니다."

"나카무라 씨."

사장이 사호의 말을 딱 잘랐다.

"반성한다면 나카무라 씨의 결점을 하나 고쳐주세요."

고개를 숙이고 있는 사호를 향해 사장은 위엄 있는 얼굴로 말했다.

"저는 경영자예요. 회사가 최우선이죠. 저는 당신을 도와주기 위해서 고용한 게 아니에요. 당신이 저를 도와주길 바라서 고용한 거예요."

평소와 다르게 강한 어조다.

"아까 나카무라 씨는 모두가 친절하다고 말했죠? 그 이유가 뭔지 아세요?"

안다. 그들이 모두 착하기 때문이다. 그리고 뭐 하나 아는 것

없는 신입을 가엽게 여겨주기 때문이다. 하지만 사호가 그렇게 대답하기도 전에 사장이 목소리를 높였다.

"나카무라 씨가 여기에서 오래 일해주기를 바라기 때문이잖아요!"

뜻밖의 큰 목소리에 기가 눌려서 사호는 입을 벌린 채, 하지만 무슨 말을 해야 할지 몰라서 일단 다시 한번 고개를 숙였다.

"죄송합니다."

"그러니까 그렇게 사과하지 말래도요."

사장이 말투를 누그러뜨리고 어색하다는 듯 입 주변을 일그러뜨렸다. 아무래도 미소를 지으려 애쓰는 듯했다.

다음 날에도 사호는 새벽 2시 반에 눈을 떴다.

어제 오후에는 사장과 이야기한 후에 밭으로 나갔다. 작업 시간과 휴식 시간에 다른 직원들과 대화를 나눌 기회는 있었지만, 누구 하나 점심시간에 있었던 일을 언급하지 않고 자연스럽게 대해주었다. 시게타 씨도 마찬가지였다. 대신 언제나처럼 사호에게 다가오지는 않았다. 무시한다고 할 정도도 아니고, 화가 나 있는 것 같지도 않았지만 먼저 말을 걸 용기는 나지 않았다.

하지만 오늘은 꼭 사과하고 싶다. 사과해야 한다.

조례를 하는 동안 사호는 시게타 씨를 슬금슬금 쫓았다. 어깨를 주물러줄 때 바로 뒤에 서서 자연스럽게 말을 걸 생각이었다.

"그럼 마지막으로 어깨 안마!"

라디오 체조가 끝나고 사장이 호령하자마자 사호는 재빨리 시게타 씨 쪽으로 다가갔다.

하지만 시게타 씨가 더 빨랐다. 마치 사호와 교대하듯 몸을 쓱 돌리더니 입을 쩍 벌리고 하품을 하고 있는 곤도 씨 맞은편으로 자연스럽게 가면서 시야에서 사라졌다.

역시, 아직 화가 덜 풀린 것일까.

뒤를 쫓을 수도, 어디 있는지 찾을 수도 없어서 멍하니 서 있다가 사호는 그만 줄 맨 앞이 되어버렸다. 운도 참 안 따라준다. 평소에는 되도록 맨 앞에 서지 않으려고 조심하는데. 앞에 아무도 없으면 안마를 받기만 하는 모양새가 되어서 심심하다.

한숨을 내쉬는데 통통한 손바닥이 양어깨에 올라왔다.

"여전히, 너무 말랐어."

걸걸한 목소리가 귓전에서 들려왔다.

시게타 씨는 어깨 안마를 잘한다. 딱딱해진 근육이 순식간에 풀어진다. 손이 따뜻하고 손가락 힘도 세서 황홀할 정도로 시원하다.

말을 해보자, 고 사호는 문득 생각했다. 어머니와 아버지에게 이 회사에 다닌다고 말해보자. 날마다 하는 작업이나 마을에서의 생활, 그리고 동료들도. 하고 싶은 말은 얼마든지 있다. 매일매일, 종례에서 다 말하지 못할 정도로 기쁜 일이 일어나니까.

애지중지 기른 양상추를 수확하게 되면, 기쁘다. 시금치를 잘 베어내면, 기쁘다. 웅대한 풍경을 바라보면, 기쁘다. 푹 자고 개

운하게 눈을 뜨면, 기쁘다. 맛있는 밥을 먹으면, 기쁘다. 멋진 노을을 보면, 기쁘다.

이곳에서 자신을 필요로 한다는 사실이, 기쁘다.

물론 기쁜 일만 있는 것은 아니다. 힘든 일도, 낙담하는 일도 있다. 하지만 조금 더 이곳에서 애써보고 싶다. 진심을 말하면 부모님도 분명 이해해주시리라.

사호는 고개를 뒤로 돌려 속삭였다.

"양상추 어떻게 보내는지, 아침 먹을 때 알려주세요."

어깨를 주무르는 시게타 씨의 손에 더욱 힘이 들어갔다.

"그러면 오늘 하루도 힘냅시다!"

사장의 굵은 목소리가 낭랑하게 울려 퍼졌다. 사호는 동료들과 나란히 새벽을 기다리는 양상추밭으로 발걸음을 재촉했다.

가
지
와
커
피

오카야마현 비젠시 요코오 농원

로커룸에서 옷을 갈아입은 후 직원용 문을 통해 카페 안으로 발을 들일 때마다 마리아는 현기증이 나서 잠깐 눈을 가늘게 뜨게 된다.

조명이 너무 강한 것도 아니다. 객석에 드문드문 놓인 램프의 노란 불빛도, 주문을 받는 카운터를 비치는 스포트라이트도 매우 부드럽다. 마리아의 눈을 부시게 만드는 것은 전등의 빛이 아니라 그것이 비추는 사람들이다.

이 카페에 있는 사람들은 왠지 반짝반짝 빛난다.

카운터에는 짧은 줄이 생겼다. 깔끔한 양복에 반짝거리는 구두를 신은 중년 남성이 맨 앞에서 지갑을 열고 있고, 그 뒤로는 봄이 앞서 온 듯한 파스텔톤 원피스를 입은 여성 두 명이 서 있다. 맨 마지막에 다정하게 팔짱을 끼고 있는 백인 남녀는 관광객일까.

그들 옆을 지나쳐서, 마리아는 카운터 안쪽으로 들어간다. 에스프레소 머신을 조작하던 선배가 명랑하게 인사한다.

"안녕."

마리아와 마찬가지로 흰 셔츠에 검정 스커트를 맞춰 입고 그 위에 초록색 앞치마를 두르고 있다. 가슴팍에는 가게의 흰색 로고가 새겨져 있다.

미국 서해안에서 시작된, 국제적으로도 유명한 카페는 일본에서도 절대적인 인기를 누리고 있다. 오카야마 시내만 해도 이곳을 포함하여 점포가 열 개다.

"안녕하세요."

있는 힘껏 활기차게, 마리아도 대답한다. 항상 미소 짓는 것은 이 직장에서 가장 중요한 규칙 중 하나다. 다른 점원들도 손님이 보든 안 보든 하나같이 밝은 미소를 띠고 있다.

2주 전에 문을 연 카페에는 아르바이트생이 열두 명 정도 일하고 있는데, 그 몇 배나 되는 사람이 지원했다고 한다. 엄청난 경쟁률을 뚫고 선발된 만큼 마리아 이외의 점원은 모두 미남미녀였다. 외모만 빼어난 게 아니라 미소를 잃지 않고 일도 잘해서, 가히 무적이라 할 만하다.

요컨대 이 카페에서는 점원도 손님 못지않게 반짝반짝 빛나는 것이다.

"거스름돈 120엔입니다. 음료가 완성될 때까지 조금만 더 기다려주세요."

마리아는 도저히 흉내 낼 수 없는 매끄럽고 빠른 어조로 주문 담당자가 말한다. 거스름돈을 받아든 남성 손님이 옆으로 비켜

났다. 여성 두 명이 앞으로 당겨와 순서대로 입을 연다.

"카페모카 톨 사이즈에 무지방, 휘핑 적게, 엑스트라 핫으로 주세요."

"바닐라 크림 셰이크 시럽 초코로 바꿔서 엑스트라 소스로. 아, 저도 톨이요."

둘 다 머뭇거리는 기색 하나 없이 말한다.

이 카페는 메뉴 수가 많다. 게다가 다양한 종류의 시럽과 소스를 추가하거나 늘리거나 줄이거나 우유를 저지방이나 두유로 변경하거나 해서 무려 수만 가지 조합이 가능하다고 한다. 손님 입장에서는 센스 있는 입맛이겠지만 신입 직원으로서는 번거롭기 그지없다. 이따금 "오늘의 커피요"라고 짧게 주문해주는 손님은, 과장이 아니라 천사로 보인다.

"이거 손님께 내드려."

마리아는 선배가 건네준 뜨거운 컵 측면에 눈길을 던진다. 펜으로 쓰인 암호 같은 알파벳의 나열을 순식간에 해독해야─그리고 그것을 만드는 법을 외워야─하는데, 마리아에게는 아직도 그저 암호로만 보인다. 선배도 그걸 알고 있기에 귀에 대고 작게 소곤거린다.

"캐러멜 마키아토, 그란데."

고맙습니다, 하고 마리아도 소곤거리고는 카운터 너머로 컵을 내민다.

"오래 기다리셨습니다. 캐러멜 마키아토 그란데 사이즈 나왔습니다."

남성 손님이 가게를 나가고, 교대하듯 새로운 일행 두 명이 자동문으로 들어왔다.

젊은 남녀였다. 여자는 마리아와 동년배일까. 벚꽃색의 헐렁한 니트에 데님 미니스커트, 신발은 스니커로 꾸미지 않은 복장인데도 어딘지 모르게 세련돼 보인다. 몸집은 작지만 얼굴이 작고 매끈하게 균형 잡힌 몸매 때문인지도 모른다. 키는 마리아와 비슷하지만 체중은 10킬로그램 아니, 15킬로그램은 덜 나가 보인다. 남자도 마르고 팔다리가 길다. 파마인지 자연 모인지 모르겠지만 밤색 머리칼이 곱슬곱슬하다.

그의 얼굴을 본 적이 있다.

시선을 느꼈는지 줄 맨 끝에 서 있던 그도 마리아 쪽을 바라보았다. 눈이 마주치자 1초 정도 서로를 보며 웃음 지었다.

"엇. 헐. 마리?"

어린 시절 마리아는 자신의 이름을 잘 발음하지 못해 '마리'라고 말했고, 주변 사람들도 덩달아 그렇게 불렀다고 한다. 스무 살이 된 지금도 친척들 사이에서는 그 이름으로 불리는데, 친가 쪽으로 육촌에 해당하는 다쿠미도 예외는 아니다.

"우와 오랜만이다. 3년 만인가? 아니 4년인가?"

다쿠미는 큰 걸음걸이로 카운터 앞까지 다가오더니 마리아를 말끄러미 바라보았다.

"하나도 안 변했네."

마리아는 갑작스러운 재회에 말문이 막혔다. 다쿠미는 외국에 살고 있을 터였다. 왜 이런 곳에 있을까.

"근데 너, 왜 여기에 있어?"

다쿠미가 물었다.

마리아가 왜 이런 곳에 있느냐 하면, 아르바이트하던 카페가 망했기 때문이다.

그 예스러운 카페는 무척 잘된다고 볼 수는 없었다. 버스가 지나다니는 길에 면해 있고 역하고도 가까운데 처음 보는 손님이 들어오지는 않는다. 출입문이 작고 눈에 띄지 않는 탓이리라.

마리아가 아르바이트 공고를 발견한 것은 대학 1학년 여름이었다.

동아리에 가입할 시기를 놓친 마리아는 긴 방학을 앞두고 심심하던 차였다. 소란스러운 동아리 권유 활동에 지레 겁을 먹고, 함께 체험하거나 친목회에 참가할 만한 친구도 생기지 않아서 우물쭈물하는 사이에 봄이 끝나버린 것이다. 그때 아르바이트나 해볼까 하는 생각이 들었다.

하지만 막상 일할 곳을 찾으려니 좀처럼 쉽지 않았다. 낯을 가리기에 술집이나 패스트푸드점에서의 접객은 맞지 않고, 그렇다고 주방 일을 하기에는 서툴렀다. 편의점이나 마트 계산원도 점점 줄이 길어지는 모습을 떠올릴 수밖에 없고, 과외를 하자니 공부를 가르칠 만한 능력도 없다. 마리아가 다니는 대학은 이미 몇 년이나 정원이 미달된 사립대학이다.

그러니 우연히 그 카페 앞을 지나간 것은 행운이었다고, 지금
도 생각한다.

첫날에는 심하게 긴장했다. 머리칼은 새하얗지만 피부에 윤
기가 돌고 움직임도 가벼운, 나이를 가늠하기 어려운 여자 사장
의 지시에 따라 물과 메뉴를 가져다주거나, 주문을 받거나, 커피
를 테이블까지 나르는 것이 마리아의 역할이었다. 단골손님이
주로 오는 가게이다 보니 그들은 대체로 신입 직원을 가만두지
않았다. 흥미진진한 얼굴로 질문을 해올 때마다 마리아는 머뭇
머뭇 대답했다.

가게 분위기나 안정된 손님층은 좋았다. 처음 온 곳에서 마음
이 불편하지 않다는 것은, 새로운 환경에 익숙해지기까지 시간
이 걸리는 마리아에게는 꽤 신기한 일이었다. 가게가 한가한 시
간에 사장이 내려주는 커피도, 지금껏 마셔본 적 없을 정도로 맛
있었다.

다만 업무를 제대로 해서라고는 입에 발린 소리로라도 할 수
없었다. 주문을 몇 번이나 재확인하고 핫을 아이스로 잘못 받고,
토스트를 태웠다.

"어땠어?"

영업이 끝난 후, 사장의 질문에 마리아는 우선 사과했다.

"죄송해요."

"대답이 안 되는데?"

그녀는 이상하다는 듯 말했다.

"마리아는, 우리 가게에 맞는 것 같아. 젊은 사람치고는, 뭐랄까……."

적당한 단어를 찾는 듯 말끝을 흐린다. 가게에 맞는다고 인정받아서 우선 안심했지만 그다음 말을 예상할 수가 없었다. 젊은 사람치고는, 의 뒤에 어울릴 만한 칭찬이 몇 가지 떠올랐다. 야무지다, 예의 바르다, 일을 잘한다……. 하지만 어느 것 하나 마리아에게는 해당하지 않는다.

"여유가 있어."

사장이 싱긋 웃었다.

일주일에 2~3일씩 일하는 동안 마리아도 점점 맛있는 커피를 내리게 되었다. 본격적인 핸드드립 순서와 비결을 사장에게 전수받은 것이다.

서두르지 않는 것이 커피를 내릴 때 중요한 마음가짐이라고 한다. 손동작 하나하나가 맛에 영향을 주기 때문이다. 기구나 컵은 미리 데워둔다. 신선한 물을 제대로 끓인다. 그리고 한 번에 붓지 말고 우선은 조금씩, 가루 전체를 적실 정도로 부은 후 20초 정도 뜸을 들인다. 그러고는 원을 그리듯 조금씩 정성스럽게 부어나간다. 처음에는 갈팡질팡했지만 한번 흐름이 머릿속에 들어오고 나니 '서두르지 않는' 작업이 마리아에게 맞는다는 걸 알았다. 오히려 서두르는 일이 더 힘들다.

가게에 오는 손님은 시간 여유가 많은, 달리 말하면 시간이 남아도는 나이 지긋한 분들이 대부분이므로 재촉받는 일도 없다. 가족들 자랑이나 불평, 세상에서 일어나는 일에 대한 소감이나 비판, 때로는 젊은 시절의 무용담 등 종잡을 수 없는 이야기에 귀를 기울이는 것도 마리아의 일 중 하나였다. 젊은 사람이 듣기에는 지루한 이야기라며 사장은 안타까워했지만, 그들의 여유로운 말투가 마리아는 싫지 않았다. 대학 동기들의 빠르고 소란스러운 대화에 맞장구치는 것보다 훨씬 편했다.

1년 반 가까이 마리아는 즐겁게 일했다. 석 달 전, 올해를 끝으로 가게를 닫는다는 말을 듣기 전까지는.

"미안해서 어쩌나. 마리아가 졸업할 때까지는 계속 할 수 있을 줄 알았는데."

멍한 표정의 마리아에게 그녀는 미안하다는 듯 말했다.

"누군가 젊은 사람이 이어받아 계속 해주면 좋겠다고 생각했어. 하지만 이런 시대의 흐름에 뒤떨어진 가게를 떠안기는 것도 좋지 않잖아?"

제가 떠안을게요, 라고 대답할 수 있었다면 좋았겠지만 아무리 생각해도 그건 불가능했다. 학생인 마리아에게 그런 배포와 각오가 있을 리 없었다.

"다만 한 가지, 마리아에게 부탁이 있어."

사장이 자세를 고쳐 앉으며 말했다.

"이 가게, 기억해줄 수 있어?"

"당연하죠."

마리아는 크게 고개를 끄덕였다. 잊을 리가 없다. 잊을 수 있을 리가 없다.

"다행이다. 나는 이렇게 나이 지긋한 할머니고 다른 손님들도 비슷하잖아. 앞으로 살날이 많은 건 마리아 정도잖아."

사장이 농담조로 이야기했다. 마리아는 가슴이 먹먹해져서 아무 말도 하지 못했다.

"아 맞다, 그리고 또 하나. 여기가 없어지고 나서 말인데. 마리아, 새로 아르바이트할 곳 있어?"

갑자기 현실을 들이대니 더욱 마음이 무거워졌다. 어깨를 축 늘어뜨리고 있는 마리아에게 사장이 이어 말했다.

"이 건물을 사는 분이 여기에 또 카페를 차린대. 괜찮으면 가게가 바뀌어도 일할 수 있도록 말해주려고 하는데."

그렇게 마리아는 세련된 카페의 점원이 되었다.

이런 긴 이야기를 일하는 도중에, 심지어 카운터를 사이에 두고 어찌 하겠는가. 마리아가 다쿠미와 나눈 대화는 짧고 무뚝뚝했다.

"알바, 몇 시까지 해?"

"여섯 시까지."

"오, 잘됐네. 나 차 가지고 왔으니까 집까지 데려다줄게."

이 부근은 거의 다 자가용으로 다닌다. 마리아도 운전면허는 있지만, 평소 통근이나 통학으로 오카야마 시가지까지 나갈 때는 전철을 이용한다. 세토우치시에 있는 집에서 역까지 자전거로 5분, 더욱이 오카야마역까지 보통열차로 20분 정도 걸리니 그리 불편하지는 않다.

"아니 괜찮아. 미안하게."

마리아는 급히 말했다. 다쿠미의 등 뒤에서 일행인 여자친구가 예쁜 얼굴을 일그러뜨리며 이쪽을 노려보고 있다.

"괜찮아. 신경 안 써도 돼. 그럼 나중에 봐."

인사를 남기고 여자친구 쪽으로 돌아가는 다쿠미를 마리아는 멍한 얼굴로 바라보았다. 동료가 퇴근 시간에 맞춰 연인이나 친구―미남미녀의 연인이나 친구는 역시 미남미녀다―를 가게로 불러서 함께 나가는 것은 드문 일이 아니다. 하지만 내게도 그런 기회가 올 거라고는 상상도 못 했다.

여섯 시에 카페로 돌아온 다쿠미는 혼자였다. 마리아는 안심하면서도 일단 물어보았다.

"아까 그 친구는, 괜찮아?"

"아, 사나? 돌아가는 건 알아서 한대. 친구 만난다나 봐."

다쿠미는 시원스레 대답하고는 앞서 걷기 시작했다. 사나와 어떤 관계인지 신경이 쓰이지 않는 건 아니었지만 갑자기 캐묻는 것도 내키지 않아서 무난한 질문을 던졌다.

"다쿠 오빠, 언제 일본으로 돌아왔어?"

"지난달. 일본은 참 좋아. 음식도 맛있고 심지어 싸고. 스웨덴은 일단 물가가 너무 비싸."

맞다. 스웨덴이었지. 다쿠미가 간 곳이 그제야 떠올랐다. 해외에 가본 적도 없고 딱히 가고 싶다는 생각조차 하지 않는 마리아에게는 낯선 나라다. 북유럽 어딘가, 정도의 애매한 인상밖에 없다.

다쿠미는 고등학교를 졸업한 후 갑자기 도예를 배우고 싶다고 선언하더니 스웨덴의 도공 밑으로 들어갔다.

마리아는 놀라면서도 이해가 갔다. "나는 이런 좁은 마을에 언제까지고 있고 싶지 않아. 빨리 넓은 세상을 보러 가고 싶어." 다쿠미는 예전부터 말해왔다. 마리아에게 넓은 세상이라고 하면 고작 오사카나 도쿄 정도지만 다쿠미의 눈은 훨씬 더 먼 곳을 향해 있었던 것이다.

그렇다고는 해도 해외에서, 그것도 장인으로 성공하는 건 험난한 길이다. 얼마 안 가 두 손 두 발 다 들고 돌아올 거라고, 친척들은 뒤에서 수군거렸다. 하지만 마리아는 왠지 다쿠미라면 어디에서든 잘 해나갈 것 같은 예감이 들었다. 봐라, 나는 반드시 크게 될 테니까, 하고 다쿠미는 자신 있게 선언했으니까.

마리아의 감은 들어맞았다. 다쿠미는 그대로 현지에 정착했다. 마리아보다 여덟 살 많으니, 이래저래 10년이나 해외에서 지낸 셈이다.

"같이 밥이라도 먹고 싶었는데 미안해. 오늘 저녁은 집에서 먹기로 약속을 해서."

"괜찮아. 나도 엄마가 이미 저녁 준비하고 계실 거야. 그보다 다쿠 오빠, 시간은 괜찮아?"

다쿠미의 본가는 오카야마시 서부에 있으므로 동쪽으로 인접해 있는 세토우치시와는 반대 방향이다.

"응. 어차피 지나가는 길이니까."

마리아는 놀라서 눈을 멍하니 떴다. 그 뜻을 알아차렸는지 다쿠미가 덧붙여 말한다.

"나 지금 본가가 아니라 요코오 할아버지 댁에서 지내. 비젠에 있는."

비젠시는 세토우치시보다 더 동쪽이므로 확실히 지나가는 길이다.

다쿠미의 할아버지는 마리아 친할머니의 남동생이다. 요코오가(家) 형제자매 중 유일한 남자로, 결혼한 후에도 본가에 남아 양친, 즉 마리아와 다쿠미의 증조부모를 모시고 살았다. 명절이면 그 집에 친척이 모두 모였다. 마리아도 부모님과 함께 찾아뵙고는 했지만, 초등학교 때 할머니가 돌아가신 후 소원해졌다.

"본가보다 거기가 더 편리하니까."

"편리?"

마리아는 다시금 멍한 표정을 지었다. 10년도 더 지난 기억이라 확실치는 않지만, 비젠의 할아버지 댁 주변에는 산과 밭밖에 없었기 때문이다.

"어? 못 들었어?"

마침 신호를 기다리느라 브레이크를 밟은 다쿠미가 조금 의외라는 듯 마리아를 쳐다보았다.

"나 비젠야키 도자기 공방에서 일하게 됐어. 지금껏 공부해온 것도 활용할 수 있고."

그 말을 들으니 비로소 스웨덴과 비젠, 한없이 떨어진 두 장소가 마리아의 머릿속에서 하나로 이어졌다.

"못 들었구나. 어머니가 당숙께는 말씀드렸다고 했는데."

마리아의 아버지와 다쿠미의 어머니는 사촌지간으로 사이가 좋다. 마리아가 대학에 합격했을 때도 다쿠미의 어머니가 곧바로 축하 선물을 보내주었다.

다만 아버지가 집에서 사촌들에 관해 이야기하는 일은 거의 없다. 원래 말수가 많은 편이 아닌 데다, 무엇보다 어머니를 배려해서이리라. 어린 마리아가 봐도 어머니와 할머니 사이에는 늘 팽팽한 긴장감이 돌았다. 할머니가 돌아가신 후에도 어머니는 시댁 일에 관여하려 들지 않아서, 제사 등 모임이 있을 때면 아버지 혼자 참석했다.

"본가에서는 왕복 두 시간이라 매일 다니긴 힘들어서. 마침 잘됐다고 어머니도 기뻐하셔. 그 집에서 할아버지 혼자 지내시는 것도 역시 걱정이셨나봐."

다쿠미의 할아버지가 혼자가 되셨다는 것도, 마리아는 처음 듣는 이야기였다. 두 분 모두 아이를 좋아해서 친손주도 아닌 마리아를 무척 귀여워해주셨는데, 왠지 죄송스럽다.

"할아버지는 건강하셔?"

"응. 몸은 건강 그 자체지. 약간 쓸쓸해 보이시긴 해."

그야 그럴 것이다. 마리아의 할아버지도 할머니가 돌아가신 후 얼마간 기력을 완전히 잃으셨었다. 식욕도 떨어지고 눈에 띄게 늙어서 가족들이 꽤나 걱정했다.

"깜박깜박한다고 당신은 투덜거리시는데. 뭐, 연세도 드실 만큼 드셨고. 그런가 보다 했는데 옛날 일을 엄청나게 자세히 기억하고 있기도 해서 깜짝 놀라."

"나도, 오랜만에 뵙고 싶다."

마리아가 말했다. 건강하실 때 만나두고 싶다.

"언제든 와. 할아버지도 분명 기뻐하실 거야."

신호가 파란불로 바뀌자 다쿠미가 핸들을 다시 쥐었다.

그 주 주말에 마리아는 차를 끌고 비젠으로 향했다.

아버지가 그렇듯, 어머니에게는 최소한의 사실만 전달했다. 귀국한 다쿠미와 우연히 만나서 바래다준 일과 비젠의 할아버지 집에 가기로 한 일. 어머니는 예상대로 어느 쪽에도 관심을 보이지 않고 운전 조심하라는 말만 하고 보내주었다.

다쿠미의 할아버지가 사는 쓰루미 지역은 산으로 둘러싸인 마을이다. 구불구불 커브가 이어지는 좁은 산길을 조심조심 따라 내려간다. 새싹이 돋아나기 시작한 나무들의 우듬지 사이로 새하얀 봄 햇살에 둘러싸인 논밭과 집들이 내려다보인다. 특별히 특징이 있는 풍경은 아니지만, 반가웠다. 옛날에 아버지가 운전하는 차의 뒷좌석에서 바라보던 평화로운 풍경과 크게 달라지지 않은 듯했다.

할아버지 댁에 도착하자 문 앞에 차를 세웠다. 소리가 들린 모양인지 본채 옆에 있는 비닐하우스 안에서 다쿠미와 할아버지가 나왔다.

할아버지도 마리아의 기억에 남아 있는 모습과 거의 변함이 없었다. 벗겨진 이마도, 볕에 그을린 살갗도, 주름 속에 파묻힌 상냥하고 가느다란 눈도.

"할아버지, 오랜만에 봬요. 저 마리아예요."

건망증이 심해지셨다고, 다쿠미에게 들은 게 생각나서 마리아는 약간 조심스럽게 인사했다. 오랫동안 얼굴을 보지 못했다. 마지막으로 만났을 때 마리아는 아직 초등학생이었다.

마리아의 눈을 똑바로 바라보더니 할아버지는 쾌활하게 대답했다.

"마리, 어서 와라. 오랜만이다."

세 사람은 집으로 들어가 다다미가 깔린 거실에서 낮은 탁자를 사이에 놓고 둘러앉았다. 안쪽 툇마루에도 그 건너편의 자그마한 정원에도 어딘가에서 피어오는 향냄새도, 아련히 기억이 난다. 다쿠미가 따뜻한 차를 내왔다. 소박한 진한 갈색 찻주전자와 찻잔은 비젠야키였다.

"이거 다쿠 오빠가 만든 거야?"

마리아는 흰 수증기가 모락모락 피어오르는 찻잔을 집어 들었다. 거칠거칠한 감촉이 손바닥 위로 번졌다.

"아니, 내 건 아직 안 구웠어."

다쿠미가 웃으며 손을 내저었다. 일하는 공방에서 가마에 불을 붙이는 것은 1년에 두 번, 5월과 11월뿐이라고 한다. 반년간 만들어둔 작품을 한 번에 굽는 것이다.

"다쿠 오빠는 왜 비젠야키를 하려고 마음먹었어?"

"2, 3년 전인가? 스웨덴에 있던 동료랑 우연히 고향 이야기를 하게 됐어. 도자기가 유명하다고 말했더니 실물을 보고 싶다기에 귀국했을 때 우리 집에 있던 걸로 대충 가져갔지."

그랬더니 이곳에서는 특별하지도 않은 도자기가 다른 나라에서 엄청난 절찬을 받았다고 한다.

"쿨! 뷰티풀! 하며 야단법석을 떠는 거야. 그런 말을 듣고 자세히 보니 비젠야키는 정말 멋지더라고."

비젠야키가 멋지다는 생각은 마리아도 해본 적이 없다. 애초에 좋다든가 나쁘다든가 그런 눈으로 본 적이 없다. 철들 무렵부터 매일, 이렇다 할 생각도 없이 써왔다.

"너무 가까우면 오히려 가치를 알 수 없는 법인 게지."

차를 맛있게 드시던 할아버지가 끼어들었다.

"그럴지도 모르지. 해외에 있으면 모국을 생각할 기회가 오히려 많아지니까. 이것저것 질문도 받고."

다쿠미가 끄덕이며 말을 이었다.

"중립적인 시각으로 다시 바라보니까 의외로 좋은 점도 있더라고. 그러면서 뭔가 아깝다는 생각이 들었어. 스웨덴도 즐겁지만, 내가 '그' 비젠에서 태어났는데 왜 굳이 이렇게 먼 곳에 있는 건가 싶었지."

"너 변했구나."

마리아도 같은 생각을 하고 있었는데, 할아버지 쪽에서 감개무량하다는 듯 말이 나왔다.

"옛날에는 시골이 싫다고 투덜거리기만 하더니."

"그거야 뭐 철이 없었으니까요."

다쿠미는 머쓱한 듯 머리를 긁적였다.

"아무것도 모르는 주제에 겉멋만 잔뜩 들었었지. 그 마리가 아르바이트하는 가게 같은 곳도 좋아했지. 중학교나 고등학교 때의 나는."

지금은 전혀 흥미 없지만, 하고 잘라 말한 후 허둥지둥 덧붙였다.

"아니, 딱히 그 가게가 나쁘다는 건 아니야. 내 사고방식이 바뀐 것뿐."

"괜찮아, 그렇게 애써 변명 안 해도 돼."

마리아는 쓴웃음을 지었다. 사고방식은 몰라도 다쿠미의 성격은 그다지 변하지 않은 듯하다. 거침없이 하고 싶은 말을 하다가도 마리아가 울음보를 터뜨릴 것 같으면 갑자기 안절부절못하며 달래주었다.

"나도 어쩌다 보니 일하는 것뿐이야."

이전에 말하지 못한, 카페에서 일하게 된 경위를 말하자 이번에는 다쿠미가 훗, 하고 웃음을 터뜨렸다.

"그랬군. 그러면 그렇지. 마리랑 참 안 어울리는 곳에 있구나 했어."

"미안해서 어째? 뭐, 어차피 나만 둥둥 떠 있긴 해."

그건 나 자신도 잘 알고 있다. 쓸데없는 참견이다.

"아니, 깎아내리는 게 아니라. 솔직히 나도 좀 껄끄러워, 거기. 직원들의 영업용 미소를 보고 있자면 왠지 등이 가려워져."

정색하며 말하는 다쿠미에게 마리아는 되물었다.

"하지만, 그때는?"

"아, 그거."

다쿠미가 할아버지를 옆눈으로 흘깃 보았다.

"그 주변에 좋은 카페가 있다는 말을 할아버지한테 들었거든. 찾아봤는데 도저히 찾을 수가 없어서."

"어, 그거 혹시."

마리아의 말을 이어받아 할아버지가 말했다.

"아마 마리가 일하던 가게일 거야."

"할아버지가 착각한 게 아니구나. 의심해서 미안."

다쿠미가 양손을 모은다.

"거봐, 틀림없다니까."

할아버지는 화내는 기색도 없이 오히려 의기양양하게 대답했다. 그러다 찻잔을 탁자에 내려놓고는 순간 웃음기를 거둔다.

"그렇구먼. 그 가게 망했구먼."

슬픈 듯 중얼거리더니 작게 한숨을 쉬었다.

추억 이야기와 세상 돌아가는 이야기를 조금 더 하고는 마리아가 작별인사를 건네자, 할아버지가 밭에 있는 채소를 가지고 가라고 말했다. 그러고 보면 예전에도 돌아갈 때 쌀이나 채소를 듬뿍 받아왔다.

마리아는 다쿠미를 따라 밭 사이로 난 완만한 언덕길을 올라갔다. 수확이 끝난 농지는 군데군데 마른 그루의 잔해만 눈에 띌 뿐이라, 어딘지 모르게 쓸쓸하다. 연하늘색 하늘에 저녁의 기운이 드리우기 시작했다.

"지금은 당근이랑 브로콜리 정도만 남아 있을 거야. 겨울 채소도 거의 끝나서 밭 정리 중이야."

다쿠미가 길에서 벗어나 옆에 있는 밭으로 들어갔다. 마리아도 뒤를 따른다.

지면에 착 달라붙어 있는 모습에 잡초인 줄 알았는데 당근 이파리였다. 다쿠미가 뿌리 부분을 쑥쑥 뽑는다. 가게에서 보는 당근보다 약간 가늘고 대신 길다. 달큰한 땅 내음이 콧속을 간질여, 마리아는 다시금 추억 속에 잠긴 듯했다.

"마리도 해볼래?"

다쿠미가 내민 목장갑을 끼고 옆에 쭈그려 앉아 당근 이파리에 손을 뻗었다.

찢어지지 않도록 조심조심 당겨본다. 끄떡도 하지 않는다. 온 힘을 다해 당긴다. 역시나 꼼짝도 하지 않는다.

"이래 봬도 꽤 힘이 필요해."

다쿠미도 함께 거들며 둘이서 하나, 둘 하며 당기자 겨우 뽑혔다. 엉덩방아를 찧기 일보 직전이라 누가 먼저랄 것 없이 웃어버렸다.

네다섯 뿌리를 해보고 나니 마리아도 요령을 터득했다. 익숙해지자 갑자기 즐거워진다. 쑥 뽑히면 속이 시원하다.

"소질이 있네. 요코오 핏줄이라서 그런가 보다."

다쿠미가 칭찬했다.

요코오가는 지금 할아버지 대부터 농사를 병행했다고 한다. 할아버지는 농협에 다녔고 할머니와 부모님이 밭에 나갔다. 그후 정년을 맞이한 진외종조부가 연로한 부모님에게서 농사를 이어받았다. 지금은 꽤 규모를 축소해서 쌀과 비닐하우스에서 키우는 모종 정도만 출하하고, 밭에서는 집에서 먹을 채소만 키운다고 한다.

"올해부터는 내가 할머니 대신 도와드리려고. 이어받을 사람도 없으니 할아버지 은퇴하면 밭도 처분할 생각이셨던 모양인데, 할 수 있는 범위에서 조금씩 해보려고. 반농반도지."

마리아는 들어본 적 없는 말인데 한자로 쓰면 '半農半陶', 농사와 도예, 두 길로 먹고사는 방법이라고 한다.

"옛날 도공들도 그랬대. 나는 비젠의 흙과 살아갈 거야."

말투는 조금 연극조 같았지만 다쿠미는 진심인 듯했다. 그러고 보면 두 일 모두 흙을 만진다는 공통점이 있다.

나온 김에 육묘용 비닐하우스 안도 보여주었다. 통로를 따라 놓인 대 위에 연한 흑색의 트레이가 여러 개 놓여 있다. 냉동고의 얼음 틀을 가로세로로 늘린 듯한 형태로, 격자 모양으로 빼곡히 이어진 사방 3센티미터 구멍에 물이 아닌 흙이 들어 있다.

그 하나하나에 쌀알 크기의 새싹들이 빼꼼히 머리를 내밀고 있다.

"우와, 작다. 귀여워라."

마리아는 자기도 모르게 말했다.

"이건 가지. 이게 양상추. 저건 양배추."

다쿠미가 손가락으로 가리키며 일일이 가르쳐준다. 잎이 너무 작아서 마리아는 전혀 구별이 가지 않았다.

"가지는 기르기 힘들어. 이번 주에 겨우 싹이 나기 시작했어."

사랑스러운 눈빛으로 새싹을 바라보던 다쿠미는 문득 마리아 쪽으로 몸을 돌렸다.

"오늘 고마워. 할아버지도 계속 싱글벙글하시더라. 정말 반가우셨나봐."

"할아버지는 항상 싱글벙글하시는데 뭐."

"아니, 오늘은 특별해. 컨디션이 나쁜 건 아니었는데 최근에 왠지 패기가 없달까, 멍하게 계신 적도 많고."

다쿠미가 가라앉는 목소리로 말했다.

"엇, 그래?"

"아무래도 혼자 계시는 시간이 많으니까. 어머니가 중간 중간 살피러 오시고 나도 가능한 한 함께 있으려고 하지만 평일에는 일하러 가야 하잖아. 마리, 괜찮다면 또 오늘처럼 할아버지를 만나러 와줄래?"

"응. 근데 나도 특별한 건 못하지만."

봄방학이라 시간은 많다. 대학에 친구가 없는 건 아니지만 방학 때 일부러 만날 정도의 사이는 아니다. 카페 아르바이트도 적극적으로 많이 늘리고 싶지는 않다.

"그럴 리가. 말 상대가 되어주는 것만으로도 충분해. 마리는 상대방의 말을 잘 들어주잖아. 대화하고 있으면 왠지 힘이 나."

듣기 좋은 말이다. 반쯤은 인사치레인지도 모르지만 할아버지가 마리아의 방문을 기뻐해준 것은 사실이리라.

"그럼 또 놀러올게."

마리아는 대답했다.

다음 주부터 그다음 주에 걸쳐 마리아는 세 번 더 비젠을 방문했다.

모두 평일 낮이었으므로 다쿠미는 일로 집을 비웠다. 마리아가 집에 가면 요코오 할아버지는 대부분 밭이나 하우스에 계셨다. 두더지나 쥐가 밭두렁에 판 구멍을 보수하거나 밭에 남은 낙엽이나 오래된 그루를 제거하고 땅을 갈았다. 마리아도 할아버지를 따라 일을 도왔다.

다쿠미에게는 말동무가 되어달라고 부탁받았지만, 찬찬히 이야기할 기회는 거의 없었다. 작업하다 짬이 나면 드문드문 잡담을 나누는 정도였다. 만약 할머니 이야기가 나오면 제대로 위로해드릴 수 있을지, 마리아는 지레 걱정이 들었다. 일부러 피하는지도 모른다. 이야기를 하면 생각이 날 테고, 생각이 나면 그리워진다. 마리아의 할아버지도 그랬다. 할아버지 앞에서 할머니 이야기는 하지 말라고, 부모님이 신신당부를 했기에 어린 마음에도 늘 신경이 쓰였다.

요코오 할아버지에게 들은 말 중 특히 인상적인 것은 가지 이야기였다.

"쓰루미의 가지는 전통 채소로 지정돼 있단다."

비젠야키라면 몰라도 채소에도 그런 묵직한 벼슬이 붙다니. 나중에 인터넷에서 찾아보니 오래전부터 재배되어온 재래종 채소를 가리킨다고 한다. 이 지역에서는 세토나이시의 단호박과 미마사카시의 순무도 전통 채소로 지정되어 있다.

하지만 전통이라는 이름이 붙으면 으레 그렇듯, 쓰루미 가지도 오늘날은 쇠퇴 일로를 걷고 있다고 한다.

"맛은 일품인데 키우기 어려우니까. 이래저래 손이 많이 가. 색이 옅어서 보기에 좋지도 않고. 최근에는 품종을 개량해서 보기 좋고 키우기 쉬운 가지가 많거든."

이야기를 듣고 있는데 희미한 기억이 되살아났다.

언제였을까. 친척 아이들과 함께 밭에서 가지를 딴 적이 있다. 이곳 할아버지가 주는 가지는 항상 무척 맛있었기에 틀림없이 훌륭한 열매일 거라고 두근거리며 기대했는데, 실제 따보니 볼품없고 색이나 윤기도 그저 그랬다. 하지만 예쁘다고 할 수 없는 그 가지는 구우면 호로록 삼킬 수 있게 말랑해지고 맛은 단연 깊었다.

할아버지가 젊은 시절에는 이 지역 일대에서 활발히 재배하던 쓰루미 가지지만, 지금은 두세 농가에서만 기른다고 한다.

"헉, 그거밖에 안 돼요?"

마리아가 깜짝 놀라자 할아버지가 고개를 끄덕인다.

"시대의 흐름이지. 어쩔 수 없어."

'시대의 흐름이라, 왠지 거슬리는 말이네' 하고 마리아는 생각했다. 어디선가 비슷한 말을 들은 적이 있다.

그렇다. 아르바이트를 했던 그 오래된 카페다.

영업이 끝난 후의 어둑어둑한 가게 안에서 사장이 그렇게 말했다. 이런 시대의 흐름에 뒤처진 가게, 라고. 그녀답지 않은 자조 섞인 말투로.

"안 돼요."

마리아는 불쑥 할아버지에게 말했다.

케케묵은 데다 유행하고 동떨어진 그 카페가 마리아는 좋았다. 전 세계에 지점이 있는 그런 가게는 아니지만 사랑해주는 동네 손님들이 있다. 유행하는 체인으로 바뀌어서 슬펐다. 분했다.

"어떻게 안 될까요? 어떻게든?"

마리아의 기세에 밀렸는지 할아버지는 어안이 벙벙한 표정을 짓고 있다.

"사라지면 너무 서운할 것 같아요. 아까워요. 그 가지 얼마나 맛있는데."

마리아는 더욱 열띠게 말했다.

"그래, 서운하지."

할아버지가 문득 눈을 가늘게 떴다.

"가지는 다른 것도 많아. 없어져도 곤란할 일 없지. 곤란하진 않지만 섭섭하지."

카페도, 비젠야키도 그런 의미에서는 같을지도 모른다. 대신할 카페도, 도자기도, 세상에는 셀 수 없을 정도로 많다. 하지만 사라지면 섭섭하다. 사라져버리는 건 아깝다.

"그렇지. 이 할애비도 여러모로 애써볼게."

할아버지는 마리아를 데리고 가 쓰루미 가지의 씨앗을 보여주었다.

첫날 새싹을 봤을 때도 작아서 놀랐지만 씨앗은 더 작다. 한숨 한 번에도 금세 날아가 버릴 것만 같은, 이 작은 한 알이 모든 것의 시작이라니 보면 볼수록 신기했다. 줄기를 뺀고, 뿌리를 내리고, 잎과 꽃을 달고, 이윽고 열매를 맺는 그 모든 과정에 필요한 모든 것들이 이 작디작은 씨앗 안에 담겨 있는 것이다.

씨앗을 받기 위한 포기는 다른 품종과의 교잡을 막기 위해 떨어진 장소에 심는다고 한다. 맺힌 열매는 노란색이 될 때까지 완숙시켜서 그늘에 말린다. 충분히 숙성되지 않으면 발아하지 않기 때문이다. 그렇게 채취한 씨앗을 더욱 정성을 들여 바짝 말린 후 알맹이가 크고 색이 진한 것을 선별한다.

"이렇게 너무 자잘하다 보니 눈이 피곤해. 끈기도 필요하지. 하지만 아버지가 물려주신 씨앗이야. 가능한 한 이어가고 싶단다."

손바닥에 올린 씨앗을 바라보며 말했다. 시대의 흐름을 한탄하기는 했어도 포기하지는 않은 듯하다. 마리아는 안심이 되어 말했다.

"올해의 씨앗은 저도 함께 채취해도 돼요?"

할아버지가 빙긋이 웃었다.

"마리가 도와주면 나야 좋지."

원래 가느다란 눈이 주름과 거의 동화되어버렸다. 마리아까지 왠지 기분이 좋아졌다.

"저만 믿으세요. 저 눈도 좋고 끈기도 꽤 있으니까."

말을 뱉고서, 스스로도 약간 놀랐다. 저만 믿으세요, 라니. 태어나서 처음 해본 말이다.

"고마워서 어쩌나. 든든해라."

든든하다, 도 태어나 처음 듣는 말이다.

어떤 표정을 지어야 할지 몰라 눈을 내리깐 마리아에게 할아버지가 손을 내밀었다. 작디작은 가지의 씨앗을 마리아의 손바닥 위에 살포시 얹었다.

　3월 말 토요일, 마리아는 할아버지 댁에 가기 전에 같은 비젠시 인베에 들렀다.

　이 부근에 비젠야키 공방이 모여 있다. 다쿠미가 일하는 곳도 그중 하나다. 가마를 보러 오라고 하도 열심히 말하기에 한번 들르기로 했다.

　역 앞 주차장에 차를 댔다. 인베에 오는 것은 초등학교 사회 과목 견학 이후 처음이다. 집의 지붕들이 이어지는 건너편으로 벽돌색 긴 굴뚝이 여러 개 우뚝 솟아 있다. 가마의 굴뚝이다.

　역사를 등지고 걸어가자 비젠야키를 파는 가게가 줄지어 있는 길이 나왔다. 그중 중후한 기와지붕 집 앞에서 다쿠미가 손을 흔들고 있었다.

　가게 안에는 수많은 상품이 진열되어 있었다. 크고 작은 평평한 접시나 오목한 접시들, 술병과 술잔, 도자기 병과 맥주잔부터 젓가락 받침과 양념절구까지 있다. 마리아가 살 수 있을 법한 저렴한 것도 있고, 눈이 휘둥그레질 정도의 가격이 붙은 것도 있다.

　다쿠미는 계산대 안쪽 일본 전통 복장을 한 여성 점원에게 가볍게 인사하고는 가게 안으로 성큼성큼 걸어 들어갔다. 마리아도 뒤를 따른다. 가게 안을 가로질러 건물 안쪽을 지나 지방이 없는 중정으로 나왔다.

그 순간 와아, 하고 마리아의 입에서 감탄이 새어 나왔다.

"크다."

눈앞에 가마가 있었다. 터널처럼 길고 좁은 형태로 앞쪽부터 안쪽까지 완만한 경사가 져 있었다.

"우리 공방이 자랑하는 오름가마입니다."

다쿠미가 젠체하는 말투로 양손을 벌렸다.

"불을 붙이는 건 1년에 두 번이라고 전에 말했지? 한 번에 3천 개 정도 작품을 넣어서 1200도에서 구워. 2주에 걸쳐서."

죄다 예상을 뛰어넘는 숫자뿐이라 마리아는 그저 감탄만 할 뿐이다.

"저 구멍에 장작을 집어넣어. 두는 위치에 따라 불의 세기가 다르니까 색도 문양도 달라지지. 직화가 닿지 않도록 짚을 감아서 모양을 내거나 큰 작품 안에 작은 작품을 넣어서 굽기도 해."

다쿠미가 설명하는 지식보다도, 손짓까지 섞어서 열변하는 진지한 표정에 마리아는 빨려들었다. 일장연설을 듣고서 가마의 사진도 찍었다.

"작업하는 곳도 볼래?"

다쿠미가 중정 한구석에 있는 작은 건물을 가리켰을 때 갑자기 뒤에서 목소리가 들렸다.

"다쿠미!"

마리아는 조심스럽게 고개를 돌렸다.

"뭐 하는 거야?"

마리아와 비슷한 나이대의, 산뜻한 느낌의 젊은 여자였다. 심기가 불편하다는 듯 인상을 잔뜩 쓴 채 팔짱을 끼고 서 있다. 공방 관계자일까. 외부인이 멋대로 들어와 있어서 화가 났는지도 모른다.

"어, 왔어?"

조마조마한 마리아 옆에서 다쿠미는 태평하게 말한다.

"이쪽은 육촌 동생인 마리. 가마 같은 거 구경시켜주고 있었어."

그녀는 값이라도 매기는 듯 험악한 눈초리로 마리아의 위아래를 훑었다.

"아, 그 카페 직원분?"

단정한 이목구비가 낯이 익다 했더니 마리아가 카페에서 다쿠미와 재회한 날 함께 있던 여자였다. 이름은 분명, 사나였다.

"육촌이면 피는 이어져 있는 거야?"

"응, 조금이지만."

"그렇구나. 하나도 안 닮았네."

바보 취급하듯 코웃음을 치는 태도에 마리아는 눈을 아래로 내리깔았다. 버릇없는 태도에 화를 내야 할 것 같지만, 더는 견딜 수 없다는 마음이 더 강하다.

이런 사람은 질색이다. 아니, 무섭다. 세상이 자기 마음대로 돌아간다고 믿어 의심치 않으며, 그렇게 되지 않으면 분노나 적의를 마음껏 퍼붓는다. 학교 동기 중에도 있었고 카페 손님 중에도 있다. 마리아는 몸이 굳어서 움직여지지 않았다.

"아니, 가마 같은 걸 보여주면 어떡해? 일반인에게는 재미없 잖아?"

"아니라니까. 그렇지?"

다쿠미의 말에 마리아는 가볍게 고개를 끄덕였다.

사나는 이곳에서 함께 일하는 동료일 것이다. 다쿠미의 태도 로 볼 때 연인 사이는 아닌 것 같지만, 적어도 상대는 마음이 있 는 듯했다. 호감 있는 직장 동료가, 친척이라고는 하나 시원찮은 여자를 자신들의 신성한 일터에 들였다는 게 마음에 들지 않을 지도 모른다.

"그럼, 슬슬 갈래?"

수습하듯, 다쿠미가 말했다. 확실히 이 상황에서 마리아를 작 업장까지 안내한 것은 눈치가 보인 모양이다.

사나가 눈썹을 쭉 올렸다.

"가다니, 어디로?"

"집에. 할아버지를 뵈러 오는 김에 여기도 들러달라고 한 거 거든."

"잠깐만."

얼른 다쿠미의 팔을 붙잡는다.

"다쿠미, 사나에게 머그컵 만드는 법 알려주기로 했지?"

"응? 근데 집에 산더미처럼 있으니까 됐다며."

"역시 만드는 게 좋겠어. 가르쳐줘."

사나는 빠른 속도로 지껄이더니 작업장으로 돌진했다.

"뭐? 가르쳐달라고? 지금?"

"지금."

뒤도 돌아보지 않고 즉시 답한다.

할아버지는 비닐하우스 안에 계셨다.

"응? 다쿠미는?"

"나중에 온대요."

자세한 사정을 설명할 마음이 들지 않아 마리아는 짧게 답했다. 할아버지를 신경 쓰게 하고 싶지도 않았다.

둘이서 나누어 쓰루미 가지의 모종을 하나하나 살펴본다. 지난 2주간, 바지런하게 일하는 할아버지를 따라 마리아도 일손을 도왔다. 벌레를 잡고 물을 주고, 중요한 온도 관리도 신경 썼다. 할아버지는 기온과 지온을 빠짐없이 확인하고 햇살이 강한 한낮에는 하우스의 문을 열어서 안에 가득 찬 열을 빼주고, 아침저녁으로 싸늘해지면 비닐이나 거적을 덮어서 세심하게 신경 썼다.

덕분에 모종은 쑥쑥 자랐다. 5월 황금연휴가 끝나면 밭에 심을 예정이므로, 앞으로 한 달 남짓 남았다. 다만 날씨가 따뜻해지면서 보드라운 새싹을 노리는 민달팽이와 해충도 늘었기에 방심하면 안 된다. 처음 초대받지 않은 손님을 발견할 때마다 비명을 지르던 마리아도 이제는 완전히 익숙해졌다. 지금은 공포 대신 살의가 끓어오른다.

요즘 모종들이 사랑스러워서 어쩔 줄 모르겠기 때문이다. 특히 쓰루미 가지에는 다른 채소들보다 더 애착이 든다. 손이 가는 아이일수록 사랑스럽다는 건 정말인 모양이다. 착실히 키가 크는 것이 기특해서 절로 미소가 번진다.

하지만 오늘만큼은 눈앞의 모종에 집중이 되지 않았다. 가슴 언저리가 답답하고 무거웠다.

마리아는 언제나 그렇다. 동작이 느리다고—때로는 '굼뜨다' 든가 '얼빠졌다'고도—주변 사람들이 지적하곤 하는데, 감정의 움직임도 느린 모양이다. 안 좋은 일이 일어나면 그 자리에서는 견뎌지는데 시간이 좀 지난 후부터 서서히 감정이 올라온다.

마리아와는 달리 사나의 그 기세는 어떤가. 그렇게 자기 감정을 곧바로, 생각나는 대로 분출할 수 있는 이유는 틀림없이 누군가 자신의 편이 되어주리라 믿기 때문이다.

다쿠미도 다쿠미다. 다음에 하자고 거절할 수도 있을 텐데 결국 그녀가 해달라는 대로 다 해주었다. 하지만 다쿠미만을 탓할 수는 없다. 나도 나다. 먼저 약속한 쪽은 나라고 점잖게 항의할 수도 있었을 텐데 맥없이 물러나 버렸다.

"마리, 왜 그러냐?"

할아버지의 목소리에 마리아는 화들짝 놀랐다. 생각하다 보니 절로 손이 멈춰버린 모양이다.

마리아가 사정을 설명하자 의외의 말이 돌아왔다.

"그 애는 공방 손녀야. 봄방학이라 도쿄에서 놀러왔대."

그러고 보니 사투리를 쓰지 않았다. 마리아는 이제야 이해가 갔다. 봄방학이라는 건 아직 학생이라는 얘긴가? 그 롤러코스터 같은 태도도, 갑작스러운 부탁에 다쿠미가 따를 수밖에 없었던 것도, 수긍이 갔다. 고용주의 손녀딸을 함부로 대할 수는 없었으리라.

"질투구먼. 여러 가지로 힘들겠구나, 젊은이는."

할아버지가 느릿느릿 머리를 흔든다.

"질투라니, 그럴 리가요."

마리아가 그렇게 아름다운 사나를 질투하다니 주제넘은 생각이다. 다쿠미의 여동생이라든가 연인 같은 가까운 관계라면 몰라도, 마리아는 그저 육촌에 불과하다.

"아니야. 그 손녀딸이 마리를 질투하고 있어."

"네?"

다시금 날아온 의외의 말에 얼빠진 소리가 나왔다.

"다쿠미는 계속 마리에게 가마를 보여주고 싶다고 했어. 네가 봐줬으면 좋겠다고 말이야. 그 녀석에게 소중한 것을."

할아버지는 단호하게 말했다.

"마리, 다쿠미가 외국에 가겠다고 말했을 때 기억나니?"

하필 친척들이 이 집에 모여 술자리를 가졌을 때 스웨덴에 가겠다는 계획을 발표했다고 한다. 그러고는 바로 비웃음을 샀다. 다쿠미가 또 잠꼬대 같은 소리를 한다, 세상이 그렇게 만만하지 않다 등등.

다쿠미는 얼굴이 새빨개진 채 방에서 뛰쳐나간 후 시간이 지나도 돌아오지 않았다. 할아버지는 조금 걱정이 되어서 손자를 찾으러 나갔다.

"그 녀석 고집이 있거든. 분한 마음에 혼자 어디서 울고 있나 싶었지."

그러나 다쿠미는 울고 있지 않았다. 초등학생이던 마리아를 붙들고 자신의 야망과 눈부신 미래에 관해 의기양양한 얼굴로 이야기하고 있었다고 한다.

"그 녀석, 무척 기뻐 보였어. 나도 반성했어. 모처럼 다쿠미가 열심히 하려는데 응원해줘야지 싶었지."

마리아도 어렴풋이 기억하고 있었다. 기필코 성공하겠다고 다짐하는 다쿠미는 의욕이 넘쳤다. 다쿠미라면 분명 그렇게 될 거라고, 마리아는 진심으로 그렇게 생각했다. 할아버지가 몰래 두 사람을 지켜보고 있었다는 것은 전혀 몰랐다.

"다쿠미에게, 너는 특별해."

마리는 이야기를 잘 들어주잖아, 라고 다쿠미가 한 말이 문득 떠오른다. '이야기하다 보면 왠지 힘이 나'라고. 그냥 한 말이라고 가볍게 흘려들었지만, 그 말에는 뜻밖의 진심이 담겨 있었는지도 모른다.

"그 손녀딸도 알았던 거야. 여자의 감은 무시 못해. 우리 할멈도, 그래 보여도 질투를 했지. 옛날에는 자주 싸웠어."

할아버지가 쿨럭, 기침을 하고는 쓸쓸하다는 듯 덧붙였다.

"안 돼, 안 돼. 이런 이야기 하면 할멈이 보고 싶어져."

마리아는 어떻게 대꾸해야 할지 알 수 없었다. 잠시 허공을 바라보던 할아버지가 영차, 하고 일어섰다.

"그럼, 만나러 갈까?"

손에 묻은 흙을 탁탁 턴다.

"네? 만나다니, 할머니를요?"

"응. 반가워할 거야."

눈을 반짝반짝 빛내면서 서둘러 하우스의 출구를 향해 걸어가는 할아버지를 마리아는 두근거리는 마음으로 쫓아갔다. 설마, 다소 혼란스러워진 걸까. 이럴 때 할머니는 이제 없다고 냉정하게 지적해야 하는 걸까. 아니면 일단 말을 맞춰준 후에 정신이 돌아오기를 기다려야 할까.

머릿속이 복잡한 마리아를 두고 가벼운 발걸음으로 하우스를 나간 할아버지는 밭 한쪽에 세워둔 경트럭에 탔다.

"마리도 타렴."

대체 어디로 가는 걸까. 트럭을 전속력으로 달린다 해도 천국까지는 가 닿지 못할 것이다.

그렇게 생각한 순간, 번뜩이는 무언가가 머릿속을 스쳐갔다.

어쩌면 묘인가? 마리아의 할아버지도 할머니의 묘지에 갈 때 '할멈을 보러 간다'고 표현했다. 묘비 앞에서 오랫동안 합장을 하며 가족 모두의 근황을 보고하고는 했다. 특기인 샤쿠하치(尺八, 일본의 전통 목관악기─옮긴이)를 가져가서 한 곡 연주하기도 했다.

"어서 타지 않고 뭐 해."

할아버지가 재촉하는 대로 마리아는 조수석에 앉았다.

10분가량 달려서 할아버지가 경트럭을 세운 주차장은 아무리 봐도 묘지는 아니었다. 마리아는 차에서 내려 정면에 펼쳐진 네모난 건물을 멍하니 올려다보았다.

"피곤하구나, 마리?"

할아버지의 말에 고개를 흔들었다. 불길한 오해를 입 밖에 꺼낼 수는 없는 노릇이다. 할아버지가 뚜벅뚜벅 걸어간다.

"저 입구가 입원 병동은 더 가까워."

할머니가 입원한 것은 2월 하순이었다고 한다. 수술은 성공했지만 체력 소모가 심해서 절대적으로 안정을 취해야 했다. 병문안도 최대한 자제해야 했고, 지난주에나 겨우 일반 면회가 가능해졌다고 한다.

할아버지가 병실 문을 노크하자 들어오세요, 하는 가느다란 목소리가 들렸다.

좁은 개인 병실은 벽도 바닥도 천장도 하얗다. 안쪽 창문에서 희미한 햇살이 비스듬히 비쳐든다. 할아버지의 어깨 너머로 환자복을 입고 침대에 누워 있는 할머니가 보였다.

"어머, 여보?"

놀란 목소리다.

"매일 안 와도 돼. 슬슬 바빠질 시기잖아."

"아니, 오늘은 마리를 데리고 왔어."

할아버지가 한 발 옆으로 비켜나자 마리아는 꾸벅 고개를 숙였다. 할머니가 눈을 휘둥그레 뜨더니 입가에 손을 댔다.

"오랜만이야, 마리. 일부러 와주다니, 고맙구나."

침대 위에서 상반신을 일으켜 인사를 건넨다. 10년 전 기억에 비해서 약간 마른 듯했지만 혈색도 좋고 눈빛도 맑다. 경과가 순조로운 것이리라.

"다쿠미에게도 이것저것 이야기는 듣고 있어. 신세를 많이 지고 있다고."

"마리는 참 손끝이 야무져. 고맙지."

"맞을 거야, 다정하니까. 정성을 다해 살펴주면 식물에도 전해지는 법이란다."

두 분이 입을 모아 말씀하셔서, 칭찬에 익숙지 않은 마리아는 주저주저하게 된다.

"덕분에 이 할미도 걱정 없이 이렇게 잘 쉬고 있단다."

"당신은 아무 걱정 말고 푹 쉬고 어서 나아."

"어머나, 다정해라. 평소에는 나보다 가지를 더 아끼면서."

"뭐야, 남사스럽게."

할아버지가 얼굴을 찡그리더니 마리아에게 귓속말했다.

"거봐, 질투쟁이지?"

"뭐라고?"

"아니, 아무것도 아니야."

죽이 잘 맞는 부부의 오가는 대화를 듣고 있자니 이야기 상대가 없어서 의욕이 없을 거라던 다쿠미의 말을 알 것 같았다.

"뭐, 됐어. 일단 마리아랑 다쿠미에게 감사해."

할머니가 이야기를 되돌렸다.

"그러고 보니, 다쿠미는? 집에 있어?"

인베에서 있었던 일을 마리아가 대략 설명하자 할머니는 인상을 찌푸렸다.

"미안해서 어쩌나. 다쿠미가 이번엔 세심하질 못했어. 손녀분도 마음이 급했을 거야. 오늘이 마지막이니까."

"마지막?"

할아버지와 마리아가 동시에 말했다.

"다쿠미가 말했어. 고등학교 입시 설명회인가 때문에 도쿄로 돌아간다고. 여보, 기억 안 나?"

"그런 이야기를 했던가?"

할아버지는 고개를 갸웃했다. 아무래도 기억력은 할머니가 더 좋은 모양이다.

"바로 어제 일이야. 여보, 정신 차려요."

고등학교 입시 설명회라니, 마리아는 속으로 반복해 말했다. 완전히 동년배이거나 어쩌면 나보다 연상일 거라고 생각한 사나는 중학교를 갓 졸업한 모양이다.

나는 너무 착각을 잘한다. 오늘은 그것들이 바로잡혀가는 하루인 모양이다.

"미안해서 어쩌나. 다쿠미도 악의가 있었던 건 아닐 거야. 너 그렇게 봐주렴."

할머니에게 사과받을 정도도 아니다. 멋대로 화내서 미안, 하며 내가 다쿠미에게 사과하고 싶다.

"인베의 가마는 어땠어? 이 할미도 아직 본 적이 없단다."

"엄청 크고 박력 있었어요. 아, 사진 있어요."

마리아는 휴대전화를 꺼냈다. 몇 분 전에 다쿠미에게서 메시지가 와 있었다.

할머니 할아버지에게 사진을 보여드린 후에 대충 훑어보았다. 아까는 미안, 다음에 꼭 갚을게. 미안, 미안. 서둘러 쓴 것으로 보이는 문자를 읽고 웃음이 터질 뻔했다.

"마리도 곧 개학이지?"

웃음을 참고 있는 마리아에게 할머니가 물었다.

"그리고 아르바이트도 하지? 바쁠 텐데 무리하지 마."

마리아의 근황 전반도 다쿠미에게 전해 듣고 있는 모양이다. 아르바이트란 말에 떠올랐는지 할아버지가 끼어들었다.

"그러고 보니, 당신도 마음에 들어 했던 오카야마역 앞에 있던 카페, 망했대."

"아, 그것도 다쿠미에게 들었어. 거기 맛있었는데."

"당신은 커피를 좋아하지."

마리아가 저도 모르게 끼어들었다.

"저기, 괜찮으시면 제가 내려드릴까요?"

"어머나?"

두 분 모두 동시에 마리아를 바라보았다.

"사장님이 가르쳐줬어요. 완전히 같지는 않겠지만 비슷한 맛은 낼 수 있겠죠."

다쿠미가 '다음에 갚는다'고 했으니 비젠야키로 커피 컵을 만들어달라고 할까. 할아버지와 할머니 것, 가능하다면 다쿠미와 마리아 것까지.

"우와, 기대되네. 퇴원이 기다려져."

할머니가 작게 박수쳤다.

"당신도 계속 혼자 있으면 쓸쓸하지?"

장난스럽게 미소를 짓더니 할아버지가 겸연쩍다는 듯 딴청을 피웠다.

"가지 밭에 심을 때까지는 돌아와."

창문을 약간 연다. 살풍경한 병실에 불어든 살랑바람에서 달콤한 봄내음이 났다.

본부장님의 감자

훗카이도 교고쿠마치 니미 농장

8월의 마지막 일요일 밤. 집으로 전화가 걸려왔을 때 준코는 거실에 있었다. 저녁을 먹은 후 남편, 딸과 셋이서 TV를 보고 있었다.

정확히 말하면 보고 있는 건 준코뿐이었다. 남편인 다카히로는 다이닝 테이블에서 잡지를 읽고 있었고, 딸 마이카는 소파 위에서 무릎을 끌어안은 채 휴대전화를 붙들고 있었다. 그 옆에 앉아 있던 준코가 TV 쪽으로 몸을 내민 것은 마침 날씨 예보가 시작되었을 때부터다.

화면 가득 띄워져 있는 홋카이도의 지도 위에 반짝반짝 빛나는 해님 마크가 흩뿌려져 있다.

내일은 홋카이도 전체가 맑은 모양이다.

"엄마, 전화 울리잖아."

응, 하고 준코는 건성으로 대답했다. 화면이 바뀌고 주간예보가 이어진다. 교고쿠초가 속하는 홋카이도 중앙부는 수요일까지는 맑은 모양이다. 목요일 이후에는 흐리다고 하지만, 우산 마크는 하나도 안 보인다. 강수 확률은 몇 퍼센트일까. 구름이 많아도 비만 안 오면 문제는 없지만.

"엄마, 내 말 듣고 있어? 끊기겠어."

마이카가 답답하다는 듯 한쪽 다리를 뻗어서 준코의 허리를 콕콕 찌른다. 그저 재촉만 할 뿐, 자기가 대신 일어나는 것도 아니다.

결국 전화기에서 가장 멀리 있던 다카히로가 일어나 수화기를 들었다.

"네, 니미입니다. 아, 안녕하세요. 오랜만이네요."

예의 바르게 인사하고는 소파에 있는 아내에게 무선전화기를 가져다준다.

"요시코 고모님이야."

"고마워."

아직도 반쯤 TV에 정신이 팔린 채 준코는 전화를 받았다.

"여보세요?"

"준코? 오랜만이네. 여전히 바쁘지?"

요시코 고모의 너그러운 말투가 들려왔다.

요시코 고모는 준코 아버지의 여동생이다. 다섯 남매 중 장남과 넷째 딸로, 열다섯 살이나 차이가 난다. 그리고 준코와는 열일곱 살밖에 차이가 나지 않는다.

"네. 내일부터요."

니미 농장에 있어서 1년 중 가장 바쁜 계절이 드디어 시작된다. 한 달 동안, 수십 헥타르의 바레이쇼 감자와 당근을 수확하기 때문이다.

"그래, 마침 잘됐네. 실은 말이야, 급히 부탁할 게 있어서."

"부탁이요?"

준코가 되물었다. 지금은 아무리 생각해도 고모의 '부탁'을 들어주는 데 '최적의 시기'라고 할 수는 없었다. 수확이 끝날 때까지는 시간적인 면에서도 체력적인 면에서도, 그리고 정신적으로도 다른 것에 할애할 여유는 없다. 결혼하고 집을 나왔다고는 하지만 농가의 딸로 태어나 자란 고모도 그것은 잘 알고 있을 터였다.

하지만 거절할 수는 없다. 요시코 고모라면 설사 아무리 여유가 없더라도 반드시 조카에게 손을 내밀어줄 테니까.

"뭔데요?"

준코는 조심스럽게 물었다.

다음 날 아침은 예보대로 날씨가 화창했다.

셋이서 아침을 먹고 마이카는 고등학교에, 다카히로는 직장에 서둘러 나간 직후, 고모가 차를 타고 준코의 집으로 왔다. 인사도 하는 둥 마는 둥 하며 손을 얼굴 앞에 합장하듯 모은다.

"준코, 미안해. 어려운 부탁을 해서."

고모의 부탁은 지인이 농사일을 거들게 해줄 수 있겠느냐는 것이었다. 중학교 시절 친했던 친구의 남편이라고 한다. 정년까지 도쿄의 종합상사에서 일했고 퇴직 후에도 도쿄도 내에서 살았지만, 노모의 병간호로 아내가 잠시 친정에 와 있어야 해서 남편도 따라왔다고.

"남편이 집안일을 하나도 못 한대. 도쿄에 혼자 두기도 그래서 데려올 수밖에 없었대. 하지만 이쪽에 지인도 없고 할 일도 없잖아. 매일 빈둥거리고 있나 봐."

아내는 아내대로 어머니 병간호에 힘든 터라 남편을 챙길 여력이 없었다. 그 모습을 보다 못한 고모가 니미 농장에 이야기해 보겠다고 한 것이다. 곤란한 상황에 처한 사람을 도저히 내버려두지 못하는 성격이다.

다른 사람 보살피는 것을 좋아하는 고모는 옛날부터 준코를 살뜰히 살펴주었다.

준코가 철들 무렵 농지의 한구석에 세워진 이 집에는 조부모와 부모, 그리고 아직 독신이었던 고모가 함께 살았다. 고모는 천식을 앓아서 밭에 나가면 기침이 멈추지 않기에 농사일을 돕지 못하고 동네 상점에서 일했다. 조카를 귀여워해주는 젊은 고모를 준코는 요시코 언니라고 부르며 따랐다.

일곱 살 때 어머니가 병으로 돌아가신 후에는 준코에게 고모는 언니라기보다 엄마라고 부를 정도의 존재가 되었다. 할머니, 할아버지, 아버지 모두 준코에게 신경을 써주기는 했지만, 어린 아이를 세심하게 챙겨주는 성격이 못 되었고, 무엇보다 밭일로 바빴다. 준코의 철없는 수다에 귀를 기울여주는 이도, 손수 만든 간식이나 소풍 도시락을 싸주는 이도, 참관수업이나 운동회에 출석해주는 이도, 늘 고모였다. 잠들지 못하는 밤, 준코는 고모의 방으로 가서 따뜻한 이불 속에 파고들었다. 조카가 잠들 때까지 고모는 지치지도 않고 등을 쓸어주었다.

중학교에 들어간 해 봄, 고모의 혼처가 정해지자 준코는 큰 충격을 받았다. 자신을 버려두고 가는 고모를 원망했고, 고모를 빼앗아가는 고모부를 미워했다. 배가 아파서 결혼식에도 못 갔다. 꾀병이 아니라 정말로 아팠던 것이다. 준코가 초등학교를 졸업할 때까지는 곁에 있어주고 싶다고 버티는 바람에 몇 년이고 고모부를 기다리게 한 것은 꽤 나중에 알았다.

"준코, 정말 고마워. 미요도 감사해하고 있어. 아마추어라서 도움도 안 될 테니 알바비는 안 줘도 된대."

"헉, 진짜요?"

"그럼 그럼. 오히려 돈을 내고서라도 맡기고 싶다던데? 우리끼리 하는 말이지만 남편분이 회사 다닐 때 임원을 노렸었나봐. 계속 현역에서 열심히 뛸 생각이었는데 회사 안에서 이런저런 일이 있었던 모양이야. 한마디로 사내 경쟁에서 진 거지. 그래서 갑자기 맥이 탁 빠져버렸다더라고."

"그럴 만하네. 월급쟁이도 참 힘들어."

준코는 쓴웃음을 지었다.

"일손이 늘면 우리도 좋죠. 이 시기에는 고양이 손이라도 빌리고 싶을 정도니까요."

바레이쇼 감자의 선별은 그렇게까지 복잡한 작업은 아니다. 웬만해서는 금세 적응할 것이다. 집안일을 전혀 못 한다는 말이 다소 걸리긴 하지만, 못해서 안 하는 게 아니라 하려는 생각 자체가 머릿속에 없는 것이리라. 그런 세대인 것이다.

문득 불안이 가슴속을 뚫고 지나갔다. '그런 세대'의 남성을 준코는 그다지 좋아하지 않는다.

"걸림돌이나 안 되면 좋겠는데."

조카의 걱정이 전해진 것인지 고모가 인상을 찌푸렸다.

"야스이 씨도 정년까지는 경험이 아예 없었잖아요. 하지만 지금은 우리 중에 제일가는 일꾼인걸요."

준코는 일부러 밝게 말했다.

"아, 그렇지. 야스이 씨도 못 본 지 좀 되었네. 모처럼 왔으니 얼굴이라도 보고 갈까? 그리고 마이도 보고 싶은데."

"걔도 아쉬워했어요."

어릴 때 종종 돌봐줘서인지 마이카도 고모를 무척 잘 따른다. 본인의 아들들은 다 커서 손이 갈 일이 없으니 집안일을 도와주겠노라고 고모가 먼저 말해준 것이다. 당시 준코는 아버지의 뒤를 잇겠다고 결심한 지 얼마 안 됐을 때라 농장 경영으로 머릿속이 가득했다. 마을의 공공기관에 근무하는 다카히로는 야근이 거의 없어서 집안일 대부분을 도맡았지만, 고모의 손길은 무척 도움이 되었다.

"아, 왔나봐."

차의 엔진음이 들리자 준코와 고모는 창가에 섰다. 밭 사이를 가로질러 은색 경차가 달려온다. 준코는 부부를 맞이하기 위해 현관문으로 향했다.

풍모도 인상도 대조적인 부부였다. 아내는 여성치고는 키가 크고 마른 체형이었다. 여위었다는 표현이 좋을지도 모른다. 눈아래 다크서클은 진하지만 이목구비가 뚜렷하고 우아한 미소를 입가에 띠고 있다. 그에 반해 남편은 통통하고 키가 작았다. 목각인형을 연상시키는 눈을 가느다랗게 뜨고 입을 굳게 다물고 있다.

"처음 뵙겠습니다. 사이토입니다. 잘 부탁드립니다."

사이토 부인이 깊이 고개 숙여 인사했다. 도쿄에서 오래 생활한 탓인지 사투리를 쓰지 않았다. 옆에 있던 남편은 팔짱을 낀채 아주 조금 고개를 움직였다.

창고 안에는 직원 세 명이 이미 출근해 있다. 트랙터나 수확기 등의 대형 차량이 여러 대 세워져 있는 사이에 서서 이야기를 나누고 있다. 야스이와 후미는 봄부터 여름에 걸쳐 얼굴을 보고 있지만, 수확 시기에만 단기간 한정으로 일을 해주는 렌과는 1년 만의 재회다. 서로의 근황 보고로 수다가 무르익은 듯하다.

그들과 준코까지 네 명이 이번 수확기의 주요 전력이다. 주말에는 다카히로도 도와줄 것이다.

그리고 사이토 씨도.

준코를 따라 창고에 들어온 사이토 씨는 주위를 두리번거리고 있다. 낯선 차나 기계에 정신을 빼앗기고 있는 것으로도, 갑자기 오게 된 미지의 장소를 경계하는 것으로도 보인다.

우리를 본 야스이가 모자를 벗고 인사한다.

"안녕하세요."

그는 준코의 아버지와 동갑으로 아버지가 살아 계실 때 사이가 좋았다. 2년 전 장례식 때 관 앞에서 조용히 눈물을 흘렸다.

야스이 씨도 정년퇴직을 계기로 농사를 시작했다. 이렇다 할 취미도 없이 집에 틀어박혀 있는 남편을 아내가 반쯤은 걱정으로 반쯤은 짜증이 나서, 뭐라도 할 일을 찾으라며 억지로 밀어붙인 모양이다. 니미 씨 덕분에 황혼이혼을 피했다는 말을 일전에 들은 적이 있다. 살갗이 희고 몸이 호리호리해서 농업과는 연이 없어 보이지만 손재주가 좋고 작업도 정확하다. 게다가 회사원 시절에는 경리부에 있었던 모양으로 장부나 세금에 관해 물으면 곧바로 해결된다. 그러면서도 겸손해서, 나이 지긋한 남성 특유의—가령 준코의 아버지 같은—고압적인 태도나 남녀차별적인 언행을 보이지 않는 것도 훌륭하다.

"오랜만이에요."

렌도 인사를 해왔다. 그는 아직 이십 대로, 대학을 나와 취직을 했지만 1년 만에 그만두고 아르바이트를 하면서 일본 각지를 전전하고 있는 별난 사람이다. 따뜻한 계절에는 북쪽으로, 추운 계절에는 남쪽으로 전국을 돌아다닌다고 한다.

"오랜만이네. 잘 지냈어?"

"잘 지냈죠. 수확을 대비해서 체력 길러 왔어요. 올해도 잘 부탁드립니다."

"믿음직스럽네, 렌."

후미가 놀린다.

그녀와 준코는 딸들이 같은 초등학교에 다닌 인연으로 알게되었다. 아이가 웬만큼 컸으니 파트타임을 구하고 있다는 말에 우리 집에서 일하지 않겠느냐고 준코가 제안했다. 시댁은 대대로 이어오는 세무사 집안인데, 친정이 호쿠리쿠의 농가여서 농사일의 기본은 몸에 배어 있고 감도 좋다. 게다가 대형특수면허도 가지고 있다.

"저, 그쪽은……."

후미가 먼저 말을 꺼냈다. 렌도 야스이도 궁금증을 감추지 못하는 얼굴로 낯선 인물에게 주목하고 있다.

"사이토 씨예요."

입을 다물고 있는 당사자 대신 준코가 소개했다.

심기가 불편하다는 듯 입을 다물고 있는 이유는 아내에게 체면 깎여가며 쫓겨난 것이 마음에 들지 않아서일까. 그렇다고는 해도 스스로 결심한 이상 조금 더 기분 좋게 행동해도 좋을 텐데 말이다. 어떻게든 남편을 집 밖으로 내보내려, 조금 더 심하게 말하면 쫓아내려 한 아내의 마음도 이해가 간다. 이런 사람이 하루 종일 구들장만 붙들고 있으면 그것만으로도 우울해질 것 같다.

"처음 뵙겠습니다. 렌입니다. 잘 부탁드려요."

렌이 서글서글하게 인사하자 야스이와 후미도 순서대로 자신을 소개했다. 사이토는 여전히 무뚝뚝한 얼굴로 작게 고개를 숙였다.

"사장님, 오늘은 어떻게 진행할까요?"

야스이가 물었다. 종업원들은 준코를 사장님이라고 부른다. 니미 농장은 법인회사이기에 그 수장인 준코가 '사장'임에 틀림없는데, 취임하고도 한동안 익숙지 않아 겸연쩍은 기분이 들었다. 그래도 마음은 들떴다.

"오전 중에는 후미 씨와 렌, 사이토 씨가 감자 수확을 해주세요. 후미 씨가 운전을 하고 렌과 사이토 씨는 선별을 하시고요. 야스이 씨는 저랑 같이 당근을 해요."

말하는 도중 사이토의 시선을 느꼈다. 사장님이라는 호칭에 의표를 찔렸는지도 모른다.

이런 무례한 반응에는 익숙한지라 더는 동요하지 않는다. 동요하지 않을 뿐 아니라, 어쩌라고, 하며 가슴을 펴서 보여주고 싶을 정도다. 이 부근에서는, 아니 다른 곳에서도 그렇겠지만 여성 농장 경영자는 소수다. 선대에서부터 전해져 내려온 논밭은 장남이, 사정이 있어 장남이 안 되면 차남이나 삼남이 물려받는다. 딸밖에 없는 집은 데릴사위를 들여 후계로 삼는다.

"그럼 렌, 사이토 씨에게 방법을 알려줄래?"

"네."

렌은 그럼 갈까요, 하고는 창고 안쪽으로 걸음을 돌렸다.

"이게 포테이토 하베스터예요. 번역하면 감자 수확기죠. 하하, 직역이죠. 저쪽 트랙터가 끌면서 이랑을 따라 달리는 거예요."

렌은 설명하면서 측면에 달린 사다리를 쑥쑥 올라간다. 사이토도 엉거주춤 뒤를 따랐다. 수확기 상부는 트럭 짐칸처럼 되어 있어서 작업원이 올라타서 수확한 감자의 선별 작업을 한다.

땅속의 감자를 차체 아래에 달린 삽으로 흙째 파 올린다. 그렇게 수확한 감자는 컨베이어벨트 위로 운반되어 작업원이 손으로 선별한다. 규격 내의 크기는 출하용, 너무 크거나 작은 것은 가공용 컨테이너로 빠르게 나누는 것이다.

규격에서 벗어난 감자는 출하 가격이 확 떨어지므로 최대한 기준에 맞도록 세심한 주의를 기울여 수확 시기를 결정한다. 너무 일러도 안 되고 너무 늦어도 안 된다. 밭의 일부를 시험 삼아 파본 후에 감자의 생육 상황을 확인한 다음 지금이다, 라고 판단되면 한꺼번에 수확한다.

"사이토 씨는 그쪽에 서세요. 저쪽에서 감자가 올라올 거거든요. 아, 차가 달리기 시작하면 꽤 흔들려요. 조심하세요."

수확기 위에서 렌의 목소리가 들려온다. 앞쪽으로 연결된 트랙터 운전석에는 후미가 준비를 하고 있다.

"저쪽 컨테이너가 가득 차면 일단 트랙터를 멈추고 다시 큰 컨테이너에 옮겨요. 이렇게 확 붓는 거죠."

렌이 설명하는 중간중간 "아~ 오~" 하며 장단을 맞추는 사이토의 목소리가 들린다. 기분이 좀 풀린 것일까. 토라진 것일 뿐 그렇게 나쁜 사람은 아닌지도 모른다.

준코도 마음을 다잡고 또 한 대의 트랙터 운전석에 올라탔다. 뒤에 견인하는 당근 수확기는 야스이가 발진을 기다리고 있다.

이것저것 마음에 걸리는 일이 있어도 밭에 나오면 금세 마음이 가벼워진다. 트랙터를 달리면서 준코는 앞을 바라본다. 시야에 들어오는 것은 모두 니미 농장의 땅이다.

즉, 나의 땅이다.

이 얼마나 넓은가. 게다가 이 얼마나 아름다운가. 사장님, 이라고 준코가 불릴 때 사이토의 당황한 얼굴이 뇌리에 스치며, 혼자서 웃음이 났다.

광대한 밭이 끝없이 펼쳐지고 그 앞에는 요테이잔이 우뚝 솟아 있다. 우아하고 아름다운 능선 덕에 '에조후지'라고도 불린다. 이웃 마을인 구쓰치얀이나 니세코에서도 보이지만 교고쿠마치에서의 조망을 뛰어넘을 순 없다고 이곳 주민들은 자신한다.

매일 저녁 밭일을 마친 후, 준코는 요테이잔을 우러러보며 두 손을 모은다. 아버지에게서 물려받은 습관이다. 내일도 날씨가 좋기를, 사고나 부상이 없기를, 염원하는 것이다. 야스이 씨 등 종업원들도 준코를 따라 일과를 마치면 산을 향해 기도한다.

"사장님, 조금 더 속도 올려도 돼요."

살짝 열린 운전석 창문 너머로 야스이의 목소리가 들렸다.

"알았어요."

콧노래를 부르며 준코는 액셀러레이터를 밟았다.

속도가 안정된 시점에서 대시보드 위에 달린 카메라의 모니터로 손을 뻗었다. 몇 곳의 영상을 빨리 넘겨서 이상이 없는지 확인한다. 니미 농장의 농장 차량에는 이곳저곳에 카메라가 달려 있다. 준코가 직접 달았다. 차체가 큰 만큼 사각지대가 많아지기 때문에 사고를 막기 위한 노력이다.

홋카이도의 대규모 농업은 대형 기계나 차량을 많이 사용하므로 그것들을 정비하거나 수리하는 일도 농가에서 중요한 일 중 하나다. 니미 농장의 경우는 준코와 다카히로 모두 기계 만지는 것을 좋아해서 부부가 힘을 합치면 대체로 어떻게든 해결이 된다.

준코는 어릴 때부터 기계나 차가 좋았다. 예쁜 인형이나 아기자기한 물건에는 눈길도 주지 않고 미니카나 프라모델을 사달라고 졸랐다. 집 안에서 소꿉놀이를 하는 것보다 밭 주변에 펼쳐진 숲속을 뛰어다니거나 벌레를 잡으면서 노는 것을 좋아했다. 친구도 남자 친구가 많았다. 초등학교 때까지는 반에서 가장 달리기가 빨랐고, 싸움도 지는 법이 없었다.

"준코는 힘이 세네. 여자로 살기는 아까워."

할아버지는 자주 그렇게 말했다. 할머니도 응응, 하면서 동의했다.

어릴 때는 그 말이 칭찬이라고 생각했다. 남자 못지않은 활발한 손주를 자랑스럽게 여기는 거라고. 꼭 그런 건 아닐지도 모르겠다고 생각하게 된 건 중학생 때였다.

마을 축제 뒤풀이인지, 농협 모임이었는지 집에서 술자리가 열린 날이었다. 근처 사는 남자들이 많이 와서 밤늦도록 술을 마셨다. 술 취한 사람들이 내는 큰 목소리가 준코가 자는 방까지 울려 퍼졌다.

"니미 씨도 빨리 젊은 색시를 들여야 할 텐데. 이번에야말로 아들을 낳을지 어떻게 알아?"

이번에야말로, 라고 준코는 이불 속에서 중얼거렸다. 몸을 둥글게 말고 귀를 기울였다. 맞아 맞아, 하는 목소리에 섞여서 아버지의 대답은 들리지 않았다.

결론적으로 아버지는 재혼하지 않았다. 어떤 심정으로 독신을 고집했는지 준코는 알 수 없다. 아는 것은 오직 준코의 심정이 그 밤을 경계로 바뀌었다는 사실뿐이다.

남자 따위에 지고 싶지 않아. 여자라서 안 된다는 소리를 듣고 싶지 않아.

입 밖으로 내는 순간 타인과 대립각을 세우게 되므로 본심을 드러내지 않도록 조심했지만, 그 생각은 어딘가에 들러붙어 준코의 등을 떠밀었다. 떠민 것뿐 아니라 때로는 난폭하게 걷어차고 앞으로 나아가라고 부추긴다.

열두 시가 지나, 작업을 중단하고 점심식사를 시작했다. 보통 준코는 점심에는 혼자 집으로 돌아간다. 식사 시간 정도는 사장이 없는 것이 편할 테니까. 하지만 오늘은 처음 온 사이토 씨도 있고, 렌과도 1년 만에 만나는 것이므로 다 함께 먹기로 했다.

창고 뒤에 놓인 원목 테이블에 다섯 명이 둘러앉는다. 세트인 벤치까지, 준코와 다카히로가 힘을 합쳐 만든 것이다. 지난 몇 년간 비바람을 맞으면서 점점 좋은 느낌이 났다.

"첫 작업은 어땠어요?"

후미가 사이토에게 말을 걸었다.

"아니, 완전히 기진맥진하네요. 어차피 운동 부족이니까요."

렌과 작업하는 동안 좀 풀렸는지 사이토는 아침과는 달리 싹싹하게 대답했다. 넓은 이마에 땀이 배어나오는 걸로 보아 피곤한 듯했지만 얼굴은 눈에 띄게 밝아졌다.

"무슨 일을 하셨어요?"

이번에는 야스이가 물었다.

"상사에서 영업을 했어요."

"본부장이셨죠?"

렌이 옆에서 보충했다. 수확기 위에서 들은 것이리라.

"와아, 본부장이요? 대단하다."

"아니, 뭐 그 정도는 아니에요."

사이토는 득의양양하게 우쭐한 표정을 지었다. 뭐랄까, 알기 쉬운 사람이다. 임원이 못 되서서 어떡해요, 라고 준코는 말하고 싫었지만 꾹 참았다.

각자 가져온 점심 도시락을 펼친다. 렌이 편의점 주먹밥을 손에 들고 부럽다는 듯 사이토의 도시락을 보았다.

"맛있겠네요."

아내가 만들어준 것이리라. 여러 종류의 반찬이 알록달록 들어 있다.

"저는 아무래도 파는 것은 안 받아요. 혀가 예민한지, 회사 다니던 시절에도 거의 매일 도시락이었어요."

"와, 좋겠다. 역시, 직접 만든 건 다르죠."

렌은 진심으로 감탄한 듯했지만, 그 옆에 있던 후미는 빵을 손에 들고 건너편에 있는 준코에게 눈길을 보냈다. 아내가 불쌍하다, 고 얼굴에 쓰여 있다. 동감이다. 준코 옆에서 마찬가지로 아내의 애정이 담긴 도시락을 먹던 야스이가 어색한 듯 눈을 내리깔았다.

"렌도 만들어보지 그래?"

후미가 말했다.

"앗, 그런 방법이 있구나. 근데 저 아침에 잘 못 일어나요."

"힘내봐. 멋있잖아. 요리 잘하는 남자."

"멋은 놔두고라도, 해주면 고맙지."

달콤한 달걀말이를 씹으면서 준코도 끼어들었다. 이 도시락은 다카히로가 손수 만든 것이다. 평일에는 매일 가족 세 명분을 한꺼번에 만들어준다. 아내가 아니라 남편의 사랑이 가득 담긴 도시락이다. 대신 야외 작업이 거의 없는 겨울에는 집안일 대부분이 준코의 몫이다.

"좋겠다, 요리 잘하는 남편. 우리 집 양반도 좀 배웠으면 좋겠어."

"앗."

사이토가 묘한 소리를 냈다.

"사모님은, 저기, 결혼하셨나요?"

사모님, 이라고 불리는 것은 오랜만이다.

"네. 일단."

"저, 그럼, 남편분은……."

머릿속에 다양한 가능성이 소용돌이치는지 눈빛이 흔들린다.

"마을 관공서에서 일해요. 농번기에는 주말만 도와주고요."

니미 농장의 운영 체제를 처음 알게 되면 대체로 놀란다. 아내가 농장을 경영하고 남편이 다른 데를 다니는 역할 분담은 확실히 일반적이라고는 할 수 없다. 당사자 두 사람은 최선이라고 확신하고 있지만, 친아버지에게조차 인정받기까지 애를 먹었다.

"좋겠다. 공무원 남편이라니."

후미가 싱글벙글 웃으며 빵을 먹었다.

준코와 다카히로의 만남은 약 20년 전으로 거슬러 올라간다.

어느 초여름, 준코는 요시코 고모의 초대로 바비큐 파티에 참석했다. 고모부가 근무하는 관공서 직원들의 가족들이 모이는 파티였는데, 준코가 불려간 이유는 충분히 짐작이 갔다.

스무 살도 중반을 넘겼는데 남자라고는 관심 없어 보이는 조카를, 고모는 항상 신경 쓰고 있었다. 얼굴을 볼 때마다 누구 좋은 사람 없느냐고, 빨리 준코가 드레스 입은 모습을 보고 싶다고 농담 섞어서 채근했다. 원래라면 어머니가 할 법한 대사를 대신해줘야 한다는 사명감 같은 것도 있었는지 모른다. 준코가 중학생이 되고, 고등학생이 되면서 고모는 때에 맞는 화제를 꺼내려 애썼다. 좋아하는 사람이 생기면 꼭 알려줘, 아빠한테는 절대 말안 할 테니까, 고모한테는 숨기지 마, 하며 신신당부했다.

숨긴 것이 아니다. 준코는 태어난 이후 이성과 사귄 경험이한 번도 없었다. 사귀기는커녕 짝사랑조차 할 수 없었다.

준코는 동년배 남자를 동료 아니면 경쟁상대로 간주했고, 상대방도 준코를 그렇게 대했다. 짧은 머리에 175센티미터의 키는 그들 안에 섞여 있어도 아무런 위화감이 없었다. 대신 동성들에게는 꽤 인기가 있었다. 여자 배구부 주장이자 스타 플레이어였을 때는 밸런타인데이에 웬만한 남자에게 안 질 만큼 초콜릿을 받았다. 단 걸 좋아하지 않아서 전부 고모에게 갖다주었고, 단 걸 좋아하는 고모는 복잡한 표정으로 그것들을 받아주었다.

고등학교를 졸업하고 본가의 농사를 돕기 시작하면서도 변함없이 연애와는 연이 없었다.

젊은 독신 남성과 만날 기회가 적다며 고모는 애를 태웠지만꼭 그렇지도 않았다. 니미 농장에는 없지만 근처 젊은 농가와는 교류가 있었다. 스터디나 강습회를 가도 참가자는 온통 남자뿐이라 준코는 단연 홍일점이었다. 그래도 신경 쓰지 않고 다녔더니 자연스럽게 익숙해졌다. 준코는 그곳에서 농업의 이론과 기초 지식을 배웠고, 친구들도 많이 사귀었다. 심술궂은 날씨 변화나 만성적인 인력 부족, 고집불통인 아버지에 관해 속이 풀릴 때까지 욕을 했다. 이런 고민을 하는 게 나 혼자만이 아니라는 사실에 마음이 편해졌다.

처음 시작하고 1, 2년은 일이 전혀 재미있지 않았다. 아버지는 이거 해라, 저거 해라 지시만 하고, 그 일이 왜 필요한지 조금도 가르쳐주지 않았다. 준코도 작업하는 것만으로도 벅차서 일일이 질문할 여유도 없었다. 게다가 아버지의 계획대로 일이 진행되지 않으면 느려 터졌네, 칠칠맞지 못하네 하며 싫은 소리를 들어야 했다. 농사일 따위 정말 지긋지긋해, 빨리 그만두고 집을 나가야지, 한 게 한두 번이 아니다.

하지만 할아버지가 돌아가시고 할머니도 건강이 나빠지자 니미 농장은 심각한 인력 부족에 빠지게 되었다. 게다가 농사를 그만둬도 특별나게 하고 싶은 일이 있는 것도 아니었다. 마을에는 일자리도 제한적이다. 삿포로 같은 대도시에 나가면 뭐든 직업을 찾을 수 있겠지만 그것도 내키지 않았다. 자연이 풍요로운 교고쿠마치를 준코는 좋아했다.

그리고 어쨌거나 지고 싶지 않았다. 어떻게든 견뎌내서 남자가 아니어도 도움이 된다는 걸 증명해 보이고 싶었다.

농사를 짓는 친구들에게 추천받아 일하는 틈틈이 전문학교에도 다녔다. 작업에 관한 것, 비료나 농약, 토양 등 이해가 깊어짐에 따라 농사가 훨씬 재미있어졌다. 농장 경영에 관한 법률이나 회계 제도도 배웠다.

배우는 것은 즐거웠다. 어린 시절에는 공부는 고통 그 자체였는데.

"준코는 머리가 이과 쪽이니까. 원리를 알면 후련한 거야."

준코의 이야기를 들은 고모는 그렇게 이해했다.

"이과인 거랑은 상관없지 않아요?"

굳이 말하자면 성격의 문제이리라. 이유도 모른 채, 아버지가 정한 대로 움직여야 하는 게 준코는 너무 싫었다.

물론 이유를 알았다고 해서 만사가 해결된 것은 아니다. 아버지의 지시에 의문을 표하거나 새로운 농법을 제안해도 '네가 뭘 알아' 하면서 거부당하기 일쑤였다. 그래도 농사를 그만두고 싶다는 마음은 들지 않았다. 고지식한 아버지에게 짜증이 나는 반면, '더 공부하자, 더 경험을 쌓자'라는 투지가 불타올랐다.

"친구가 많이 생겨서 다행이다. 정말 다행이야."

고모는 의미심장한 미소를 지었다.

"저기, 그중에 누구 좋은 사람……."

"없어."

마지막까지 듣지도 않고 준코는 고모의 말을 끊었다.

그런 경위를 거친 후에 간 바비큐 파티였다.

고모에게는 미안하지만 준코의 관심은 운명의 만남보다는 고급 양고기에 향해 있었다. 술을 잘 못 하는 고모부가 차로 데려다준다고 해서 맥주도 마음껏 마실 수 있었다.

고모의 지령을 받은 것인지, 고모부는 고기에 심취해 있는 조카 앞으로 독신 동료들을 차례차례 데려왔다. 공무원이라 그런지 하나같이 착실하고 성실해 보였다. 어쩌면 그런 사람만 골라서 데리고 온지도 모른다.

다카히로는 그날 만난 남자 중 가장 어렸다.

귀엽네, 가 첫인상이었다. 동안에 마른 탓인지 학생으로도 보였지만 사회인이 된 지 2년째라고 했다. 대졸이라면 나보다 세 살 아래구나, 하고 준코는 머릿속으로 계산했다. 삿포로 출신으로 시내의 대학을 졸업한 후 관공서에 취직해 공공시설 관리와 정비를 담당한다고 했다.

"왜 교고쿠마치에 오셨어요?"

다른 직원은 대부분이 지역 출신이었다.

"자연이 풍부한 곳에서 일하고 싶어서요. 이 마을의 분위기, 무척 좋아해요. 참 좋은 곳이죠."

"완전히 시골이지만요."

겸손하게 답했지만 고향을 칭찬하는 게 기분 나쁘지 않았다.

"그리고 모집 직종도 딱 맞아서요. 대학 전공이 토목공학이거든요. 큰 건물이나 다리 같은 걸 동경해요. 배나 비행기도 좋아해서 기계공학도 고민했었죠."

일단 큰 것에 흥미가 있는 듯하다.

"그럼, 차는 그다지?"

자연스럽게 질문을 던졌다. 준코는 단연 차가 좋다.

"아뇨, 물론 차도 좋아해요. 특히 일하는 차랄까, 특수한 거요. 크레인이나 탱크로리 같은 거. 그러고 보면 농업도 전용차가 있죠?"

"네. 우리도 몇 대 쓰고 있어요."

"와, 부럽네요."

진심으로 부러워하는 듯하여 준코는 딱히 깊게 생각하지 않고 말했다.

"보러 오실래요?"

"그래도 돼요?"

다카히로가 눈을 반짝였다.

이 시점에서는 아직 그를 이성으로 의식한 것은 아니었다. 대화 중간에도 우걱우걱 고기를 먹고, 꿀꺽꿀꺽 맥주를 마셨다. 다카히로도 잘 먹고 잘 마셨다. 마른 것치고는 복스럽게 먹네, 라고 호감이 들었지만 그것이 사랑은 아니었다. 아니었을 것이다.

절반은 사교성 멘트였는데, 그다음 주말에 다카히로는 진짜로 니미 농장에 찾아왔다. "우와, 엄청 커!" 하며 어린아이처럼 흥분하면서 창고 안 차량과 기계류를 꼼꼼히 구경했다. 한바탕 사진을 찍고 난 후에 꼭 답례를 하고 싶다고 우기는 통에 도로 휴게소에 있는 식당에서 점심을 얻어먹었다. 식사 중에도 대화는 무르익었다. 차 이야기뿐 아니라 서로의 일이나 가족까지, 화제는 끊임없이 이어졌다.

식후에는 배도 꺼뜨릴 겸 가볍게 산책을 했다. 휴게소 주변에는 공원이 정비되어 있다. 햇볕이 비치는 곳은 땀이 날 정도로 쨍쨍한데 나무 그늘 아래는 서늘했다.

숲에 둘러싸인 산책로를 걷다 보니 물이 솟는 곳이 나왔다. 지하수가 기세 좋게 뿜어져 나오고 있었다. 별생각 없이 손을 뻗고 나서야 준코는 아차 싶었다. 닦을 것이 없다.

젖은 손을 탁탁 털고만 있는데 다카히로가 손수건을 빌려주었다.

"죄송해요."

준코는 미안한 마음으로 손수건을 받아 들었다. 손수건은 빳빳하게 다려져 있었다. 왠지 엄청 부끄러워져서 물 때문에 차가워진 손을 볼에 갖다 댔다. 뜨거웠다.

맥락도 없는 말을 해버린 것은 동요해서였을까.

"여기에 다른 사람과 함께 오는 건 처음이에요."

"평소에는 혼자 오세요?"

"네. 실수했을 때라든가 우울해졌을 때, 여기에서 멍하니 있으면 약간 기분이 편해져요."

다카히로는 아아, 하며 폭포를 올려다보았다.

"배짱 좋아 보이지만 속으로 끙끙 앓을 때도 있는 법이거든요.”

준코가 장난스럽게 덧붙인 것은 같은 말을 남자 친구들에게
했을 때 눈을 휘둥그레 떴던 것이 기억났기 때문이다. “진짜? 니
미도 우울할 때가 있어?” 야유하는 것도 장난치는 것도 아닌, 순
수하게 놀라는 얼굴이었다.

호쾌하고, 체념이 빠르고, 사소한 것에 집착하지 않는다. 준코
는 예전부터 친구나 지인에게 그렇게 평가받아왔다. 십 대 시절
에는 스스로도 자신이 그런 사람이라고 생각했다. 그런 사람이
고 싶다는 바람도 있었을지 모른다. 실제로도 그런 씩씩한 면을
가지고 있다.

하지만 적어도 주변 사람들이 생각하는 것만큼은 호쾌하지도
체념이 빠르지도 않다. 겉보기와 달리 예민하고 꽤 뒤끝도 있고
어두운 쪽으로 생각하자면 끝이 없을 때가 있다.

“배짱?”

다카히로가 중얼거리며 준코를 빤히 쳐다보았다.

“전혀 그렇게 안 보이는데요.”

준코는 놀라서 다카히로를 쳐다보았다. 이렇게 마주 보고 있
으니 준코보다 약간 키가 작다.

다카히로의 뺨도 발그레해져 있었다.

금요일까지 수확 작업은 순조롭게 진행되었다. 주 후반에는
구름이 많았지만 다행히 비는 오지 않아서 감자의 작황도 나쁘

지 않았다. 닷새간의 수확량은 준코의 예상을 뛰어넘었다.

유일한 고민의 대상은 사이토였다.

"대체 뭐예요, 저 사람?"

처음 말을 꺼낸 이는 후미였다. 첫날 작업이 끝나고 데리러 온 아내의 차로 사이토가 돌아간 후 준코를 붙들고 호소했다.

"수다만 떨고 손을 움직일 생각을 안 해요. 게다가 50억짜리 거래를 성사시켰다는 둥 부하가 100명 있었다는 둥 긴자의 고급 클럽의 단골이었다는 둥. 자기 자랑만 줄줄줄."

준코도 잠깐 사이토와 둘이서 감자 선별 작업을 했기에 후미가 하려는 말을 잘 알아들었다. 아니, 안 것뿐 아니라 완전히 같은 생각을 했다. 사이토와 팀을 짜는 것은 그걸로 끝이었다. 그냥 있어도 힘든데 그런 걸로 짜증이 나서 신경을 쓰다 보면 바쁜 수확기를 버티기 힘들다.

"그리고 불평은 또 어찌나 많은지. 발이 나른하다느니 허리가 아프다느니. 결국은 뭐라고 한지 아세요? 이런 단순 작업은 기계화 안 되나요? 사람이 할 일이 아니에요, 라나? 제대로 하지도 못하는 사람이 할 말은 아니지 않나요?"

후미는 씩씩거리며 말을 이어갔다.

"우리를 무시하는 거잖아요? 요테이잔에 기도하는 것도 비웃었고요."

그랬다. 농촌의 산악신앙 같은 건가요? 하고 코웃음을 친 것이다. 시골 사람의 미신으로 치부한 듯해서 준코도 발끈했다.

"사장님은 사람이 너무 좋아요. 물론 나도 그 아내분은 안 됐지만 그런 사람을 억지로 보내는 건 우리한테도 민폐라고요. 탁아소도 아니고. 본인이 감사해하면 몰라도 이런 건 내가 할 일이 아니야, 라며 삐기고 있잖아요?"

"진정해요. 육체노동에 익숙지 않으니 피곤하면 투덜거리기 마련이잖아요. 초보자니까 조금만 너그럽게 봐줘요."

옆에서 듣던 렌이 후미를 달랬다.

"정년 후에는 정신적으로도 힘들 거예요. 세상에 버려진 기분이 든달까요. 그래서 옛날에 잘나가던 시절을 끄집어내는 게 아닐까요."

비슷한 경험이 있어서인지 야스이도 사이토에게 동정적이다.

"그리고 일을 잘 못하는 게 속으로는 분했던 게 아닐까요? 그래서 자기도 모르게 미운 소리만 골라서 하는 건지도 모르죠. 억지를 부린다고 해야 하나, 화풀이라고 해야 하나."

"다들 마음이 넓네요."

후미가 한숨을 내쉰다.

"렌도 여러 가지로 귀찮은 소리 많이 듣지 않았어? 새참 먹을 때도 그렇고."

"아, 그건 좀, 그랬죠."

머리를 긁는 렌에게 준코가 물었다.

"뭐라 그랬는데?"

"이렇게 어슬렁거리면 미래가 걱정되지 않느냐, 아직 젊으니 사회에 기여해야 한다. 뭐 그런 느낌으로 지적을 받았죠."

"별 참견을 다 하네. 렌이 얼마나 착실하게 일하는데. 적어도 그 사람보다는 몇 배, 아니 몇백 배는 사회에 기여한다고."

후미가 열변을 토했다.

"아하하, 고맙습니다. 영광이네요. 뭐, 그런 말 하는 사람 어딜 가나 있으니까요. 이제 익숙해요."

렌은 초연한 듯 말했다. 후미가 입을 삐죽 내민다.

"알았어 알았어. 그 사람은 렌과 야스이 씨에게 맡길게. 그러니까 사장님 저랑은 묶지 마세요."

준코의 마음도 야스이나 렌보다는 후미 쪽에 가깝다. 이건 성별의 차이일까, 아니면 성격의 차이일까. 어느 쪽이든 가능한 한 사이토와는 얽히고 싶지 않다.

하지만 그쪽에서 부지런히 준코 쪽으로 다가온다.

자랑이나 불평은 흘려듣는다 해도, 어디서 주워들었는지 농장 경영에 관해서도 그럴듯한 의견을 내놓곤 한다. 그의 말대로라면 이익률이 높은 팥의 재배 면적을 늘려야 한다. 6차 산업화에 대비하여 가공식품의 제조도 염두에 두어야 한다. 소비자를 대상으로 한 직판도 시작하면 좋다 등등.

그런 건 준코도 진작부터 생각한 것들이다. 실현하지 못하는 데는 그만한 이유가 있어서다. 재배 품목의 구성이나 비율은 토양의 성질이나 윤작 계획을 고려해서 신중하게 결정해야 한다. 6차 산업화든, 직판이든 새로운 시도를 시작하려면 일손도 자금도 필요하다. 그럴듯한 말만으로는 현실은 굴러가지 않는다. 아마추어가 생각만으로 다 아는 듯 말하지 않았으면 한다.

하지만 일일이 반론하는 것도 귀찮고 어른스럽지 않기에 네네 검토해보겠습니다, 하고는 넘겨버렸다. 그래도 짜증스러운 마음은 얼굴에 나타날 텐데 사이토는 굴하는 기색도 없이 자신의 주장을 술술 풀어놓곤 했다.

"수고 많으셨습니다."

맥이 빠진 준코를 야스이는 안쓰럽다는 듯 위로해준다.

"본부장님, 오늘도 컨디션이 최고였네요."

렌이 낄낄 웃고 후미는 분하다는 듯 말했다.

"입만요."

사이토를 뒤에서 본부장님이라고 부르기 시작한 것도 후미다. 별명은 금세 정착했다. 그는 여전히 준코를 사모님이라고 부르고 있다. 자기보다 어린 여자를 사장님이라고 부르는 게 내키지 않는지도 모른다.

토요일은 아침 일찍부터 가랑비가 내렸다.

비가 내리는 동안에는 감자를 수확할 수 없다. 밭이 질척한 상태에서는 수확기가 제대로 달리지를 못하고 감자에도 진흙이 들러붙기 때문이다. 또 감자는 습기를 싫어하기 때문에 젖은 채로는 상처가 난다. 비가 그쳐도 밭이 어느 정도 마르기까지 기다릴 수밖에 없다.

일기예보를 확인하고 준코는 우울해졌다. 내일까지 안 그칠 지도 몰라. 설상가상으로 태풍까지 가까이 오고 있다고 했다.

야스이와 렌에게는 일단 하루 쉬라고 연락했다. 후미는 원래 부터 주말은 쉰다. 사이토의 집에도 전화했지만 받지 않았다. 몇 번 다시 걸어도 받지 않아서 어떻게 해야 하나 곤란해하고 있는 데 언제나처럼 사모님이 차로 데리고 왔다.

"어라? 다른 분들은요?"

창고에 들어오자마자 사이토는 고개를 갸웃했다.

"쉬라고 했어요. 오늘은 감자 수확을 못 하니까요. 사이토 씨 댁에도 몇 번 전화를 걸었는데."

"아, 그러고 보니 울렸었네요. 죄송해요. 오늘 아침에는 아내 가 장모님을 돌보느라 정신이 좀 없었어요."

전혀 미안한 기색이 없다.

그렇다고는 해도 와버린 사람을 쫓아내는 것도 마음에 걸리 고, 사이토 부인에게 부담을 주는 것도 내키지 않아서 다카히로 와 할 예정이었던 당근 수확 작업을 함께하기로 했다.

평소에는 다카히로가 트랙터를 운전하고 수확기 위에서의 선 별은 숙련된 준코가 담당하지만, 이번에는 "당신이 운전해. 내가 사이토 씨와 선별 작업을 할 테니까"라고 다카히로가 말해주었 다. 매일같이 사이토에 대해 투덜거린 아내를 배려한 것이리라.

아버지가 건강하던 시절이 떠올랐다. 부녀가 싸움이 나려고 할 때마다 다카히로는 자연스럽게 아내와 장인어른 사이에 껴서 분위기를 진정시켰다.

아버지도 다카히로의 인품을 높게 샀다. 그래서 더욱 데릴사위로서 니미 농장을 이어받아 주기를 바랐던 것이리라.

결혼 후에도 다카히로는 다니던 직장을 계속 다닐 거라고 말했을 때 아버지의 맹렬한 반대에 부딪혔다. 멀쩡한 남편이 있는데 여자가 가업을 잇는다니, 그런 바보 같은 소리는 들어본 적이 없다는 거였다. 전례가 없으니 만들어야 한다고 반박하면서도 준코는 깊이 낙담했다. 아무래도, 자신도 모르는 사이에 마음속 어딘가에서 옅은 기대를 품고 있었던 모양이다. 입 밖으로 꺼내지는 않았어도, '아버지가 실은 나를 후계자로 인정하고 있는 것은 아닐까, 일하고 성장하는 모습을 바로 옆에서 봤으니 다시 봐주지 않을까' 하고 마음속으로 생각한 것이다.

안 이했다.

고모나 다른 가족들이 설득해줘서 결국에는 아버지가 뜻을 굽혔다. 의외로 그 후에는 불평을 하지 않았다. 핏줄이 아니어도, 농장을 물려받지 않아도 아들이라고 부를 수 있는 존재를 얻어서 기뻤는지도 모른다. 혼인 신고할 때 부부가 아내의 성을 쓰기로 한 것도 마음에 들었던 모양이다.

다카히로의 아이디어였다. 준코는 장차 니미 농장의 경영자가 될 것이므로 성을 바꾸지 않는 게 편하지 않겠냐고 한 것이다. 준코는 남편이 직장에서 불편해지지 않을까 염려되어 주저했다. 결혼 전 성으로 일하는 직원이 여러 명 있어서 괜찮다고 했지만 그들은 모두 여성이리라.

하지만 반대하는 대신 고마워, 라고만 말했다. 우리는 우리, 남들은 남들. 그런 마음으로 새로운 가정을 꾸리기로 해놓고 처음부터 이렇게 마음이 약해져선 안 된다.

낮이 되어도 비는 그치지 않았다. 준코 부부는 사이토를 집으로 불러 함께 점심을 먹었다.

준코와 다카히로는 어젯밤 먹고 남은 카레를 데워 먹고, 사이토는 집에서 싸온 도시락을 먹었다. 뚜껑을 열자 첫날과 마찬가지로 가지각색의 반찬이 빼곡히 들어 있다.

"이거 우리 거예요."

사이토가 젓가락으로 노란 조각을 집어 들어 보여주었다. 무슨 뜻인지 몰라 젓가락 끝만 바라보는 준코 옆에서 다카히로가 맞장구를 친다.

"감자샐러드네요. 맛있겠네요."

한 박자 늦게 준코도 알아차렸다.

"아, 그제 드린."

남편을 데리러 온 사이토 부인에게 금방 캔 감자를 몇 개 건넨 것이다. 그녀는 무척이나 기뻐했다. 그렇게 좋은 여자가, 왜 하필 이런 남자랑 결혼했는지 아무리 생각해도 의문이다.

이야기를 잘 들어주는 다카히로를 앞에 두니 사이토는 평소보다 더 말이 많아졌다. 본부장 시절의 무용담이랄까. 자기 자랑을 끊임없이 늘어놓는데 도시락을 다 비우고도 끝낼 생각이 없다. 이런 날씨에 서둘러봤자 소용없으니 준코도 그냥 내버려두기로 했다.

따뜻한 차를 끓여서 식탁으로 돌아오니 어느새 화제가 바뀌어 있었다.

"그런데 참 힘들겠네요. 주말까지 일을 시키니. 집안일도 돕고 있죠?"

"농번기 정도는 제가 할 수 있는 건 하고 싶어요. 반대로 겨울에는 아내가 집안일을 다 해주니까요."

집안일을 척척 하는 사위의 모습을 딱해하며 아버지도 자주 눈살을 찌푸렸다. 부부가 대등하게 분담하는 거라고 아무리 설명해도 이해하지 못했다.

준코는 식탁에서 멀찍이 떨어져서 밖을 바라보았다. 오전보다 빗줄기가 거세진 듯했다. 준코의 가슴에도 먹구름이 퍼졌다.

"태풍, 지금 어디에 있으려나."

등 뒤에서 사이토의 목소리가 들려왔다.

"꽤 큰 모양이네요. 예보에서는 내일쯤 홋카이도 위를 지난다고 그러던데."

태풍 경보가 발효되어 휴교가 되기를 바라는 아이처럼, 어쩔 줄 몰라 하는 말투였다. 실제로 당당히 쉴 수 있어 기쁜 것인지도 모른다.

준코가 천천히 돌아보았다. 사이토가 휴대전화 화면을 다카히로에게 보여주고 있다.

"이거 봐요, 진로 예보. 직격으로 맞으면 큰일이겠는데."

그런 말은, 얼마나 큰일인지 알고 나서 했으면 좋겠다. 비가 오랫동안 오면 수확 작업이 늦춰지는 것뿐 아니라 땅속에 있는 감자가 썩을 우려도 있다. 호우로 밭이 잠겨서 감자가 전부 쓸려 가버린 해도, 비에 맞아 진흙 범벅이 되면서 손으로 판 해도 있었다. 모두 큰일이었고, 비참했다.

"예보도 자꾸 바뀌니까요. 의외로 바로 앞에서 비켜 갈지도 몰라요."

버티고 서 있는 아내를 곁눈질하며 다카히로가 대답했다.

"사이토 씨, 오늘은 그만 가보세요."

준코가 조용히 말했다.

"빗줄기도 거세졌으니 빨리 돌아가 보세요. 여보, 차로 모셔다 드려."

"하지만 당근 작업 더 해야 하잖아요? 비 와도 한다면서요."

기뻐할 줄 알았는데 사이토는 불만스럽게 되물었다. 갑자기, 게다가 일방적으로 돌아가라고 해서 불쾌했던 것일까.

"괜찮아요. 우리 둘이서 하면 돼요."

한숨이 나려는 걸 참으며 준코는 빠르게 말했다. 당신이 있든 없든, 아무것도 변하지 않아. 오히려 없는 게 더 도움이 돼.

"그렇군요. 알겠습니다."

사이토가 어이없다는 듯 일어섰다. 다카히로도 자리에서 일어선다.

"조심해."

스스로 생각해도 성의 없는 목소리가 나왔다. 다카히로와 함께 거실을 나가려던 사이토가 문 앞에서 돌아보며 말했다.

"아 맞다, 사모님. 그거, 어제는 제대로 했어요?"

"네?"

"그 기도. 산에 기도하면 날씨가 맑잖아요? 혹시 괜찮으면 지금 셋이서 해볼래요?"

"괜찮습니다."

결국, 차갑기 그지없는 말투가 나오고 만다. 사이토도 느꼈는지 약간 얼굴이 굳는다.

"그렇게 무서운 표정을 지을 것까지는 없잖아요. 농담이에요, 농담."

일부러 밝은 목소리로 장난치듯 말한다.

"농담이라니."

뱉어내듯, 준코는 중얼거렸다.

"우리는 진지해요. 생활이 걸려 있어요. 그렇게 바보 취급하는 거 그만하실 수 없을까요?"

"저기, 여보."

조심스럽게 끼어들려는 다카히로 옆에서 사이토가 준코를 노려보며 말했다.

"바보 취급하는 건 어느 쪽이죠?"

툭 말한다. 아까랑은 표정이 사뭇 다르다. 곧잘 짓는, 상대를 내려다보는 듯한 비웃음과는 또 다른, 어둡고 험악한 얼굴이다.

"당신들이야말로 나를 바보 취급하잖소. 어디에도 갈 곳 없는 불쌍한 루저라고."

"그런 말은……."

안 했다고는 차마 못한 채, 준코는 입을 다물었다.

사이토와 다카히로가 나간 후 준코는 소파에 주저앉았다. 그대로 누워서 눈을 감는다. 세차게 내리는 빗소리가 창 너머로 울려 퍼진다.

바보 취급하지 마, 라고 말하고 싶었다. 지난 일주일간 계속 참아온 말이다. 드디어 입 밖으로 꺼냈으니 속이 시원해야 하는데, 왜 이렇게 마음이 좋지 않을까.

잘 생각해보면 아무리 사이토가 둔감하더라도 도움이 되지 않는다는 자각이 없을 리 없다. 오랫동안 다닌 회사에서 쫓겨나고, 집에서도 자신의 자리가 없어서 아내 지인의 호의에 매달려 얻은 일을 만족스럽게 해내지 못한다면, 자존심에 상처 입는 건 당연하다.

바보 취급하지 말라고 항의하고 싶었다. 하지만 상처를 건드릴 생각도 없었다.

일어날 힘이 없다. 잠시 후 빗소리에 더해서 차의 엔진소리가 희미하게 들려왔다. 다카히로이리라.

다카히로에게도 민폐를 끼쳤다. 사과해야 한다. 현관문이 열리는 소리에 느릿느릿 몸을 일으켰을 때 전화벨이 울렸다.

"여보세요. 니미 씨 댁인가요?"

우아한 여성의 목소리. 들은 적이 있다.

"사이토입니다. 남편이 신세 많이 지고 있지요?"

"저야말로요."

반사적으로 답하면서 준코의 가슴이 철렁했다.

무슨 용건일까. 남편을 데려다주어서 고맙다는 인사를 하려는 걸까. 아니면 집에 돌아간 사이토가 더는 거기서 일하고 싶지 않다고 말한 것일까. 사이토라면 충분히, 아내에게 연락을 시켰다 해도 이상하지 않다. 그런 식으로 헤어진 직후에 준코와 직접 이야기하는 것도 싫으리라.

"저기, 죄송한데요."

진심으로 죄송하다는 듯 사이토 부인이 이어 말했다.

"남편이 댁에 휴대전화를 놓고 오지 않았나요?"

전화를 끊고 10분도 지나지 않아서 사이토 부인이 찾아왔다. 준코는 현관문에서 맞이하며 의자에 놓여 있던 휴대전화를 건넸다.

"바쁜데 시간 뺏어서 죄송해요."

너무도 죄송하다는 태도로 보아 아까 있었던 일을 아직 듣지 못한 듯해서 준코는 조금 안심했다.

"전혀 신경 쓰지 마세요. 비가 많이 와서 오늘은 그만 쉬려고요."

"날씨가 빨리 좋아지면 좋겠네요."

부인이 걱정스럽다는 듯 한 손을 볼에 갖다 댔다.

"수확 작업이 늦어지면 큰일이라고 남편이 어젯밤부터 걱정했어요. 집에서도 하루 종일 이걸로 일기예보를 확인해요."

그렇게 말하며 한 손에 쥔 휴대전화를 흔들어 보인다.

"태풍도 상륙하면 큰일이라고 아주 난리예요. 아, 맞다. 요테이잔에도 매일 기도해요. 오늘은 살짝 효험이 없었던 모양이지만."

준코는 말문이 막혔다. 그녀가 영문을 모르겠다는 듯 고개를 갸웃했다.

"여기서 가르쳐주신 거죠? 날씨 좋으라고 비는 거라던데요."

"아. 네."

"잘 대해주셔서 정말 감사합니다. 지난 일주일 동안 남편이 다른 사람처럼 밝아졌어요. 한번 제대로 감사 인사를 드리고 싶었어요."

"아닙니다."

이렇게 덮어놓고 감사를 받으니 오히려 뒤가 켕긴다.

"남편이 그렇게 즐거워하는 거 오랜만이에요. 책을 여러 권 사서 저에게도 이것저것 가르쳐줘요. 농업은 깊이가 있어, 하면서요."

준코는 다시금 멍해졌다. 그 표정을 오해했는지, 부인이 겸연쩍다는 듯 덧붙였다.

"우습죠. 자기도 초보자면서."

준코는 당황해서 고개를 흔든다.

"아니에요. 처음부터 잘하는 사람이 있나요."

아버지 밑에서 일하기 시작했을 때 준코도 괴로웠다. 이유도 모른 채 작업에만 쫓겨, 불만만 커져갔다. 아마추어 취급을 당할 때마다 화가 났다.

그때 기억을 떠올리고는 놀랐다. 나는 지금 사이토에게 비슷한 일을 한 것이 아닐까.

"잠깐만 기다리세요."

사이토 부인에게 말하고는 집 안으로 들어갔다. 책장에서 농업 입문서를 두세 권 꺼내 현관으로 돌아왔다.

"이거, 괜찮으면 남편분께 전해주세요."

농가의 딸로 태어난 준코조차도 농사가 재미있다고 느끼기까지 몇 년이 걸렸다. 그렇게 생각하면 사이토가 한 단계 더 고수다. 스스로 의욕과 관심을 가지고 일을 즐기려 하는 기개가 있다.

"어머나, 죄송해요. 그럼 가져갈게요."

사이토 부인이 책을 양손으로 받아 들고 말했다.

"아, 맞다. 얼마 전에 주신 감자 감사했어요."

"아, 감자샐러드 만드셨죠. 도시락 보여주시더라고요."

우리 거, 라고 사이토는 말했다. 왠지 기뻐 보였다.

"네, 반은요."

그녀가 미소 지었다.

"실은 나머지 절반은 남편이 조림을 만들어줬어요. 그 사람이 요리를 하다니, 결혼한 후 처음이라 저도 깜짝 놀랐어요. 가장 중요한 맛은요, 너무 짜서 겨우 삼켰지만 말이에요."

모처럼 챙겨주신 건데 죄송해요, 라고 사과하면서도 입은 웃고 있다.

사이토 부인을 배웅하고서 준코는 거실로 돌아왔다. 식탁을 정리하는 남편에게 말했다.

"저기, 여보. 본부장님 내일도 오실까?"

"오시지 않을까?"

다카히로가 답했다.

"차에서 내릴 때 내일 봐요, 하시던데."

준코는 창가에 다가갔다. 빗줄기는 아주 약간 약해진 듯했다. 안개에 감싸인 요테이잔을 향해 가만히 두 손을 모았다.

아스파라거스 꽃다발

나가사키현 이사하야시 · 이사하야 농업대학교

어딘가에서 비상벨이 울린다.

불이 났나? 지진인가? 아니면 화산이 분화했는지도 모른다. 멍한 머리로 하즈키는 생각한다. 그리고 보니 연기 냄새도 안 나고, 딱히 흔들림이 느껴지지도 않는다. 그런데 요란한 벨 소리는 점점 커진다. 다급한 기세로 다가오는 위험을 알리고 있다.

아니, 생각할 시간이 없다. 빨리 도망쳐야 한다.

몸을 일으키려 할 때 비상벨에 더해 또 다른 소리가 들려왔다. 소리랄까, 음악이다. 느릿느릿한, 언젠가 들어본 적이 있는 선율이다.

하즈키는 눈을 떴다. 참고 있던 숨을 서서히 내쉰다.

스피커를 통해 기숙사 전체에 울려 퍼지는 알람시계의 벨과 우아한 클래식 음악의 뒤죽박죽 이중주로 하즈키의 아침은 시작된다.

머리를 부딪히지 않도록 조심하면서 잠자리에서 나왔다. 하즈키는 세 평 정도의 방 벽 쪽에 놓인 이층침대의, 아래층을 쓰고 있다.

바닥에 서면 윗단이 딱 눈높이에 온다. 리나는 오늘도 입을 반쯤 벌리고 잠에 빠져 있다. 머리맡 휴대전화에서 매끄러운 클라리넷 소리가 크게 울려 퍼진다. 주인은 제2의 알람으로 설정해놓은 모양이지만 그 역할이 성공한 적은 일단 없다.

이 소란스러운 가운데 잘도 이렇게, 화가 치밀 정도로 편안히 잠들어 있구나.

하즈키는 침대에서 등을 돌려 힘차게 창 커튼을 열었다. 눈부신 아침햇살이 방을 가득 채운다. 리나가 짜증스러운 듯 웅얼거리더니 돌아눕는다.

수건을 어깨에 걸치고 칫솔과 컵을 들고 복도로 나간다. 거실의 문이 같은 간격으로 늘어서 있는 가장 끝에 공동 세면장이 있다.

"안녕하세요."

"안녕."

지나치는 선배들은 하즈키와 똑같은 티셔츠에 반바지, 혹은 트레이닝복 상하의 등의 복장으로, 하나같이 졸음이 덜 깬 얼굴이다.

세면장에는 아무도 없었다. 하즈키는 약간 안심이 되어 네 개가 나란히 붙어 있는 수도꼭지 중 가장 안쪽에 있는 것을 돌렸다. 입학한 지 한 달 반이 지났고, 공동생활에도 익숙해졌다고는 하지만 다른 사람 앞에서 양치나 세수를 하는 건 아직도 마음 편하지 않다.

농업대학교에 다니면서 하즈키가 가장 걱정된 것은 학생 전원 기숙사 생활 제도라는 점이었다. 심지어 원칙적으로 2인 1실이었다.

하즈키가 그 사실을 알게 된 것은 학교 설명회가 있는 오픈캠퍼스 날이었다.

구내를 안내받고 입시와 커리큘럼에 대한 설명도 들었다. 농업대학교는 교육시설로서 전국 광역자치단체마다 있다. 장래 취농을 전제로 필요한 지식과 기술을 배운다. 선진적인 농가와 해외 연수도 있고, 자격증과 면허증도 취득할 수 있으며, 졸업하면 단기대학 졸업과 동등한 취급을 받는다. 교장이 술술 말하는 다양한 장점에 하즈키는 마음이 움직였다.

마지막으로, 견학을 온 고등학생에게 한 사람씩 재학생이 붙어서 학교생활에 관해 간략히 이야기해주었다. 하즈키의 짝이 된 사람은 도수 높은 안경을 쓴 성실해 보이는 여학생이었다.

그 선배에게 기숙사 이야기를 들은 것이다.

"2인 1실이라고요?"

전교생 기숙사 제도의 취지는 들었다. 생활 관리도 포함한 포괄적인 지도 및 협동심 육성이 목적이라고 한다. 다만 혼자 쓰는 게 아니라는 건 몰랐다.

"그렇게 걱정 안 해도 돼요."

선배는 안경을 치켜올리더니 어르듯 말했다.

"나도 낯을 가려서 처음에는 많이 불안했어요. 하지만 지금은 엄청 즐겁고 하루하루가 얼마나 알찬데요. 함께 열심히 할 수 있는 동기가 있어서 다행이에요."

그 말에 거짓은 없어 보였다. 기숙사 생활을 즐긴다는 것도, 원래는 집단생활에 서툴다는 것도. 그녀와 함께라면, 그녀 같은 학생들이라면 잘해나갈 수 있을지도 모르겠다고 생각했다.

하즈키는 실제로도 선배들과는 나름 잘 지내고 있다고 생각한다.

2학년에 여학생은 여덟 명 있다. 야채학과, 화훼학과, 과수학과, 축산학과 각각 두 명씩이다. 물론 각자의 개성은 있지만 어딘지 모르게 분위기가 닮았다. 온화하고 공부를 열심히 하고 언뜻 보기에는 얌전하지만 심지가 굳다.

교수들이 말하기로는 학년마다 색이 다르다고 한다. 활기차고 밝은 학년, 말을 잘 듣고 예의바른 학년, 단결력이 강한 학년 등. 중학교나 고등학교에서도 비슷한 일이 많지만, 이곳은 한 학년당 학생 수가 40명으로 적으니 더욱 특색이 드러나는지도 모른다. 2학년 여학생들은 성실하고 온화한 학년이라는 평가를 받고 있으리라. 여덟 명 모두 사이가 좋은데, 여성 특유의 끈적끈적한 느낌이 아니라 서로 존중하고 신뢰하는 것이 느껴진다.

나도 조금만 더 빨리 태어났다면.

생각해도 소용없는 것을, 하즈키는 이따금 생각한다. 1년, 아니 반년만 더 빨랐어도 그녀들과 같은 학년이 되었을 텐데. 오픈 캠퍼스에서 들었던 대로 '함께 노력할 수 있는 동기'가 생겼을 텐데.

세면장을 나와 방으로 돌아갔을 때 벨 소리는 그친 후였다.

클라리넷만이 유유히 독창을 이어가는 가운데, 리나는 여전히 규칙적으로 숨을 들이쉬고 내쉬며 잠들어 있었다.

이층침대 외에는 공용 좌탁과 개인 물품을 수납할 수 있는 붙박이 옷장이 두 개 있는 간소한 방이다. 하즈키는 재빨리 옷을 갈아입었다. 7시 반부터 시작되는 아침식사는 아직 여유가 있었지만 혼자 있을 때 외에는 방에 오래 있지 않으려 한다.

뒷짐을 지고 방문을 닫는다. 음악이 뚝 끊긴다.

식당은 옆에 있는 남학생 기숙사 1층에 있다. 세면장과는 반대 방향으로 복도를 따라간 후 계단을 내려가려고 할 때 뒤에서 소리가 들렸다. 이어서 문을 여는 소리와 그 안에서 흘러나오는 경쾌한 클라리넷 선율도.

"리나는 아직 자?"

유리카의 목소리는 또렷하다.

"슬슬 일어나야 할 텐데."

그보다 약간 낮은, 쓰구미의 부드러운 목소리도 이어진다.

이번 봄에 입학한 1학년 중 여자는 네 명뿐이다. 하즈키가 야채학과, 리나가 과수학과, 유리카는 화훼학과이고 쓰구미가 축산학과로 전공은 확실히 나뉘어 있다.

리나와 유리카와 쓰구미는 무척 사이가 좋다.

아침을 먹은 후 짧은 홈룸 시간을 거쳐 수업이 시작되었다.

목요일 1교시는 축산을 제외한 3학년 합동의 원예개념 강의다. 야채학과 수업 담임이기도 한 다다 선생님이 가지과의 작형을 조곤조곤 설명한다. 가지를 필두로 토마토, 피망, 꽈리고추도 같은 과다. 대체로 더위에 강하고 추위에 약하며 여름에 수확기를 맞이하는 야채가 많다. 다만 의외로 바레이쇼 감자도 가지 중하나다.

진지하게 듣는 학생은 교실의 절반, 아니 3분의 1에도 못 미친다. 유리카는 하즈키의 대각선 앞자리에 앉아 펼친 교과서로 가린 채 휴대전화에 정신을 팔고 있다. 그 옆 리나는 책상에 엎드려 자고 있다.

수업은 한 학점당 한 시간 반으로, 오전과 오후 2교시씩, 점심 시간을 끼고 4시 반까지 이어진다. 그 60퍼센트를 실습이 차지한다. 학생들 사이에서는 이론 수업보다는 실습이 단연 인기가 있다. 본가가 농사를 짓거나 농업고등학교를 나오거나 하면 1학년 초에 배우는 기초 지식은 이미 머리에 들어 있어서 이야기를 듣는 것만으로는 지루할 것이다. 게다가 다다 선생님의 낮은 목소리와 높낮이 없는 말투는 아무래도 졸음을 불러온다.

그래도 하즈키는 그의 수업이 꽤 마음에 든다. 말을 잘한다고는 걸치레로도 말 못 하겠지만, 열심만은 전해지고, 사소한 말

한마디 한마디에서도 야채에 대한 애정이 흘러넘친다. 선생님은 야채를 '그들'이라든가 '그 아이'라고 부른다. 이건 여담이지만, 하고 들려주는 토막상식도 꽤 흥미롭다. 리나와 유리카의 노골적으로 얼빠진 행동은 심하다고 생각한다.

이곳에는 농업인이 되려는 꿈을 지닌 젊은이가 모여든다고 오픈캠퍼스에서 들었다. 모집 요강에도 쓰여 있었다. 모두가 졸업 후 명확한 목표를 지니고 의지와 열의를 가지고 입학하겠지, 하고 하즈키는 상상했다.

입학식 전날 여자 기숙사 현관에서 세 명의 동기와 대화를 나누기 전까지는.

일단 눈길을 끈 것은 그 시점에서는 아직 이름을 몰랐지만 유리카였다. 완벽한 화장이며, 굵게 만 밝은 갈색 머리며, 속옷이 보일 정도로 짧은 치마며, 지금껏 하즈키의 인생에서는 관련이 없었던, 관여하지 않으려 애써온 유형의 아이였다. 나머지 두 사람도 유리카만큼은 아니지만 화려한 느낌이었다. 쓰구미가 우아한 미소를 띠며 하즈키에게 인사했고, 리나는 부리부리한 눈동자를 빛내며 말을 걸었다.

"너도 1학년이야?"

"처음 뵙겠습니다."

하즈키는 우물쭈물 답했다.

우선 서로 통성명을 했다. 세 명 모두 같은 농업고등학교를 나왔고, 본가는 이사하야시 시내에 있다는 이야기도 들었다.

"우리 집이랑 리나네 집은 농사짓고, 쓰구미네는 료칸을 경영해. 이쪽에서는 유명한 노포지."

유리카는 자랑스럽다는 듯 말했다. 쓰구미는 졸업 후 료칸을 이어받을 교육을 받을 예정이라고 한다.

가업을 이을 거라면 왜 축산학과에 들어온 걸까. 하즈키의 의문을 꿰뚫기라도 한 듯 쓰구미가 느긋하게 끼어들었다.

"나는 동물을 좋아하거든."

하즈키는 당황했다. 아무리 동물이 좋아도 축산업을 할 것도 아닌데 2년이나 전문 교육을 받는다니, 시간 낭비잖아.

"쓰구미 엄청 대단해. 소랑 대화도 해. 돼지하고도."

리나가 재미있다는 듯 말했다.

"대화하는 거 아니야. 대충 뭐라고 말하는지 알 것 같은 거지."

"사랑이네. 뭔가 조금 부러워졌어. 나는 딱히 꽃이 좋은 것도 아니라서."

유리카의 대사 또한 예상을 벗어난 것이라 하즈키를 더욱 혼란에 빠뜨렸다.

"무조건 좋은 회사에 취직하고 싶어. 여기는 취직률이 거의 100퍼센트잖아. 게다가 제대로 된 회사에 소개해준다잖아."

국화와 카네이션을 재배하는 본가의 농원을 이을 생각은 없는 모양이다. '아깝다'고 하즈키는 자기도 모르게 말할 뻔했다. 땅도 설비도 기계도 하나부터 열까지 마련해야 하는 하즈키에 비하면 훨씬 축복받은 환경인데.

"얼마 되지도 않는 밭, 필요 없어. 돈벌이가 전혀 안 돼."

유리카는 기죽은 듯 툭 내뱉었다. 리나가 우울한 듯 머리를 흔들었다.

"그런 거라면 우리 집도 만만치 않아."

"그러지 말고 힘내. 리나는 할 수 있을 거야."

유리카가 리나의 어깨를 툭툭 두드려주고는 하즈키를 바라보았다.

"그럼, 하즈키는?"

갑자기 이름을 불러서 당황했다.

"어디서 왔어? 이 주변이야?"

"사세보예요."

"사세보라면 나도 가끔 가는데. 친척이 살거든."

리나가 몸을 들이밀었다.

"고등학교는?"

"히가시고요."

"우와, 공부 잘했구나. 본가는 농가야?"

"아니, 채소가게 해요."

"그럼 채소가게를 잇는 거야?"

하즈키가 훨씬 어렸을 때는 본인도, 아마 부모님도 그 가능성이 머릿속 어딘가에 있었다. 그것이 지워진 것은 언제였을까. 인사했는데 무시당했다고 단골손님이 농담인 듯 불평을 했을 때일까. 복숭아가 담긴 바구니에 손을 뻗고 있는 어린아이에게 "만지면 안 돼"라고 말했다가 울렸을 때일까.

"이을 생각 없어요."

하즈키는 짧게 답했다. 겉치레 미소도 잡담도 어필도 할 마음이 들지 않는, 처음 만난 동기들에게 솔직히 털어놓고 싶지가 않았다.

"나는 졸업하면 농사를 지을 생각이야."

농업대학교의 신입생이니, 매우 타당한 답변 아닌가? 그런데 어쩐 일인지 유리카는 얼빠진 소리를 냈다.

"에? 그래?"

깔끔하게 정돈된 눈썹을 순식간에 찡그리더니 하즈키의 얼굴을 들여다본다. 리나와 쓰구미도 의외라는 듯 눈을 휘둥그레 뜨고 바라본다.

"좋은 학교 나와서 부모님이 농사짓는 것도 아닌데 왜 굳이?"

같은 말을 고등학교 진학지도 때도 들었다.

농사를 짓고 싶다고 말하자 담임교사는 놀란 듯했다. 하즈키가 다닌 학교는 현내에서도 유명한 명문고로 졸업생의 대부분은 대학에 진학한다.

"채소와 과일이 좋아요. 그리고 농사는 혼자서 자유롭게 일할 수 있잖아요."

손님을 상대하는 장사뿐 아니라 사람을 대하는 일에 서툴기 때문에 회사생활도 맞지 않을 터였다. 하지만 먹고살려면 어딘가에서 일을 해야 한다. 그런 고민에 빠져 있을 무렵, 혼다 아저씨가 집에 찾아왔다.

혼다 아저씨는 아버지의 소꿉친구다. 시 교외에서 유기농 채소를 재배하는데 우리 가게에도 납품하고 있다. 산속에 오두막을 짓고 거의 자급자족하는, 아버지 말을 빌리자면 신선 같은 독거 생활을 하고 있다고 한다.

"그 녀석은 참 별종이야."

아버지가 말한 대로 혼다 아저씨는 별나다. 하즈키와는 거의 눈을 마주치지 않는다. "몇 년생?"이라든가 "학교는 재미있어?" 같은 쓸데없는 말을 걸지도 않는다. 하지만 그렇기에 하즈키는 그가 싫지 않았다. 하즈키도 잘 모르는 상대와 시시한 이야기를 하는 취미는 없다.

"별종이긴 해도 그 녀석이 키운 채소는 최고지."

소중히 키우기 때문이리라. 혼다 아저씨는 순무도 대파도 옥수수도, 마치 깨지기 쉬운 물건을 대하듯 정성스러운 손길로 다룬다. 평소에는 말이 없는데 자신의 채소에 관해 말할 때만은 갑자기 달변이 된다.

"외롭지도 않은지. 혼자 산속에서 살고."

혼다 아저씨를 배웅하고서 어머니가 아버지에게 말했다.

"괜찮아. 저 녀석은 채소를 가족이나 애인처럼 생각하니까."

"하긴. 혼다 씨는 사람보다 채소를 더 좋아하지."

하즈키도 동감이었다. 혼다 아저씨는 어떻게 봐도 지금의 생활에 매우 만족하고 있는 듯했다.

그때 무언가가 번뜩, 했다. 나도 사람보다는 채소에 둘러싸여 일하는 게 더 맞지 않을까?

4년제 대학 농학부라는 선택지도 고려하지 않은 것은 아니지만, 진심으로 농사를 짓는다면 고등학교를 졸업하고 곧바로 취농하는 편이 시간도 돈도 절약할 수 있다. 그저 별 이유 없이 대학에서 4년을 보내기 위해 작은 채소가게를 근근이 운영하는 부모님께 학비를 내도록 하는 것도 내키지 않는다. 게다가 '그저 별 이유 없이' 하는 것은 하즈키의 성격에 맞지 않는다.

"그렇다면 농업대학은 어때?"

담임선생님께 이 말을 듣고 하즈키는 농업대학의 존재를 처음 알았다.

"거기라면 별 이유 없이 가는 게 아니잖아."

선생님이 옳았다. 그저 별 이유가 없지는 않다. 본인만 제대로 하면.

다다 선생님이 각 채소의 연간 재배 계획을 칠판에 다 쓸 무렵 종이 울렸다.

"그럼 오늘은 여기까지."

교과서를 탁 덮고서 연이어 덧붙인다.

"다음 시간에는 간단한 테스트를 볼 거야. 복습해오도록."

나른한 고요함이 감돌던 교실이 갑자기 소란스러워졌다. 리나가 몸을 벌떡 일으키더니 눈을 비볐다.

"왜 그래? 무슨 일 있었어?"

"다음 주에 시험 본대. 다다 쌤, 다정한 척하더니 성격 있네."

칠판을 지우는 다다 선생님의 등을 유리카가 원망스럽다는 듯 노려보았다. 들으라는 듯한 큰 목소리는 선생님의 귀에도 들렸으리라.

"헉, 말도 안 돼. 오늘 수업 거의 안 들었는데."

오늘뿐이야? 매번 그러잖아, 라고 하즈키가 마음속에서 악담한 것과 거의 동시에 리나가 휙 돌아보았다.

"저기, 하즈키. 노트 빌려주지 않을래? 성적 나쁘면 부모님한테 혼나거든."

애교 섞인 목소리로 하즈키의 얼굴을 쳐다본다. 하즈키는 대답할 마음도 들지 않았다. 그렇게 성적이 신경 쓰이면 처음부터 수업을 제대로 들었어야지.

"리나, 그러지 마."

유리카가 어이없는 표정으로 리나의 팔꿈치를 잡아당겼다.

입학 초기에는 방에 모여서 과자를 먹자든가 주말에 나가사키 시내로 놀러 가자든가 하는 초대도 받았다. 무리에 끼워줘야 한다는, 친절인지 사명감인지에 자극받은 것이리라. 당시 하즈키는 무리에 끼워줬으면 하는 바람이 손톱만큼도 없었는데.

전혀 마음이 맞지 않다는 것쯤 그쪽도 잘 알았을 터였다. 애초에 하즈키가 여기에 있는 이유는 농업에 관해 배우기 위해서

지 친구와 놀기 위해서가 아니다. 그 부분에서 그녀들과는 다르다. 이상하게 신경을 써서 억지로 친하게 지내기보다는 내버려두는 편이 고맙다. 하즈키는 혼자 있는 게 더 편하니까.

이런 사람도 있는 거라고, 왜인지 그녀들은 이해해주지 않는다. 외톨이로 있는 건 비참하고 불쌍한 거라고 믿고 있다.

초등학교 때도 중학교 때도 간혹 다가와 주는 친구들은 있었다. 하즈키는 혼자 있고 싶어서 혼자 있는데 그렇지 않다고 멋대로 규정하고, 혹은 규정한 선생님들의 말을 따르느라. 그들이 손을 뻗을 때마다 하즈키는 지쳤다.

유리카와 친구들의 거듭되는 초청을 하즈키는 정중히 거절했다. 지금은 지나가다 만나면 인사를 나누는 정도의 거리를 유지하고 있다. 하지만 리나만은 아직도 친근하게 대한다. 평일 방과 후에는 유리카나 다른 친구들과 지내는 것 같고, 주말에는 꼭 본가로 돌아가므로 방에 자주 없는 것이 그나마 다행이다.

하즈키뿐 아니라 동기 남자에게도, 선생님에게도, 리나는 천진하게 다가간다. 사랑받는 게 당연하고, 받아들여주는 게 당연하다는 듯 애교 섞인 미소를 마구 지으면서.

"앗, 다다 선생님. 잠깐만요, 잠깐만."

교실을 나가려는 선생님을 리나가 쫓아간다. 동기들에게 하듯, 셔츠 소매를 쭉 잡아당긴다.

"시험, 어디서 나와요?"

"다음 주는 너무 급작스럽지 않나요? 적어도 오픈북이어야죠."

유리카도 가세한다.

두 여학생 사이에 끼어서 다다 선생님은 불편한 듯 머뭇거린다. 수업은 듣는 둥 마는 둥 하더니, 시험 본다고 하니 볼멘소리를 늘어놓으니 선생도 참 힘든 직업이다.

하즈키는 반대쪽 출구로 재빨리 교실을 빠져나갔다.

2교시는 실습이었다. 강의와는 달리, 원칙적으로 과별로 듣는다. 야채학과를 지도하는 이는 다다 선생님이다.

스무 명의 학생이 밭 정비를 하는 반과 야채를 수확하는 반으로 나뉘었다. 하즈키는 수확반이다. 양파, 토마토, 우엉, 마늘 등약 열 종류의 초여름 야채를 수업 후 교문 옆에 있는 직판소에서 판매한다. 최고로 신선하고 저렴한 농작물로 인근에도 입소문이 나서 일주일에 이틀 있는 영업일이면 주부들이 줄을 선다.

하즈키는 잠두콩 담당이 되었다. 가위와 플라스틱 바구니를손에 들고 비닐하우스에 들어간다. 볕을 충분히 받은 하우스 안은 열기가 모여 후끈했다.

"우와, 더워라."

"헉, 땀이 나."

남학생들이 연이어 비명을 지른다. 투덜대면서도 1교시 수업보다는 눈에 띄게 활기가 있다. 다다 선생님조차 기분 탓인지 안색이 좋다.

잠두콩 묘목은 하즈키의 허리 부근까지 자라 있다. 콩깍지가 달린 안쪽에 상처가 생기지 않도록 조심스럽게 가위를 댄다. 콩류의 콩깍지 대부분이 아래를 향해 달리는데 잠두콩만은 비스듬히 위를 향해 하늘을 보듯 달린다. 그것이 이름의 유래라고 한다.(일본어로는 소라마메(そらまめ)라고 하는데 이는 '하늘 콩'이라는 뜻이다.—옮긴이) 작을 때는 풋콩처럼 보이지만 익으면 점점 커져서 무게 때문에 아래로 드리워지기 시작하면 수확할 시기다.

하즈키는 열심히 가위질을 하면서 그림으로 그리고 싶다고 문득 생각한다. 잠두콩은 곧 제철이 끝나기에 그 전에 그려두고 싶다.

입학한 이후 학교에서 기르는 각종 채소를 스케치하는 것이 하즈키의 기분 전환 방법이다. 사람들이 없는 시간대를 노려서 그리므로 아는 사람은 없을 터였다. 스케치북은 옷장 속에 넣어 두었다. 리나의 성격상 조심성 없이 마구 열어볼 테니까. 딱히 관심도 없으면서 대단하다며 입으로만 칭찬하는 것도 짜증난다.

방과 후, 하즈키는 스케치북을 가지고 비닐하우스로 향했다. 그곳은 더없이 고요했다. 혹시 누가 있을지도 몰라 주변을 둘러본 후 잠두콩 하우스에 들어갔다.

어린 시절부터 그림을 그리는 걸 좋아했다. 시간만 있으면 본가의 가게 구석에서 파는 채소와 과일을 스케치했다. 오이의 독특한 곡선만 봐도 그림을 그리고 싶은 마음이 자극받았다. 다른 아이들이 곰이나 토끼, 공주님을 그릴 때 하즈키는 사과나 시금치, 당근을 그렸다.

수업 중에 유심히 봐두었던 모정을 찾아서 이랑 사이에서 무릎을 꿇는다.

줄기 사이에 달린 자그마한 작은 콩깍지를 중심으로, 주변 이파리를 몇 장 넣어 구도를 정했다. 가능한 한 정확하게 있는 그대로 그리는 것이 하즈키의 법칙이다. 오돌토돌한 여주의 돌기도, 딸기의 표면을 빼곡히 채운 씨앗도 유심히 관찰해서 세밀하게 그린다. 사진 같은 그림이라는 말을 곧잘 듣는다.

대학에 들어온 후 그릴 수 있는 범위가 확 넓어졌다. 채소가게 딸이니만큼 채소는 나름 잘 안다고 생각했는데 그렇지 않았다. 하즈키는 채소라는 것에 대해, 가게에 진열된 모습만 알았다. 양배추라면 이파리, 가지라면 열매, 고구마는 뿌리 부분만. 하즈키가 지금껏 열심히 그려온 것은 야채의 일부에 지나지 않았던 것이다.

물론 농업의 최종 목적은 그러한 먹을 수 있는 열매를 소비자에게 제공하는 것이다. 하지만 그러기 위해서는 당연히 식물 전체를 길러야 한다. 뿌리채소도 이파리가 없으면 광합성을 할 수 없고, 잎채소도 뿌리가 커지지 않으면 물이나 비료를 흡수할 수 없다.

그림을 그리고 있으면 그 채소를 전부 다, 더욱 깊게 이해할 수 있는 듯한 기분이 든다. 우엉의 이파리가 이런 모양이었구나, 소송채 꽃이 몇 가지 색인지, 실제로 자기 눈으로 보고 손으로 그린다. 그저 그뿐인 일이지만 교과서를 읽거나 강의를 듣는 것보다는 뭐랄까, 깊게 이해가 된다.

지금 가장 뜻밖의 모습을 보이는 채소는 아스파라거스다.

하즈키는 잠두콩을 다 그린 후에 옆 비닐하우스를 들여다보았다. 한 걸음 들어갈 때마다 울창하게 우거진 초록으로 시야가 가려진다. 숲 같다, 고 언제나 생각한다.

하즈키의 키 정도 되는 아스파라거스 모종이 빽빽이 들어차 있다. 똑바로 뻗은 줄기에 빼곡히 자란 보송보송하고 가느다란 이파리 같은 건, 잎이 아니라 의엽(擬葉)이라고 불리는 가지의 일종이라고 실습에서 배웠다. 여기에서 광합성이 일어나고 그 양분으로 새로운 줄기가 자란다. 멀리서 보면 칠석에 장식하는 대나무처럼도 보이는, 이 중심 줄기의 뿌리 부분을 보면, 새로운 싹이 땅에서 삐죽삐죽 얼굴을 내밀고 있다. 이게 바로 평소에 우리가 먹는 아스파라거스다. 내버려두면 쑥쑥 자라서 의엽이 붙기에, 중심 줄기 외에는 시기를 놓치지 말고 제거해주어야 한다. 아스파라거스는 성장이 매우 빨라서 여름철 최고 성장기에는 아침저녁으로 두 번이나 수확하는 경우도 있다고 한다.

슬슬 저녁 시간이다. 기숙사에 돌아가야 한다고 생각하면서도 하즈키는 이랑과 이랑 사이에 쭈그리고 앉았다. 스케치북째로 무릎을 껴안는다. 왠지 묘하게 편안해진다.

"사카모토?"

등 뒤에서 목소리가 들려와서 엉덩방아를 찧을 뻔했다.

"또 그리고 있었구나."

뒤돌아본 하즈키를 내려다보며 다다 선생님은 말했다.

선생님과는 이전에도 한 번 그림을 그리고 있을 때 만난 적이 있다. 와 잘 그리네, 하며 몹시도 감탄해서 부끄러웠다. 그는 리나와는 달리 마음에도 없는 겉치레 말을 할 사람이 아니다.

"네."

아스파라거스에 둘러싸인 선생님과 마주 보고, 하즈키는 속으로 닮았다고 생각했다. 남자치고는 길고 가늘며 부드러워 보이는 머리칼이며, 키가 크고 호리호리한 체격이며, 다다 선생님은 아스파라거스와 꼭 닮았다.

정작 선생님은 아직 하즈키의 스케치북에 시선을 두고 있다. 어딘지 모르게, 뭔가 말하고 싶은 표정이다. 그림을 보고 싶은 걸까. 본인의 작품을 보여주는 것은 좋아하지 않지만 다다 선생님이라면 봐도 좋다. 얼마 전에도 그토록 감동해주었다. 나도 이렇게 잘 그리면 좋겠다며 탄식도 했다. 선생님이 칠판에 그리는 것으로는 귤과 감자를 구별하기도 어렵기 때문이다.

하즈키가 스케치북을 펼치려고 할 때 선생님이 나지막이 말했다.

"요새 어때?"

"네?"

하즈키는 손을 멈추고 되물었다. 요새고 자시고 선생님과는 매일같이 수업 시간에 얼굴을 본다.

다다 선생님이 결심했다는 듯이 하즈키를 정면으로 바라보았다.

"동기들이랑 잘 지내?"

잠시, 무슨 말인지 알 수가 없었다.

"아니, 저……. 수업이 끝났을 때 노트를 빌려주네 마네, 옥신각신하는 것처럼 들렸거든……. 약간 신경이 쓰여서……."

머뭇머뭇, 선생님은 이어서 말했다. 하즈키의 볼이 금세 빨개졌다.

"괜찮아요."

잘라 말하고는, 선생님을 남겨놓고 하우스 바깥으로 달려 나갔다.

저녁을 먹는 동안에도, 그 후에 씻는 동안에도 다다 선생님의 말이 하즈키의 머릿속에서 떠나지 않았다.

혹시 리나나 유리카에게 하즈키에 대한 불만을 들었나? 리나는 몰라도 유리카의 독설은 가차 없으므로 걱정이 되는 게 사실이다. 둘을 이름으로만 불렀으니 나름 친한 것이리라. 내향적인 다다 선생님께 학생이 가볍게 들러붙는 것은 민폐려니 생각했는데, 그렇지도 않은 모양이다.

공동욕실의 대형 욕조에 몸을 담그고 이런저런 생각을 하다 보니 어질어질했다. 샤워기로 가 머리부터 미지근한 물을 받으며 쓸데없는 생각도 흘려보냈다. 선생님이 유리카나 다른 아이들과 사이가 좋든, 하즈키에 관해 어떤 이야기를 들었든 딱히 상관없다.

방으로 돌아오니 문 너머로 불길한 소리가 들렸다. 하즈키는 짜증이 일어 힘껏 손잡이를 당겼다.

리나가 이층침대 위에서 양반다리를 하고 클라리넷을 불고 있었다. 매일 아침 하즈키도 듣게 되는 프로의 연주와는 딴판이다. 손놀림은 불안하고 고음은 한심하게 갈라지고, 선율도 전혀 맞지 않았다. 아직 초보자라고는 하지만, 이건 너무한 거 아닌가?

리나는 고등학교 졸업 기념으로 클라리넷을 샀다고 한다. 있는 돈 없는 돈 몽땅 털었다고 자랑하기에 예전부터 갖고 싶었던 건 줄 알았는데 우연히 TV를 보고 충동적으로 하고 싶어진 거라고 했다. 그래도 만약 하즈키였다면 어렵게 갖게 된 이상 연습을 할 텐데, 리나는 그런 것 같지도 않다. 이따금 생각났다는 듯 꺼내서 불다 보니 당연히 실력이 늘 기미는 보이지 않는다.

리나는 이층침대 위에서 하즈키에게 눈인사를 하고는 손 쪽으로 시선을 돌렸다. 숨쉬기에 실패한 것인지 삑사리가 났다. 이런 민폐는 취미가 아니어도 좋지 않았을까. 그림은 아무에게도 들키지 않고 조용히 그릴 수 있다.

앗, 하는 소리가 새어 나올 뻔했다. 탁자 위에 스케치북이 그대로 놓여 있다.

밥을 먹은 후 씻으러 가기 전까지 저녁에 그린 잠두콩 그림을 조금 손본 것이다. 리나는 대체로 소등 직전에 방으로 돌아오므로 방심했다.

때마침 클라리넷 소리가 그쳤다. 상황을 지켜보던 리나와 눈이 마주쳤다.

"그림 잘 그리더라. 몰랐어."

리나가 싱긋 웃었다. 하즈키는 겨우 말을 꺼냈다.

"남의 거 함부로 보지 마."

"보이는 걸 어떡해. 거기 딱 있길래 봐도 되는 줄 알았지."

리나는 천연덕스럽게 말했다.

"아니 그보다 감출 필요가 없잖아. 엄청나게 잘 그리던데. 나였으면 모두에게 자랑했을 거야."

나는 너랑 달라. 하나부터 열까지 달라. 같은 취급 하지 마.

터져 나오려는 말을 간신히 욱여넣고는 스케치북을 집어서 옷장 속에 넣었다. 그동안에도 리나는 밝게 수다를 떨었다.

"아, 그러고 보니 원예개론 테스트 있잖아. 다다 선생님, 오픈북 허락해주셨대. 근데 자기가 쓴 노트만 된대."

비닐하우스에서 마주한 다다 선생님의 심각한 표정이 순간 떠올랐다.

"주말에 열심히 하면 다 베낄 수 있지 않을까? 걱정 마. 당연히 노트는 바로 돌려줄게. 복사한 다음에 그걸로 베끼면 돼."

리나는 처음부터 이 이야기가 하고 싶었던 것이리라. 그래서 전에 없이 방에서 하즈키를 기다리고 있었던 거다. 어떻게든 기분을 풀어주려고 억지로 그림을 칭찬한 것이다. 완전히 역효과였지만.

리나가 미끄러지듯 이층침대에서 내려왔다. 손을 짝 마주치며 고개를 살짝 숙이고는 눈을 위로 뜨며 하즈키의 얼굴을 들여다본다.

"부, 부탁이야. 친구끼리 힘들 때 돕고 살아야지."

아마도 지금까지 인생에서 몇 번이고, 아니 몇십 번, 어쩌면 몇백 번을, 리나는 이런 행동을 반복해왔으리라. 귀찮은 일이 생길 때마다 다른 사람의 도움을 빌려 요령 좋게 해결해온 것이다.

"친구 아닌데?"

불쑥, 목소리가 튀어 나갔다.

"와, 너무해. 그렇게 심한 말을 하다니."

말과는 달리 리나는 실없이 웃고 있다. 하즈키는 입술을 깨물었다.

전해지지 않은 것이다. 내 기분은 이 아이에게는 어떻게 해도 전해지지 않는다. 친구인 척 질척대고, 소중한 스케치북을 아무렇지 않게 들춰 보고, 악의는 없는 것 같지만 없기에 더욱 나쁘다. 하즈키의 심기를 건드리고 있다는 자각조차 없으리라. 심지어 다다 선생님까지 끌어들이면서.

"스케치북 봤다고 화난 거야? 미안, 미안. 사과할게. 화내지마."

팔을 잡는 리나의 손을 하즈키가 뿌리쳤다.

"적당히 좀 해."

목소리가 떨렸다. 무리다. 이제 한계다.

"나가."

눈을 동그랗게 뜬 리나에게서 하즈키는 고개를 돌렸다.

리나는 순순히 방을 나갔다. 그리고 그대로 소등 시간이 되어도 돌아오지 않았다. 유리카나 쓰구미의 방에 있는 것이리라.

하즈키는 이불을 뒤집어썼지만 눈만 말똥말똥해질 뿐 좀처럼 잠이 들지 않았다. 복도에서 소리가 날 때마다 귀를 기울였다. 새벽에 가까워져서야 겨우 잠들었는데 항상 울리던 벨이 울리기 시작했다.

느릿느릿 몸을 일으킨다. 잠이 부족해서인지 몸이 천근만근이다. 클라리넷 소리가 안 나는 만큼 귀의 부담이 다소 가벼워져야 하는데 평소보다도 훨씬 시끄럽게 느껴진다.

하룻밤 지나고 나니 머리가 꽤 맑아졌다. 룸메이트를 방에서 쫓아내다니, 조금 심했다고 반성하는 정도까지는.

노트를 빌려주고 싶지 않다고 거절하면 되었다. 스케치북을 옷장에 넣는 걸 잊은 것은 하즈키의 부주의였다. 다다 선생님과의 대화가 걸렸다고는 해도 그런 식으로 감정을 폭발하는 것은 스스로 생각해도 어린아이 같았다. 기숙사 사감과 교직원의 귀에 들어간다면 틀림없이 혼날 터였다. 그건 어쩔 수 없다 치더라도 리나와 잘 지낼 수 있느냐고 물어볼까봐 마음이 무겁다.

리나가 선생님이나 사감에게 일러바치기 전에 사과하는 편이 좋을 것 같았다. 화나게 만든 상대방에게도 잘못이 없는 것은 아니므로 이쪽이 먼저 다가가면 이야기가 아예 잘못되지는 않으리라. 만사에 느긋한 리나니까 언제까지고 뒤끝 있게 굴지는 않을 터였다.

그런 생각으로 가득 찬 채 세면장에 도착했을 때, 가장 얼굴을 보고 싶지 않은 상대와 가장 먼저 마주치고 말았다.

"안녕."

리나는 밝게 인사했다.

"안녕."

반사적으로 답한 하즈키 옆을 리나는 지극히 자연스레 지나친다.

총총 복도를 걸어가는 뒷모습을 하즈키는 멍하니 쳐다보고 있었다. 미안하다는 말을 못 했다.

그렇게 온종일을 언제 선생님이 어깨를 두드릴까, 언제 교직원실로 불려갈까, 조마조마해하며 보냈다.

"어이, 사카모토."

4교시 실습을 끝낸 직후 다다 선생님이 부르는 소리에 깜짝 놀랐다.

"네."

"이거, 잊지 말고 주차장에 돌려놔줘."

선생님이 가리킨 것은 모종 운반에 사용하는 1인승 운반용

차량이었다. 지붕이 달린 운전석 뒤에 짐칸이 설치되어 있어서 흙이나 비료를 나른다.

"아, 네."

하즈키는 순간 온몸에 힘이 쭉 빠졌다. 수업 중에 사용한 도구와 기계를 정리하는 역할은 당번제로 돌아간다.

차량에 탑승한 후 시동을 건다. 야채학과에서 관리하는 밭과 주차장은 부지의 끝과 끝이라 꽤 떨어져 있다. 운전에 익숙지 않은 하즈키는 핸들을 잡을 때마다 긴장한다. 중학생 시절부터 트랙터를 타고 농사를 도왔다는 동기가 부럽다.

하지만 오늘은 기분이 꽤 가벼웠다.

리나는 없었던 일로 해줄지도 모른다. 갑자기 방에서 쫓겨났으니 아무래도 기분이 상하지 않았을까 했는데, 자기도 잘못했다고 반성한 것일까. 아니면 털털한 성격이니 딱히 신경 쓰지 않았던 걸까. 절친인 유리카나 쓰구미의 방에서 자는 게 오히려 즐거웠는지도 모른다.

야채학과의 텃밭을 지나 과수원이 펼쳐진 곳으로 향한다. 작업복을 입은 과수학과 학생이 나무들 사이로 드문드문 보였다 사라진다. 그들도 실습 후 정리하는 것이리라.

외길 맞은편에서 차량이 오는 게 보였기에 하즈키는 속도를 줄였다. 거대한 삽이 달린 대형 적하기였다. 안 부딪히려나. 길 폭은 꽤 좁다. 일단, 최대한 길 끝에 차를 멈추었다.

가까이 다가온 적하기의 창으로 야채학과 2학년 선배가 머리를 내밀었다.

"사카모토, 미안하지만 후진해서 저쪽으로 들어와 줄래?"

그가 가리킨 방향을 하즈키는 뒤돌아 확인했다. 뒤쪽으로 흙이 다 드러난 좁은 길이 이어져 있었다.

후진은 자신이 없었지만, 솔직히 말할 수 없었다. 기어를 바꿔서 슬금슬금 후진하는데 백미러에 리나가 비쳤다. 푸릇푸릇한 커다란 잎이 많이 달린 키 작은 나무 아래에서 같은 학과 남학생들과 즐겁게 수다를 떨고 있다.

간신히 차량 전체를 길에 넣고는 브레이크를 밟고 앞을 보았다. 선배가 손을 흔들었다.

"고마워."

둔탁한 소리와 함께 눈앞을 지나가는 적하기를, 하즈키는 안심하며 눈으로 배웅했다. 핸들을 다시 쥐고 액셀을 밟는다.

차가 서서히 달리기 시작했다. 뒤를 향해서.

"위험해!"

새된 절규가 울려 퍼졌다.

하즈키가 서둘러 브레이크를 밟은 것과 동시에, 쿵 하는 불길한 소리가 났다. 등에서 허리까지 무거운 충격이 느껴졌다.

교직원실로 달려온 다다 선생님은 구석 손님용 소파에 앉아 있던 하즈키를 보더니 쉴 새 없이 물었다.

"사카모토, 괜찮아? 머리 안 다쳤어? 아픈 데 없어?"

하즈키는 고개를 가로저었다. 거의 속도가 나지 않았고, 차와 충돌한 것도 아니기에 하즈키는 찰과상 하나 입지 않았다.

"그렇구나. 다행이다."

선생님이 맞은편 소파에 풀썩 주저앉았다.

"부딪힌 게 무화과나무라 천만다행이야."

선생님 말씀대로다. 만약 나무가 아니라 사람이었다면? 생각만 해도 온몸에 소름이 돋는다.

부딪힌 순간 머릿속이 새하얘졌다. 브레이크를 있는 힘껏 밟고, 핸들을 꼭 잡은 채로 얼마간 몸을 움직일 수 없었다. 얼마나 그러고 있었는지조차 확실히 기억나지 않는다.

휘청휘청 차에서 내리자 나무 주변에 몇 명의 학생이 모여 있었다. 무리 중심에서 리나가 금방이라도 울음을 터뜨릴 것 같은 얼굴로 가지에 기대 있었다. 뒤에서 어쩔 줄 몰라 멍하니 서 있는 하즈키는 누구 하나 돌아보지도 않았다.

곧이어 과수학과 교사가 소란스러움을 감지하고 달려왔다. 차량을 움직여 무화과나무의 상태를 확인하고, 제자들에게 뭔가 지시를 내리고, 넋이 나간 하즈키를 교직원실로 데려왔다. 담임인 다다 선생님을 불러준 것도 그녀다.

"죄송합니다."

하즈키는 선생님을 바라보며 다시금 사과했다.

"사과할 일 아니야. 초보니까 어쩔 수 없지."

"그래도, 나무에 상처가……"

"걱정 안 해도 돼. 나도 현장 봤는데 딱히 큰 상처 아니야. 그 정도로 죽을 만큼 무른 나무가 아니야."

평소와 달리 힘주어 단언하기에, 하즈키도 조금쯤 마음이 편해졌다.

"누구나 실수하면서 성장해. 논에 트랙터가 빠진 적도 있고, 하우스 유리를 깨기도 하고, 해마다 별일이 다 있다. 그에 비하면 큰일도 아니야."

선생님은 자기 말에 스스로 "응, 응" 하고 끄덕이면서 위로의 말로 마무리했다.

"그렇게 시무룩할 거 없어. 피곤하지? 주말에는 푹 쉬도록 해."

다시 한번 선생님에게 고개를 숙인 후 하즈키는 교직원실을 나왔다.

교사를 나와 기숙사 쪽으로 돌아가려다가 발걸음을 멈췄다. 리나는 본가로 갔을까. 만약 아직 있다면 짐을 가지러 방에 올지도 모른다. 복도나 세면장에서 마주칠지도 모른다.

하즈키는 발걸음을 돌려 기숙사와는 반대방향으로 걷기 시작했다.

리나에게 사과해야 해. 이번만큼은 완전히 내 잘못이야. 하지만 조금만 더 시간이 필요해.

흐린 날씨 탓인지 아스파라거스 하우스 안은 약간 시원했다.

하즈키는 이랑 사이를 누비는 통로 안쪽으로 끝까지 걸어가 땅에 쭈그리고 앉았다.

조용하다. 본인의 숨소리만이 또렷이 들린다.

구부린 무릎에 턱을 괴고, 서서히 눈을 감는다. 무화과나무 가지를 안고 있던 리나의 비통한 얼굴이 떠오른다. 언제나 미소를 잃지 않던 그 아이의, 그토록 절박한 표정을 하즈키는 오늘 처음 보았다.

심호흡한 후 눈을 떴다.

일어서려는데 선명한 황록색이 눈에 들어왔다. 아스파라거스의 어린 싹이었다. 훌륭히 자라서, 길이가 12센티미터를 넘었다.

딱 먹기 좋은 때다. 어제의 실습에서 수확하는 걸 잊은 걸까. 다음 주까지 내버려두면 너무 커져버린다. 이럴 때는 기숙사 식당에 가져가면 메뉴에 활용해주신다.

덩달아 주변도 살펴보았다. 비슷하게 자란 줄기가 몇 개 더 있어서 스무 개 정도 수확할 수 있었다. 금요일 밤은 리나처럼 기숙사에서 밥을 먹지 않고 외출하는 학생이 많으므로 이것만 있어도 충분할 것이다.

전리품 다발을 손에 들고 하우스 출구 쪽으로 돌아가려다 하즈키는 숨을 죽였다. 무성하게 자란 아스파라거스 너머로 리나가 서 있었다.

먼저 말을 꺼낸 것은 리나였다.

"미안해."

하려던 대사를 빼앗긴 하즈키는 영문을 몰라 리나를 쳐다보았다.

"아까, 미안했어. 나, 일부러 더 난리 쳤어."

왜, 하고 물어보려다 그만두었다. 답은 이미 알고 있다. 그만큼 분개했기 때문이리라.

"물론 전부 다 연기는 아니었어. 충돌한 순간에는 머릿속이 새하얘지더라. 그 무화과나무 내 담당이거든. 졸업 논문 주제로 삼으려고 돌보고 있었어."

그러고 보니 리나의 본가는 무화과 농사를 짓는다.

"하지만 제대로 보니까 별거 아니라는 걸 금방 알았어. 가지 표면은 약간 벗겨진 것뿐이었고. 괜찮다고 다른 사람들에게 말하려고 했는데, 그 순간 네가 운전하고 있단 걸 안 거야······."

리나답지 않게 화난 듯 속사포처럼 쏟아내는 말을, 하즈키는 중간에 끊었다.

"미안해."

큰 사고가 아니어서 다행이라고 다다 선생님도 위로해주었지만 그건 어디까지나 결과에 지나지 않는다. 하즈키의 부주의로 인해 리나가 소중히 여기는 나무를 상처 입히고 만 사실은 변함이 없다.

"사과하지 마."

리나가 시무룩한 표정을 지었다.

"내가 심술부린 거야. 널 나쁜 사람 만들려고 했어."

심술이라면 어젯밤의 하즈키 역시 그랬다. 심지어 솔직히 잘못을 인정한 리나와는 달리 흐지부지 대충 넘어가려 했다.

"나야말로 미안해."

용기를 내서 거듭 사과했다.

"하지 마. 사과하지 말래도."

"아니, 오늘도 그렇지만 어제 일도."

"아, 그거."

리나의 표정이 문득 부드러워지더니 평소의 가벼운 말투로 돌아갔다.

"근데 왜 사과하는 거야?"

"일방적으로 쫓아냈잖아. 나도 모르게, 화가 나서⋯⋯."

"그건 딱히 상관없어."

이번에는 리나가 하즈키의 말을 잘랐다.

"응?"

"역시 모르는구나."

과장된 한숨을 지어 보인다. 이제 완전히, 리나의 모습으로 돌아왔다.

"친구 아니야, 라고 말했잖아, 너. 기억나? 그건 너무했지. 엄청 상처받았어."

확실히, 말했다. 하즈키도 기억한다. 하지만.

"응? 왜?"

이상하다는 듯 눈썹을 팔자 모양으로 만드는 리나에게 하즈키는 솔직히 말했다.

"상처받은 것처럼 안 보였어."

"그거 참 미안하네. 이런 얼굴이라."

리나가 어깨를 으쓱하고는 하즈키 쪽으로 한발 다가왔다.

"저기, 취소해주지 않을래?"

똑바로 쳐다보는 통에 하즈키는 시선을 피하지 못했다. 고개를 끄덕이니, 리나가 얼굴 한가득 미소를 지었다.

둘이서 나란히 하우스를 나왔다.

"그 아스파라거스 식당에 가져다드리려고?"

아스파라거스를 들고 있는 하즈키의 손을 보면서 리나가 들뜬 목소리를 낸다.

"응."

"신난다. 나 오랜만에 베이컨말이가 먹고 싶어."

"저녁, 식당에서 먹어?"

하즈키는 고개를 갸웃했다. 오늘은 본가에 안 가는 건가?

"응. 유리카 생일이거든. 축하파티 한대. 그러고 보니, 너도 와."

"나도?"

하즈키는 깜짝 놀라 되묻는다.

"안 돼? 약속 있어?"

"딱히⋯⋯. 하지만 민폐 아니야?"

"뭐? 민폐였으면 초대 같은 걸 하겠어?"

리나는 그럴지도 모른다. 하지만 유리카와 쓰구미는 어떨까. 리나가 하즈키의 얼굴을 빤히 바라보다 풋, 하고 웃는다.

"괜찮아. 둘 다 좋아할 거야. 내가 보증할게."

단언하면서, 장난스러운 듯 덧붙인다.

"저기, 알아? 나는 너한테 첫눈에 반했어."

"반했다고?"

하즈키는 어이없다는 표정을 지었다.

"같은 나이인데 농사를 짓고 싶다고 진지하게 말하니까, 기뻤어. 유리카도 쓰구미도 사실은 농사를 짓고 싶어 해."

유리카가 좋은 조건의 취직을 고집하는 것은 경영난에 빠진 본가를 지탱하기 위해서라고 한다. 대학 학비도, 아르바이트를 겸하면서 충당하고 있다고. 또 장차 료칸을 물려받을 쓰구미는 적어도 2년만은 좋아하는 일을 하고 싶다고 부모님께 사정했다고 한다. 유일하게 가업을 이어 농사를 지을 예정인 리나는 아버지가 농업대학교 진학을 반대했다고 한다.

"학교 공부 같은 건 의미 없어, 내가 뭐든 가르쳐주마, 하더라고. 하지만 아버지의 방법은 완전히 자기 멋대로거든. 그거야 그것대로 좋을지도 모르지만 최신 기술이나 농법 같은 것도 제대로 배워두는 게 좋잖아."

어머니와 할머니가 아버지를 설득해주어서 어떻게든 인정받았지만, 평일 저녁과 주말에는 본가의 일을 도와야 한다는 조건이 붙었다.

"그런 약속한 거 후회해. 특히 평일에는 완전 떡실신하거든. 하루 종일 너무 졸려."

하즈키는 맞장구치는 것도 잊고 듣고 있었다. 전부 처음 듣는 이야기였다.

리나도, 유리카도, 쓰구미도, 하즈키는 지극히 일부만 알고 있었던 것이다. 눈에 띄는 열매에만 눈이 가서 뿌리도 잎도 줄기도 보지 못했다. 그녀들의 호탕한 미소 뒤에 숨겨진 고뇌와 각오를 알지 못했다. 알려고도 하지 않았다.

"하지만 오늘은 쉬는 날이야. 기대된다, 생일파티. 쓰구미가 케이크 만들어 온대."

리나는 잔뜩 들떠서 말했다. 쓰구미는 케이크를 만들기 위해 오늘 아침 착유 자원봉사를 하러 간 근처 목장에서 갓 짠 우유와 특제 생크림을 받아오기로 했다고 한다.

"나도 따라갔어. 다섯 시에 깨우더라고. 소에게 음악을 들려주면 우유가 잘 나온다고 쓰구미가 그랬거든. 그래서 클라리넷을 가지고 가서 불었어. 우사 안에서."

리나가 말하다 말고 인상을 썼다.

"쓰구미가 뭐라고 했는지 알아?"

대충 예상은 갔지만 하즈키는 잠자코 다음 말을 기다렸다.

"그만하라는 거야. 반쯤 울다시피 하며 말리더라. 소가 싫어한다고. 너무하지 않니? 유리카는 또 뭐라더라? 이런 소음을 매일 들어야 하는 하즈키가 불쌍하다나? 그런 실례되는 말을 하는 거야."

리나는 입을 뾰로통하게 내밀었다.

"뭐, 그래도 쓰구미의 케이크는 프로급이니까 기대해도 좋아. 나는 할머니랑 만든 무화과 적포도주절임을 가져가려고. 아, 너는 신경 쓰지 마. 갑자기 불렀잖아. 빈손으로 와도 돼."

그럴 수는 없다. 저녁을 먹은 후에라도 편의점에 가서 과자라도 사가야지. 가족 이외의 생일을 축하하는 건 엄청나게 오랜만이다.

"오, 좋은 생각이다."

리나가 빙긋 웃었다.

"그럼, 그려. 유리카 얼굴. 너 그림도 프로급이잖아. 훌륭한 선물이 될 거야."

적극적으로 말하는 통에 하즈키는 고개를 좌우로 흔들었다.

"나, 사람은 못 그려."

"헉, 그래? 절대 안 돼? 호박이나 감자라고 생각해도?"

농담인가 싶었지만 리나는 진지한 표정이다. 하즈키도 진지하게 대답하기로 했다.

"아니, 역시 안 돼."

"안 되는구나……."

리나는 아쉽다는 듯 어깨를 늘어뜨리더니 갑자기 앗, 하고 소리치며 멈춰 섰다.

"이게 좋겠어."

하즈키의 손목을 잡더니 아스파라거스 다발을 눈높이까지 쑥 올린다.

"예쁜 리본으로 묶으면 꽃다발이 되잖아. 유리카는 꽃은 질릴 정도로 볼 테니 딱 좋아. 걔 방에 휴대용 가스레인지 있어. 데쳐 서 넷이 나눠 먹자."

쉴 틈 없이 말을 쏟아내더니 리나는 발랄한 걸음으로 걷기 시 작했다. 갓 딴 아스파라거스를 꼭 쥐고 하즈키도 종종걸음으로 뒤를 따랐다.

우리의 레몬

와카야마현 히로가와초 오다 과수원

매일 아침 집을 나오기 전, 미우는 현관의 전신거울에 온몸을 비쳐본다. 어린 시절부터의 습관이다. 외출할 때 매무시를 단정히 하라는 게 어머니의 입버릇이었다.

　본가의 현관 앞에는 긴 타원형의 커다란 거울이 놓여 있었다. 근처 슈퍼에 갈 때도, 가족끼리 멀리 외출할 때도 어머니는 항상 그 거울 앞에서 매무시를 점검했다. 앞머리를 정돈하거나, 블라우스 버튼을 하나 풀거나, 치마를 뒤집어서 한 바퀴 돌리거나……. 그러다 다시 옷을 갈아입으러 가고는 해서 아버지를 당황하게 했다.

　어린 미우도 엄마를 흉내 냈다. 엄마가 즐겨 읽는 패션잡지의 모델이나 TV에서 본 가수를 따라서 거만한 포즈를 취하는 것도 좋아했다. 더 커서는 학교에 갈 때는 아주 잠깐, 남자친구를 만날 때는 지각하기 직전까지 오랫동안, 매일같이 거울 앞에서 씨름했다.

　취직을 계기로 자취를 시작하면서 미우는 좁은 원룸의 현관에도 거울을 놓았다. 출근 전, 정장에 주름이 지지 않았는지, 머리가 이상한 방향으로 뻗치지 않았는지, 화장은 너무 진하지 않은지, 서둘러 확인하고 구두를 신었다.

하지만 이제는 옷의 주름도 머리 모양도 화장도 신경 쓸 필요가 없다.

거울 안에 있는 자신을 바라본다. 안경을 쓰고 머리를 아무렇게나 묶고 목에 수건을 두르고 있다. 화장을 하지 않았는데도 피부가 유난히 흰 것은 선크림을 왕창 바른 탓이다.

내가 이렇게 생겼던가? 슬슬 익숙해질 법도 한데, 아직도 생각한다.

"미우? 아직 멀었어?"

불투명한 유리가 들어간 미닫이문 너머로 겐고가 부른다.

"지금 가."

미우는 볏짚모자를 깊게 눌러썼다. 넓은 챙에 가려서 무표정한 얼굴이 시야에서 사라진다.

경트럭으로 산길을 2~3분 정도 올라가면 귤밭이 보인다. 미우가 쓴 것과 비슷한 모자가 두 개, 나무들 사이로 군데군데 움직인다.

겐고가 길가에 차를 대고 운전석 창문을 열었다. 미지근한 바람이 차 안으로 들어온다.

"잘 주무셨어요?"

밭에 있는 부모님을 향해 큰 소리로 인사하자 시아버지와 시어머니가 동시에 이쪽을 돌아본다. 조수석에 있던 미우도 가볍게 고개를 숙인다.

"오늘은 어디서부터 해요?"

"하귤."

시아버지가 소리치며 산 정상 방향을 가리켰다. 오다 집안의 밭은 이 산 열 곳 정도에 드문드문 있다. 귤을 필두로 감귤류를 열 종류 가까이, 키위와 블루베리도 키운다.

그곳에서 50미터 정도 가서 겐고는 다시 차를 세웠다.

"여기야?"

미우는 자기도 모르게 물었다. 키가 큰 풀이 마구 자라 우거져 있어서 밭이라기보다는 초원이라 부르는 편이 더 어울릴 듯했다. 도저히 사람의 손이 닿았다고는 보이지 않았다.

오다 과수원은 모든 과일을 무농약으로 재배하고 있다. 시아버지의 방침으로, 제초제도 살충제도 전혀 쓰지 않는다. 약의 힘을 빌리지 않고 한없이 자라나는 잡초와 해충으로부터 소중한 과일을 지키기 위해서는 오로지 자기 손으로 싸워야 한다.

"나도 오랜만에 왔어. 옛날 생각나네."

눈을 가늘게 뜬 남편의 옆얼굴을 미우는 흘깃 보았다. 이 사람이 이렇게 생겼던가, 하고 생각한다.

물론 이목구비는 바뀌지 않았다. 도쿄에서 회사에 다닐 때와 분위기가 다른 것은 약간 그을린 피부 탓일까. 볼살이 빠져서 윤곽이 드러났기 때문일까. 혹은 면도를 하지 않아 수염이 제멋대로 났기 때문일까.

겐고가 운전석에서 내려 차 뒤로 간다. 짐칸에 실어온 도구를 착착 내린다. 미우도 도왔다.

"미우, 잡초 벨래? 아니면 오늘은 내가 할까? 미우는 적과할래?"

겐고의 질문에 미우는 고개를 좌우로 흔든다.

"아니, 잡초 벨래."

오다 과수원의 여름철 주요 업무는 잡초 베기와 적과이다.

적과란 여분의 열매를 솎아내는 작업이다. 하나의 나무에 달린 열매가 너무 많으면 영양이 골고루 가지 않기에 수를 줄여주는 것이다. 모르는 사람이 보기에는 잡초 베기보다 편할 것 같지만 실제로 해보면 그렇지도 않다. 어떤 열매를 남겨야 할지 초보자는 판단하기가 어렵고, 작업하면서 나무의 상태도 살펴야 한다. 이파리가 시들어 있으면 병을 의심하고, 벌레가 붙어 있으면 재빨리 구제한다.

농약을 안 친 맛있는 과일에는 벌레들이 우글우글 모여든다. 미우에게는 꽤 힘든 일이다. 벌레를 보는 것만으로도 소름이 끼치는데 하나하나 손으로 잡아 죽여야 한다. 땅벌이나 쇠바더리(말벌의 일종―옮긴이)가 안쪽 가지에 집을 지어놓는 경우도 있어서 멋모르고 건드렸다가는 대참사가 벌어진다.

그런 점에서 더운 날씨에 하는 풀베기가 체력은 소모하지만, 대신 기계를 사용하므로 벌레와의 거리는 그리 가깝지 않다. 풀

사이에서 나오는 녀석도 있지만 가능한 한 못 본 척한다. 머리를 쓰지 않는 단순 작업을 그다지 잘하진 못하지만, 배부른 소리를 할 때가 아니다.

"그럼 부탁해. 무슨 일 있으면 말해."

겐고는 허리 높이까지 자란 잡초를 헤집고 안에 있는 하귤나무 쪽으로 향했다. 햇살이 강하다. 하늘은 새파랗고 구름 한 점 없이 맑다.

미우는 제초기 스위치를 켰다. 착착착착, 기분 좋은 소리와 함께 풀이 쓰러지면서 눈앞에 길이 난다. 이 순간은 속이 시원하지만 넋 놓고 기뻐할 수만은 없다. 이렇게 열심히 베어도 2~3일이면 원래대로 돌아가기 때문이다. 한여름 잡초는 무서운 기세로 자란다.

쓸데없는 생각은 하지 않는 편이 좋다. 머리를 텅 비우고 손만 움직이면 된다. 알고 있는데 항상 드는 의문이 또 든다. 나는 왜 이런 곳에서 이런 일을 하고 있지?

굳이 자문할 필요도 없다. 답은 자명하다. 미우 자신이 그걸 바랐기 때문이다.

미우가 겐고와 만난 것은 딱 10년 전 봄이었다.

대학 시절 미우는 의류 계열 벤처기업의 아르바이트생 모집에 응모한 적이 있다. 당시 이십 대였던 사장이 창업한 지 얼마 안 된 신생 회사로, 포털사이트에서 인터넷 판매를 중심으로 운영하면서 재능 있는 디자이너와 협업하여 SNS에서 공모제 패션쇼를 연다든가 하는 개성적인 시도로 꽤 화제를 모으고 있었다.

옷도 치장도 좋아하니 재미있을 것 같다는 가벼운 마음으로 문의했더니, 현재는 프로그래밍이 가능한 기술 관련 아르바이트생만 모집한다며 거절당했다. 아쉽게도 미우는 프로그래밍은커녕 가전제품 조작조차 틀리기 일쑤인 기계치였다.

절반은 흥미로 알아본 것인데 문전박대를 당하니, 꼭 그 회사에서 일하고 싶어서 견딜 수가 없어졌다. '이 기회를 놓쳐서는 안 돼', '이곳에서 일하면 반드시 좋은 일이 생길 거야'라는 강한 예감이 들었다.

미우는 직감에 이끌린 채 담당자에게 전화를 걸어 잡무든 뭐든 다 하겠다고 끈질기게 매달리다 결국은 회사까지 달려갔다.

사무실은 하라주쿠 뒷골목의, 마치 은신처 같은 레스토랑과 빈티지 옷가게 옆에 있었다. 세련된 디자인 감각에 컬러풀한 가구가 배치된 개방적인 인테리어는 기업이라기보다는 세련된 카페 같은 분위기였기에 미우의 의욕을 더욱 북돋웠다. 억지로 채용된 것은 그 행동력을 높이 샀기 때문이라고 나중에 들었다.

그런 적극적인 태도가 높이 평가받는 회사였다. 아르바이트 신분이라도 의견이 있으면 자유롭게 발언할 수 있고, 그것이 채택되기도 했다. 사원은 모두 젊었고 큰 기획 직전에는 마치 학교 축제처럼 사무실에서 밤을 새우며 준비에 여념이 없었다. 술자리를 비롯해 꽃놀이나 바비큐 파티, 크리스마스 파티 등 사내

행사도 끊임없이 열렸다. 딱딱한 분위기를 싫어하는 미우에게는 자유로운 회사 분위기가 편했다. 낯을 가리지도 않고, 겁도 없고, 어떤 일이든 호기심을 불태우며 해내다 보니 억지로 채용된 것치고는 능력을 인정받았다. 이곳에서 일해야 한다는 직감은 아무래도 맞았던 모양이다.

직감이 확신으로 바뀐 것은 겐고를 만난 이후이다.

미우보다 네 살 많은 겐고는 거의 같은 시기에 정사원으로 입사했다. 첫 만남부터 미우는 그에게 눈이 갔다. 조금 더 노골적으로 말하자면 점찍었다고 할 수 있다.

우선 얼굴이 좋았다. 눈꼬리가 긴 눈과 의지가 강해 보이는 두꺼운 입술도, 오뚝한 콧날도. 언뜻 차가운 인상인데 웃으면 눈꼬리가 축 처져서 개구쟁이 같은 느낌이 드는 것도 귀여웠다. 그는 180센티미터가 넘는 장신이라 여성치고는 키가 큰 미우와 나란히 서도 머리 하나가 차이 났다.

밝고 긍정적인 성품이라 아무리 큰 문제가 생겨도 쉽게 좌절하지 않았다. 오히려 역경이 있을 때 더욱 불타오르는 편이다. 핑계를 꾸미기보다는 먼저 몸을 움직이는 점도 미우와 결이 같았다.

물론 결점이 없는 것은 아니었다. 극도의 올빼미형 인간이라 아침 일찍 하는 회의에서는 맥을 못 추었다. 정리정돈을 너무 못해서 책상이 마치 쓰레기더미 같았다. 사무실의 경관을 해친다고 사장까지 농담처럼 주의를 줄 정도였다. 의외로 술을 못 마셔서 금세 취하고, 시도 때도 없이 코를 골며 잠들었다. 하지만 그런 단점조차 미우에게는 사랑스럽게 보였다.

한마디로, 미우는 사랑에 빠진 것이다.

첫눈에 반한 경험은 그 이전에도 있었다. 미우는 연애할 때도 직감을 완전히 믿고, 천성인 행동력을 발휘했다. 그러다 보니 반짝반짝 빛나던 보석이 손에 쥐고 자세히 보니 그냥 돌멩이였다는 걸 깨닫는 일도 드물지 않았다. 알면 알수록 좋아하게 되는 것은 첫 경험이었다.

그러나 단 하나 문제가 있었다. 겐고에게는 학생 시절부터 사귀는 연인이 있었다. 결혼 약속까지 한 모양이었다.

가족이나 친구, 지인을 동반해도 좋은 사내 모임에 겐고는 이따금 여자친구를 데려왔다. 산뜻하고 고운 미인이었다. 남자 사원들은 부럽다는 듯 겐고를 놀렸고, 몰래 그를 마음에 품었던 여직원들은 전의를 잃었다. 확실히, 하나부터 열까지 잘 어울리는 한 쌍이었다.

그래도 미우는 포기하지 않았다.

겐고를 억지로 빼앗는다든지, 약혼자와의 사이를 찢어놓는다든지 하는 불온한 상상을 한 것은 아니다. 일방적으로 연애 감정을 토로해 그를 곤란하게 할 생각도, 겨우 쌓아 올린 신뢰 관계를 무너뜨릴 생각도 없었다. 다만, 언젠가 여자친구가 아닌 자신을 선택할 것 같은 직감이 들었다. 이제 와서 생각해보면 전혀 근거 없는 자신감이지만, 당시에는 무척 진지했다. 게다가 겐고와 함께 일하는 것은 순수하게 즐거웠다. 마음 맞는 후배로서, 신뢰할 수 있는 의논 상대로서, 회사를 키워나갈 동지로서 곁에 있어주는 것이 기뻤다.

"미우, 잠깐 이쪽에 와봐."

겐고의 목소리에 미우는 깜짝 놀라 제초기를 멈춘다.

고개를 들자 하귤나무 아래에서 겐고가 손짓을 하고 있었다. 미우는 짧게 잘린 풀을 밟으면서 남편 쪽으로 다가갔다.

"이것 봐. 심하지?"

겐고는 허리를 숙여 가지 하나에 손을 대고 있었다. 끝이 무참하게 꺾여 있다.

"벌레야?"

미우는 몸을 떨었다. 가지의 참상으로 보아 꽤 컸으리라.

"아니, 멧돼지야."

"멧돼지가 있어?"

곧바로 주변을 두리번거리며 확인했다. 벌레 못지않게 등골이 오싹하다. 아니, 위험하다는 점에서는 훨씬 심각할 터이다.

"큰일이네. 멧돼지 못 들어오게 울타리를 만들어야겠다."

겐고가 팔짱을 끼고 말했다. 말과는 달리, 두근거리는 것처럼도 보인다. 이 사람은 조금도 안 변했어, 라고 미우는 생각한다. 변했다면, 아마도 나일 것이다.

결국 미우의 짝사랑이 이루어지기까지 7년이나 걸렸다.

미우는 대학을 졸업하고 당당히 정직원이 되었다. 아르바이트 시절에 돕던 마케팅부를 거쳐 홍보부로 옮겼다. 같은 해에 겐고는 영업부장으로 승진했다. 7년 동안 회사는 급성장했다. 매출도 사원 수도 열 배 가까이 늘었고, 하라주쿠의 사무실이 좁아져서 준공한 지 얼마 지나지 않은 히비야의 거대 복합 빌딩으로 이전했다. 지명도가 올라감에 따라 언론 노출도 눈에 띄게 늘어서 홍보부는 매일 엄청나게 바빴다.

　겐고가 오늘 저녁 술 한잔하자고 청한 날도 미우는 완전히 지쳐 있었다.

　중요한 보도자료가 몇 건이나 겹쳐서 일주일째 제대로 잠도 못 잔 상태였다. 겨우 어느 정도 처리해놓고 오늘은 집에 돌아가자마자 자야지, 했는데 전화가 울린 것이다.

　거절할까, 순간 생각했다. 7년 전이라면 생각할 수도 없던 일이다. 세월이 지날수록 겐고에 대한 미우의 마음 또한 미묘하게 변했다. 십 대 시절의 열병에라도 걸린 듯한 들뜬 충동은 어느덧 가라앉고, 더욱 안정된, 친애라고도 할 수 있는 정이 싹튼 상태였다.

　7년 동안 여러 가지 일이 있었다. 이루어질 수 없는 미우의 사랑에 여자 친구들은 하나같이 부정적이었다. 시간 낭비하지 말라는 소리를 듣기도 하고, 미팅에 끌려 나가기도 했다. 미팅에서 만난 몇 명과는 단둘이 만나는 사이로 발전하기도 했다. 하지만 상대방과의 거리가 가까워질수록 어쩔 수 없이 겐고와 비교하게 되었다. 맛있는 것을 먹으면 이걸 겐고와 먹고 싶다고 생각하고, 아름다운 풍경을 보면 이걸 겐고와 보고 싶다고 생각했다. 결국은, 실은 달리 좋아하는 사람이 있다고 거절하는 지경에 이르렀다. 보기와 다르게 한 우물만 파네, 하면서 친구들도 혀를 내둘렀다. 보기와는 다르게, 라니. 참.

그날 밤 겐고의 요청을 받아들인 것은 "잠깐 할 이야기가 있어"라는 말을 들었기 때문이다.

그답지 않은 모호한 말투에 '할 이야기'가 무엇인지 알 것 같았다. 동시에 미우의 잠은 달아났다. 반년 전부터 애인과 사이가 좋지 않다는 말을 이따금 듣고는 했다.

오랜만에 하라주쿠의 술집으로 갔다. 예전에는 단골이었는데 사무실 이전 이후 발이 뜸해진 가게였다. 히비야로 이사 가면서 회식은 회사에서 가까운 곳, 긴자나 마루노우치 일대에서 열렸다. 당연하지만 하라주쿠 뒷골목과는 가게 분위기도 손님 층도 꽤 달라서, 아무래도 편하지 않다고 직원들끼리 말하곤 했다.

카운터석에서 생맥주를 마시면서 겐고는 쥐어 짜내듯이 말했다.

"여자친구랑 헤어졌어."

미우가 오랫동안 꿈꾸던 순간이었다.

단순 비유가 아니라, 그 장면은 몇 번이고 꿈에 등장했다. 그때마다 미우의 반응은 다양해서 뛸 듯이 기쁘다, 몹시 감동해서 운다, 겐고를 끌어안고 사랑한다고 고백한다, 그 세 개가 주를 이뤘다. 만약 대학생일 때 꿈이 실현되었다면 미우는 뻔뻔스레 그것들 전부를 했을지도 모른다. 환희에 차서, 눈물을 흘리며, 겐고를 끌어안고 키스를 하며 계속, 계속 좋아했다고 마음을 털어놓았을지도 모른다.

하지만, 이미 이십 대 중반을 넘어선 지금은 매우 냉정하게 대응할 수 있었다. 조용히 맥주잔을 내려놓고, 스툴 위에서 몸을 90도 회전시켜 옆자리의 겐고와 눈을 마주쳤다.

"괜찮아요?"

겐고는 전혀 냉정하지 않았다. 맥주를 단숨에 마시더니 고개를 푹 숙였다.

"솔직히, 힘들어."

"괜찮을 거예요."

겐고의 둥근 등에 미우는 가만히 손을 얹었다. 괜찮을 거다. 당신 옆에는 내가 있으니까.

겐고는 그 말만 하고서 술만 계속 마셨다. 만취한 그를 간신히 집까지 데려다주었다. 이참에 자고 올까 잠깐 생각했지만 참았다. 7년이나 참았는데, 이제 와서 서두를 필요는 없다.

이별의 경위에 관해 겐고는 아무 말도 하지 않았다. 미우도 굳이 묻지 않았다. 그날뿐 아니라 다음 날도, 그다음 달도, 사귄 직후에도. 과거에 연연하는 건 미우의 성격이 아니다. 겐고의 성격도 아닐 터였다.

둘 사이에서 그 화제가 나오는 것은 더 나중의 일이다.

시부모님과 함께 저녁을 먹으며, 겐고는 하귤밭에서 멧돼지의 흔적을 발견한 것을 이야기했다.

"그랬구나. 또 나왔구나."

시아버지도 시어머니도 그다지 놀라는 기색은 없었고, 지긋지긋하다는 듯 인상을 찌푸릴 뿐이었다. 미우가 놀라 자빠질 만한 엄청난 일도 이곳에서는 아무렇지 않게 넘기는 경우가 적지 않다.

"전기 울타리는 어때유?"

겐고가 사투리 쓰는 것을 미우는 와카야마로 이사 온 후 처음 들었다. 지금도 부부 둘만 이야기할 때는 표준어를 쓰지만 약간 억양이 달라지기는 했다.

"한 번 설치했었는데 안 됐어. 특히 여름에는. 잡초가 자라면 전기가 안 통해."

시아버지가 대답한다.

왜 잡초가 자라면 전기가 끊어지는지, 애초에 전기 울타리라는 건 어떤 모양인지, 멧돼지에게 자극을 줘서 쫓아내는 것인지, 기절시키는 건지, 설마 죽이는 것인지, 꼬리에 꼬리를 물고 떠오르는 의문을 미우는 애써 삼킨다. 나중에 겐고에게 물어봐야지. 시아버지 앞에서 쓸데없는 말은 금물이다.

이쪽으로 이사 온 이후로 미우는 큰 실수를 반복하고 있다. 주제넘게 나서려는 의도는 없었다. 농사일은 아직 서툴고 큰 도움이 되지 않는다는 점이 발목을 붙잡는다. 적어도 내가 잘할 수 있는 분야에서 뭔가 도움이 되고 싶었다.

그러던 차에 오다 과수원을 위해 도움이 될 만한 일을 두 개 찾았다. 홈페이지와 주스, 잼 같은 가공품의 패키지다.

오다 과수원 홈페이지는 한창 인터넷이 보급되기 시작할 무렵에 시아버지가 무료 소프트를 써서 만들었다고 한다. 노력은 인정하지만 아무리 봐도 초보 티가 난다. 가공품은 가공품대로 직접 써서 만든 라벨이 소박하다기보다 촌스럽다. 상품의 질도 중요하지만 사는 사람에게 어떻게 보일지도 중요하다. 마케팅부에서 일했던 미우는 그걸 진저리가 나도록 생각해왔다. 아무리 멋진 옷이라도 사진 한 장으로 아예 안 팔릴 수도 있고, 그 반대도 있다.

"맛있는데, 포장 때문에 손해 보는 것 같지 않아?"

겐고에게 의논했더니 곧바로 찬성해주었다.

"그렇지. 조금 더 어떻게 안 될까, 나도 생각했어."

오다 과수원에서 만드는 과일의 품질은 틀림없다. 크기도 들쭉날쭉하고 수확 후 방부제나 왁스를 사용하지 않으므로 보기에 좋다고는 할 수 없지만 일단 먹어보면 모두 놀란다. 귤과 한라봉은 단맛이 진하고, 핫사쿠와 하귤은 산미가 상큼한데 모두 과즙이 단연 풍부하다.

미우가 특히 감동한 것은 레몬이다. 아주 작은 조각을 짰는데 이렇게까지 나오나 싶을 만큼 즙이 나왔고, 무농약이라 껍질까지 먹을 수 있다. 이렇게 맛있는데, 오다 과수원에서는 귤에 비해 존재감이 약하다. 이해할 수 없다. 레몬밭은 집에서 가장 멀리 떨어져 있고, 홈페이지에 소개조차 되지 않았다. 재배를 시작한 시기가 비교적 늦었다고는 하지만, 레몬과 마찬가지로 나중에 들어온 미우로서는 왠지 안쓰러워서 편을 들게 된다. 튀김에, 샐러드에, 생선구이에, 온갖 요리에 뿌렸더니 겐고가 웃을 정도다.

"포장을 바꾸면 더 팔릴 거야. 안전한 것을 먹고 싶다는 니즈는 점점 커지고 있으니까."

무농약 과일은 품을 들이는 만큼 단가가 비싸다. 하지만 가격보다 질을 중시하는 소비자도 확실히 존재한다. 미우의 어머니가 그렇다. 다소 비싸더라도, 그것에 맞는 가치를 인정하면 손쉽게 산다.

다만 그 가치를 판단하는 데는 상품 알맹이 이상의 요소도 영향을 준다. 고급 화장품은 아름다운 병에 들어 있고, 수입차의 쇼룸은 화려하고 세련되었다.

"기왕 하는 거 패키지도 홈페이지도 디자인을 통일하면 어때?"

"그러게. 누군가 디자이너에게 부탁하는 것도 방법이네."

둘이서 한바탕 흥분하여 시아버지에게 제안하기로 했다.

"생각해낸 건 미우니까 미우가 설명하면 어때?"

남편의 제안에 곧바로 동의했다. 지난달까지 다니던 회사에서는 직위나 근속 연수와는 상관없이 발안자가 의견을 낼 권리와 책임이 있었다.

시아버지가 격노하리라고는, 둘 다 생각지도 못했다.

"지금껏 계속 이렇게 해왔어. 왜 굳이 바꿔야 하지?"

시아버지는 얼굴이 시뻘게진 채로 이를 앙다물고 말했다. 촌스러우니까요, 라고 솔직히 말할 용기는 아무리 미우라 해도 나지 않았다.

친정아버지와는 싸움다운 싸움을 해본 적이 없다. 아버지는 온화한 성격으로 특히 처자식에게 너그러워서 이런 식으로 화내는 것은 물론 언성을 높인 적조차 없었다. 이따금 딸에게 훈계해야 하는 상황에서도 말을 고르고 골라 잘 알아듣도록 타일렀다. "미우, 조금 더 잘 생각해보렴. 미우가 그런 행동을 하면 아빠는 슬퍼." 아버지는 으레 그렇다고 믿어온 미우에게 시아버지의 거부반응은 이중으로 충격이었다.

"그렇게 심하게 말씀하실 건 없잖아요. 이 사람도 도움이 돼보려고 고민하다 말씀드린 건데."

겐고가 중간에서 열심히 중재한 덕에 그날은 어떻게 넘어갔지만, 그 이후 시아버지의 태도는 어딘지 쌀쌀맞다.

"발끈하셨을 뿐이지 머리로는 미우가 옳다는 걸 아시리라 생각해. 감정이 좀 가라앉으면 다시 말해보자고. 아버지, 성미가 급하긴 해도 뒤끝은 없으시니까."

겐고의 말에도 미우는 그렇게까지 낙관적인 마음은 들지 않았다. 시아버지가 있는 곳에서는 그저 숨을 죽이고 얌전히 지낼 뿐이다.

미우와 마찬가지로, 남자 둘이서 멧돼지 대책을 이야기하는 데 참여하지 않고 잠자코 밥을 먹고 있던 시어머니가 미우에게 말을 걸었다.

"미우는 멧돼지 같은 거 본 적 없지?"

"네."

"그렇겠지. 도쿄에서는 상상도 할 수 없지."

아, 또 시작이구나. 젓가락을 놓고 경청의 자세를 취한다.

"나는 말이야, 처음 시집왔을 때 얼마나 놀랐는지. 하지만 그렇게 무서워하지 않아도 돼. 낮에는 잘 안 나오고, 먹을 것만 갖고 있지 않으면 공격하지 않으니까."

내가 처음 시집왔을 때, 라는 고정 멘트로 시작되는 긴 이야기를 미우는 지금까지 몇십 번 들은 것일까.

시어머니는 미우와 마찬가지로 도쿄의 도심에서 나고 자라서인지 동향인 며느리에게 동지의식을 품고 있는 듯하다. 익숙하지 않은 시골 생활에 고전하는 미우의 모습에서 젊은 날 자신의 모습이 겹쳐져서인지, 부담이 되지 않으려고 애쓰는 듯했다.

가령 이렇게 식사를 함께하는 일은 한 달에 두세 번으로 한정한다. 부부 둘만의 시간이 필요하다며 시어머니가 먼저 제안했다. 기혼 여성들에게서 시어머니에 관한 치열한 경험담을 들어 온 미우는 어안이 벙벙했다. 귤밭을 끼고 있다고는 해도 바로 옆에서 사는 이상 시부모님을 모시고 사는 것과 다름없다고 각오했던 터였다.

미우 부부가 사는 집은 재작년 연달아 돌아가신 겐고의 조부모님의 집이다. 배리어프리의 개축 공사를 끝낸 직후라 건축 연수치고는 믿을 수 없을 정도로 인테리어가 깔끔했다. 선대 주인이었던 친할머니는 손주가 보기에도 엄격한 분이었다고 한다. "어머니, 많이 고생하셨으니까. 자기는 그런 시어머니는 되고 싶지 않다고 생각하는지도 모르지."라고 말했다.

"하야카와 씨의 남편은 엽총을 가지고 있어서 멧돼지를 사냥해. 몇 번인가 고기를 받은 적도 있어. 보탄나베, 의외로 괜찮아. 지금은 도시에서도 유행하잖아. 뭐냐, 그, 지⋯⋯ 지바⋯⋯. 맞아, 지비에라고 했던가?"

이따금 옆길로 새면서 시어머니는 끝없이 말을 한다. 미우는 젓가락을 다시 들고 절임을 집어 먹었다. 넷이 함께 저녁식사를 할 때면 시어머니가 요리를 준비해준다. 이 또한 며느리에 대한 배려이리라.

"뭐, 걱정 마. 미우도 조금 있으면 익숙해질 거야."

언제나 하는 말로 이야기를 끝맺었다.

격려해주는 것이다. 감사한 일이라고 생각한다. 못살게 굴거나 미워하는 것보다는 당연히 낫다. 다만 '익숙해진다'가 '포기하게 된다'는 의미로 들릴 때도 있다. 거부감을 꾹 참고 있는 그대로 받아들이렴, 하고 설교당하는 느낌이 들기도 하는 것이다.

시골살이 그 자체에는 벌레를 빼면 익숙해졌다. 편의점도 영화관도 네일숍도 와인바도 없으면 없는 대로 어떻게든 된다.

쇼핑은 인터넷을 이용하면 된다. 애초에 예전과는 달리 옷도 신발도 딱히 갖고 싶지 않다. 이곳에서는 어차피 쓰지 않으니까. SNS도 거의 하지 않게 되었다. 도시에서만 도움이 되는 정보가 너무 많다.

"그럼 내일쯤 그걸로 해볼까요?"

겐고가 말했다. 멧돼지 대책에 관해서도 드디어 결론이 나온 모양이다.

"아니, 내일은 안 돼."

시아버지가 고개를 흔들었다.

"어? 왜요?"

"비가 온대. 냄새가 나."

다음 날은 아침부터 비가 왔다. 시아버지의 일기예보는 곧잘 맞는다.

"다행이다."

겐고는 몹시 기뻐했다. 연일 무더위가 이어져서 슬슬 밭에 물을 대야 하나 고민하던 참이었다. 제대로 된 비는 거의 일주일 만이다.

"오랜만이지."

미우로서는 귤을 위해서뿐 아니라 자신의 몸을 위해서도 감사하다. 비가 오는 날은 어지간히 바쁘지 않은 한 일을 쉰다.

겐고는 부모님과 함께 차로 쇼핑을 간다고 한다. 미우도 같이 갈까 고민했지만, 유키코가 놀러 오라고 초대해줬기에 중간에 내리기로 했다.

미우보다 일곱 살 위인 하야카와 유키코는 히로가와초에서 처음 생긴 친구이자 농가의 며느리 선배이기도 하다. 나고야 출신으로 시집온 지 10년이 된다고 한다. 초등학생 아들이 두 명 있다.

하야카와 포도원은 미우의 집에서 차로 수 분, 도보로도 20분 정도의 거리에 있다. 실제로 미우는 한번 걸어간 적이 있는데, 그 일이 곧바로 소문이 났다. 이 동네 주민들은 길을 걸어 다니지 않는다는 것이다. 시어머니에게는 차로 데려다줄 테니 말하라는 소리를 듣고, 유키코에게는 데리러 갈 테니 말하라는 한숨 섞인 잔소리를 들었다.

운전면허가 없다고 털어놓으면 여기서는 모두가 눈을 휘둥그레 뜬다. 밭에서 보기 드문 벌레를 발견한 듯이 뚫어질 듯 쳐다보면, 곧 딸 생각이라고 서둘러 해명하게 된다.

"어서 와. 주리도 와 있어."

미우가 유키코를 따라 넓은 거실로 들어가자 소파에 앉아 휴대전화를 보고 있던 주리가 활짝 미소 지었다.

"미우 씨, 오랜만이에요. 어떻게 지냈어요?"

고토 주리와는 유키코의 소개로 알게 되었다. 갓 스무 살 정도로 미우보다 반년쯤 전에 결혼하여 이쪽으로 이사 왔다고 한다. 본가는 히로카와마치의 북쪽으로 인접하는 아리다가와초로, 겸업농가라고 한다. 상할 대로 상한 금발과 풍성하게 붙인 속눈썹, 그리고 나이 차를 무시한 친근한 말투에 처음에는 멈칫했지만, 속은 솔직하고 착한 아이다.

"하귤밭에 멧돼지가 나왔어."

"헉, 또? 우리 시아버지한테 잡아달라고 할까?"

유키코가 인상을 쓴다. 주리도 어깨를 움츠린다.

"그 녀석들 정말 먹성이 너무 좋아. 우리 집은 최근에 미국너구리가 엄청 나와요."

"그래? 귀여워?"

"야생동물이 귀여운 건 애니메이션 안에서나 그렇지. 미우 씨는 정말 도시 사람이라니까."

"하지만 멧돼지보다는 귀엽잖아?"

미우와 주리가 수다를 떠는 동안에 유키코가 재빨리 포도 소다를 만들어주었다. 진한 보라색 주스는 하야카와 포도원의 인기 상품이다.

"자, 들어. 둘 다 편하게 놀다 가. 오늘은 우리 집 아무도 없으니까."

남편과 시부모님은 여름방학인 아이들을 데리고 와카야마시의 쇼핑몰에 놀러갔다고 한다.

"아, 좋다. 마음껏 수다 떨 수 있겠네."

주리가 장난스럽게 미소 지었다. 미우, 주리, 유키코는 이따금 만나서 근황 보고를 하고, 또 평소의 울분―주로 시댁에 관련한―을 터뜨리는 사이다.

"미우 씨 집은? 집 비워도 돼?"

"우리도 남편이랑 시부모님 쇼핑하러 갔어요. 그 차를 얻어타고 여기 온 거예요."

"그렇구나. 같이 안 가도 돼?"

미우가 유키코와 친해진 것을 시어머니는 기뻐했다. 아까 내려줄 때도 천천히 놀다 오라고 싱글벙글 웃으며 손을 흔들어주었다.

유키코를 소개해준 것도 시어머니다. 하야카와가의 시어머니와 사이가 좋은 것이다. 시집온 초반에는 혼자라 불안했지만 다른 집 며느리들과 친구가 되면서 금세 나아졌다고 한다.

처음 그 얘기를 들었을 때는 농가의 며느리라는 공통점만으로 생판 남인 성인들이 친해질 수 있을까, 조금 의구심이 들었다. 하지만 지금은 유키코나 주리와 만나지 않는 삶은 생각할 수 없고 생각하고 싶지도 않다. 자각이 없었던 것뿐, 아무래도 미우는 꽤 고독했던 모양이다.

"좋겠다, 둘 다. 며느리를 자유롭게 해주다니. 우리는 어림없어요."

시부모님을 모시고 사는 주리는 남편에게만 행선지를 알리고 몰래 집을 빠져나왔다고 한다.

"우리 집도 자유롭게 해주는 건 아니야. 돌아왔을 때 저녁 먹을 수 있게 준비해두라는 거니까.”

유키코가 입을 뾰족 내밀었다.

“뭐야, 그건. 가정부잖아.”

“그런 셈이지. 하지만 나는 시어머니에게 절대 반항하지 않기로 했으니까. 말싸움해봤자 시간 낭비야.”

“유키코 씨는 깨달음의 경지에 이른 건가요. 아침 점심 저녁 계속 같은 집에 있는 거잖아요. 뭐, 나도 시어머니는 금방 주무시지만. 마리오도 확실히 말을 해주면 좋을 텐데 정말 도움이 안돼요. 미안해, 미안해 그러면서 나중에 사과만 하고.”

주리의 남편인 마리오는 미우도 몇 번인가 만난 적이 있다. 주리와 마찬가지로 금발에, 얇게 정리한 눈썹과 날카로운 눈빛을 지닌 사람으로, 겉모습으로는 어머니와 아내 사이에 끼어 안절부절못한다는 게 믿기지 않지만, 말을 나눠보면 예의 바른 좋은 청년이다.

“사과해주는 것만도 어디야. 우리 남편은 완전히 저쪽 편이야.”

유키코와 주리의 이야기를 들을 때마다 나는 참 복 받았다고 미우는 실감한다. 그런데도 울분과 불만을 늘어놓는 자신이 한심하기도 하다.

그 마음을 꿰뚫어봤는지 유키코가 부드러운 말투로 말했다.

“미우 씨도 나름대로 힘들죠? 그 댁 시어머니는 친절하기는 하지만 아무리 친절해도 시어머니는 시어머니니까. 피곤할 거야. 오히려 당당히 불만을 말하지 못하는 만큼 쌓이지 않아요?"

"아, 알 것 같아요. 우리 엄마도 그런 쪽이에요. 친구들을 만나는 데에 새언니를 데리고 간다니까요? 그런 건 며느리 입장에서는 당연히 불편하지 않겠어요? 하지만 본인은 괜찮다고 생각한다니까요. 제가 그러지 말라고 해도 영문을 모르는 표정이고요."

주리가 머리를 흔들었다.

"나는 너희 할머니에게 찬밥 신세였는데 친하게 지내주면 얼마나 기쁘겠느냐고 믿고 있는 거죠. 그건 뭐라고 할까, 반동? 새언니 한때 꽤 힘들어했어요."

"편안한 며느리는 이 세상에 존재하지 않는지도요."

유키코가 먼 곳을 바라보며 중얼거린다.

"아마도. 미우 씨도 마음껏 토해내도 좋아요. 우리는 미우 씨 편이니까."

주리가 진지한 표정으로 다짐하는 통에 미우는 쓴웃음을 지었다.

주리의 어머니만큼 극단적인 일을 미우의 시어머니가 하지는 않는다. 그래도 만사에 있어서, 자신의 며느리로서의 경험이 기준인 것은 부정할 수 없다. 자신이 당해서 싫었던 것은 최대한 하지 않는다. 하지만 딱히 싫지 않았거나 싫었어도 극복해낸 것은 미우도 마찬가지로 받아들여 주리라 믿어 의심치 않는다.

며느리 입장에서 한 집안의 가장인 시아버지에게 말대꾸한다는 것은 시어머니로서는 생각해본 적도 없는 게 틀림없다.

"너희 시아버지도 지금까지 해온 것에 자부심이 있어서 그래." 시아버지의 심기를 건드린 미우에게 시어머니는 곤란하다는 듯 말했다. "젊은 사람은 낡아빠졌다고 느낄지도 모르지만, 참으렴."

미우에게 배려심이 부족했다는 점은 인정한다. 하지만 시아버지가 쌓아 올린 것을 부정할 생각은 털끝만큼도 없었다. 관행 농법에서 무농약 재배로 바꾼 것도, 농협을 통하지 않고 직판제를 단행한 것도, 발 빠르게 홈페이지를 개설한 것도, 당시로서는 선진적인 시도였다. 시아버지는 선견지명이 있는 분이다. 본인의 아버지와도 줄곧 충돌하고 주변 농가도 곱지 않은 시선을 보냈지만, 그래도 굴하지 않고 자신의 신념을 관철하여 훌륭히 성공했다. 미우도 그 성과를 존중하기에 더욱 좋게 만들고 싶었던 건데.

"그러고 보니 미우 씨에게 말하려던 거 잊고 있었어요."

소다를 다 마신 주리가 소파 위에 방치돼 있던 휴대전화를 집어 들었다.

"얼마 전에 우연히 구마모토에 사는 여자애랑 알게 됐는데, 시오리라는 아이예요. 그 애도 무농약으로 감귤 농사를 짓는대요."

액정에 표시된 SNS 페이지를 미우와 유키코는 양쪽에서 들여다보았다. 농원의 이름이 적힌 계정이었다. 오렌지를 배합한 로고가 사랑스럽다.

"와, 귀엽다."

"홈페이지도 엄청 세련됐어. 잠깐 기다려봐."

큰 화면이 더 보기 좋겠지, 하며 유키코가 노트북을 가지고 왔다. 농원의 이름을 검색하자 해당 사이트가 금세 나왔다.

"진짜다. 멋지네."

톱 페이지의 가장 위에 드넓은 바다를 바라보는 밭 사진이 배치되었고, 농원의 소개와 상품 설명이 이어진다. 그 옆에는 오렌지의 단면을 본뜬 아이콘이 이어지고, 출하 캘린더, 거래처 소개, 미디어 취재 보고, 이벤트 공지 등 정보가 알기 쉽게 정리되어 있다.

"나도 이렇게 하고 싶었는데."

미우는 탄식했다. 세련된 서체며, 수채화처럼 엷은 색감의 터치로 그린 일러스트며, 프로 디자이너의 손길이 들어갔음을 한눈에 알 수 있었다.

"주리 씨, 구마모토의 농가랑 어떻게 알게 된 거예요?"

"고향에서 농사짓는 친구가 가을에 오사카에서 하는 이벤트에 나가니까 너도 오라고 하더라고요. 나니와 마르셰라고 들어본 적 있어요?"

"아, 이름은 알아. 대규모 직판회 같은 거지?"

유키코가 답했다.

오사카 난바에서 열리는 그 이벤트의 개최에 앞서서 SNS 상에 사무국의 공식 계정이 개설되어 농가끼리 정보 교환이나 교류의 장으로 활용된다고 한다. 출점 예정인 시오리도 적극적으로 글을 올리고 있어서 흥미를 느낀 주리가 직접 메시지를 보냈더니 답변을 받았다고 한다.

"그런 거, 요새 안 나갔네. 그 마르셰라는 거 언제 해요?"

유키코가 몸을 노트북 쪽으로 들이민다.

"9월에 3일 연휴일 때 한대요. 나는 거절했지만."

"왜요?"

주리도 참가할 거라 생각했던 미우는 고개를 갸웃했다.

"그야, 시어머니랑 식구들이 싫어할 게 뻔하니까요."

"하지만 그냥 놀러 가는 게 아니잖아요. 고토 씨네 상품을 팔러 가는 건데요? 고객과 직접 이야기할 수 있어서 즐겁고 공부가 될 거예요."

미우의 말에 유키코가 불만스러운 듯 말한다.

"아니, 며느리가 밖에서 재미있는 걸 하는 게 마음에 안 드는 거야, 그 사람들은. 특히 이 댁 시어머니는. 할머니, 그러니까 시어머니의 시어머니가 그랬던 모양이야. 자기가 참았으니까 너도 참으라는 거지. 시어머니한테서 받은 스트레스 며느리한테 푸는 거 진짜 그만 좀 했으면 좋겠어."

주리는 노트북을 다시 보면서 말했다.

"뭐 그건 괜찮은데 이 시오리 씨라는 사람이 꽤 재미있어요. 이거 보세요, 비닐하우스에 칠면조 풀어서 잡초를 뜯어 먹게 하잖아요? 엄청 머리 좋지 않아요?"

"천재다."

잡초가 깔끔하게 제거된 하우스 안을 활보하는 칠면조들의 사진을 미우는 넋을 잃고 바라보았다.

"미우 씨네 밭은 뭐랄까 인정사정없잖아요. 그거 밭이라기보다는 정글이에요."

"정말 대단해요, 미우 씨. 나였다면 진즉에 두 손 두 발 다 들었을 텐데."

주리와 유키코가 입을 모아 말한다.

"거기도 칠면조 농법 해보면 어때요? 시오리 씨 친절하니까 물어보면 가르쳐줄 텐데."

"아니, 시아버지가 허락 안 할걸요."

"요새도 여전하세요?"

유키코가 딱하다는 듯 인상을 찌푸렸다. 시아버지를 화나게 한 일을 두 사람에게도 말했었다.

"나하고는 말도 안 섞으세요. 뭐, 그 전부터 직접 말을 거는 일은 거의 없긴 했지만. 이제는 화 다 풀리셨다고 남편은 그러는데, 글쎄요."

"워낙 말이 없으신 분이잖아요."

"술 안 드셨을 때는요. 우리 집에 술 마시러 올 때는 엄청나게 말씀 많이 하세요."

주리가 끼어들었다. 주리의 시아버지와 미우의 시아버지는 어릴 때부터 친한 막역지우다.

"헉, 진짜요? 집에서는 한 방울도 안 드시는데."

"그런, 평소에 성실한 아저씨가 취하면 더 그래요."

주리는 의미심장한 얼굴로 단정하고는 마우스를 조작해서 화면을 전환했다.

"엇, 이벤트 리포트도 있어요. 이건 나니와 마르셰 도쿄판이네."

화면에 크게 뜬 사진을 보고 미우는 눈을 휘둥그레 떴다.

"이거, 마루노우치 마르셰?"

"엇, 미우 씨도 알아요? 도쿄에서도 유명해요?"

유명한지 어떤지는 모른다. 하지만 작년도 마루노우치 마르셰는 미우에게 있어서는 잊을 수 없는 날이었다.

골든 위크 마지막 날, 미우는 휴일에 출근했다. 연휴가 끝나자마자 다른 회사와 업무 협정을 발표할 예정이라 그 마지막 확인을 위해서였다. 이 일의 책임자인 겐고도 출근했다.

일이 마무리된 것은 오후 3시 무렵이었다. 늦은 점심을 먹으려고 둘이서 도쿄역 방면으로 슬렁슬렁 걷고 있는데 차 없는 거리가 나왔다. 5월의 맑은 하늘 아래, 납작한 돌이 깔린 길가로 텐트가 줄줄이 서 있고, 평소 이 부근에서는 보기 힘든 가족 단위나 연배가 있는 사람들이 줄줄이 걷고 있다. 음식을 파는 가게도 있는 듯했다.

활기찬 길을 미우와 겐고도 천천히 걸어갔다. 이따금 발걸음을 멈추고 일본 각지에서 실려온 다양한 농작물을 구경했다. 쌀,

채소, 과일, 조미료, 과자 등 없는 게 없었다. 초여름의 햇살을 한 껏 받은 가게 앞에서 점원들이 활기차게 서서 일하고 있었다. 우 유 짜기 체험이나 야채즙으로 염색한 천 제품의 전시 판매, 벌꿀 비교하며 맛보기도 있었다.

회사 옆이었지만 누가 먼저랄 것도 없이 손을 잡고 있었다. 사람들이 너무 많은 터라 떨어지지 않기 위해서였지만 익숙한 오피스 거리가 마치 다른 장소처럼 느껴져서 긴장이 풀린 면도 있었다.

그런 곳에서 그런 이야기를 할 생각은 없었다고, 나중에 겐고 는 말했다. 하지만 그곳을 걷다 보니 꼭 지금 말해야 한다는 생 각이 들었어, 라고.

가고시마의 축산 농가에서 직접 만든 소시지를 넣은 핫도그 와 하야마 직송의 유기농 야채샐러드를 사서 길가 벤치에 앉았 다. 도치기산의 딸기로 만든 젤라토를 반씩 먹은 후에 겐고는 느 닷없이 말했다.

"미우, 할 얘기가 있어."

미우는 철렁했다.

사귄 지 2년 가까이 될 동안 둘 사이는 문제가 없었다. 단 하 나, 미우가 신경 쓰이는 것은 겐고가 결혼 이야기를 꺼내지 않는 다는 것이었다.

재촉할 생각은 없었다. 이전 약혼이 깨지고 아직 상처가 아물 지 않은 것이리라. 서로 일도 바쁘다. 서두르면 안 된다고 자신을 달래고 있었는데 진지한 눈빛을 한 겐고를 보자니 미우의 가슴은 어쩔 수 없이 방망이질 쳤다.

"회사를 그만두고 가업을 이을 생각이야."

미우는 귀를 의심했다.

"전부터 언젠가는, 이라고는 생각했어. 하지만 부모님도 언제까지나 건강하지 않을 테니 어서 빨리 이것저것 배워두는 편이 좋을 것 같아서."

여러 가지 이유가 겹쳤다고 겐고는 설명했다. 아직 현역으로 일할 수 있다고 호언장담했던 조부모님이 갑자기 돌아가신 일. 밭을 관리할 일손이 부족해져서 부모님이 무기력해져 있다는 것. 겐고 또한 일에 예전처럼 열정을 가질 수 없다는 것도 그의 등을 떠미는 하나의 이유가 되었다. 회사의 규모가 커지면서 업무의 진행 방식도 회사의 모습도 좋든 싫든 변해갔다. 개방적인 사풍은 지켜지고 있었지만 사원 모두가 서로 잘 알고 화기애애하게 일했던 시절 같지는 않기에, 쓸쓸한 듯 뭔가 부족한 듯한 느낌을 미우도 갖고 있었다.

"장거리 연애를 하자는 거야?"

미우는 조심스럽게 물었다. 겐고는 고개를 숙인 채 아무 말도 하지 않았다.

"설마 헤어지자는 거야?"

목소리가 꼴사납게 상기되었다. 벤치 앞을 지나가는 사람들이 힐끔힐끔 두 사람을 쳐다보았다.

"헤어지고 싶지 않아, 나도."

겐고의 목소리도 상기되었다.

"하지만 미우에게는 미우의 생활이 있고, 일도 있어. 희생시킬 수는 없어. 말 안 해서 미안해. 말하자 말하자 몇 번이고 생각했는데 아무래도 용기가 안 났어."

속사포처럼 쏟아내는 말에 미우는 곧바로 이해했다. 이전 연인과의 이별은 아마도 이것이 원인이었으리라. 그리고 항상 확신에 차서 행동하는 겐고가 이번만큼은 주저하는 것은 마찬가지로 미우를 잃고 싶지 않았기 때문이리라.

"그럼, 나도 따라갈래."

미우는 말했다. 겐고가 눈을 휘둥그레 떴다.

"희생 같은 거 아니야. 좋잖아, 농업. 나도 같이하게 해줘."

나는 그녀와는 다르다. 겐고를 더는 놓치지 않을 거다. 앞으로 평생 동안 곁에 있을 것이다.

미우는 고개를 돌려 줄줄이 서 있는 텐트를 둘러보았다. 미우와 동년배로 보이는 여성도 꽤 많다. 양손에 채소를 들고 팔거나 손님들의 질문에 대답하면서 활기차고 바쁘게 일하고 있다.

그래, 그것도 직감이었다. 멋진 날들이 시작될 것 같은 예감이 들었다. 힘든 일도 있을 것이다. 그래도 겐고와 서로 힘이 되어주면서 열심히 하자고 결심했다.

"미우 씨? 왜 그래요?"

정신을 차리자 주리와 유키코가 걱정스러운 듯 미우의 얼굴을 들여다보고 있었다. 노트북 화면을 바라보면서 미우는 중얼거렸다.

"나가볼까, 나도."

"좋을 대로 하거라."

시아버지는 떨떠름한 얼굴로 말했다.

"고맙습니다."

씁쓸하고 무뚝뚝한 얼굴에 기가 죽었지만 미우는 정중하게 고개를 숙였다. 기쁘게 응원해줄 거라고는 처음부터 기대하지도 않았다. 하지 말라는 말을 안 들은 것만으로도 감지덕지다.

곧바로 유키코와 주리에게 전했더니 두 사람 모두 자기 일처럼 기뻐해주었다. 이왕이면 셋이서 함께 나가고 싶었지만 유키코는 아이들 운동회와 겹쳤고, 주리는 역시 시어머니의 허락을 받지 못해서 포기할 수밖에 없었다. 겐고도 도와주겠다고 했지만, 미우는 가능한 한 자기 힘으로 모든 준비를 할 생각이었다. 당일에만 운전 겸 동행해주기를 부탁했다.

하지만 다시금 일정을 확인해보니 딱 마르셰 전날인 9월 중순의 사흘 연휴 첫날에 겐고가 도쿄의 친구 결혼식에 초대를 받았다. 밤에 열리는 2차에도 참석할 요량으로 호텔도 예약했고, 오랜만에 친구들과 만나 회포를 풀 기회인데 당일치기를 부탁하는 것도 미안했다. 그렇다고 미우 혼자서 큰 짐을 들고 익숙하지 않은 전차를 갈아타가며 오사카까지 가는 것도 자신이 없었다. 어떻게 해야 하나 걱정하고 있는데, 주리가 집에는 비밀로 하고 데려다주겠다고 해주었다.

그렇게 한 달 반을 정신없이 보냈다.

손님에게 질문을 받았을 때 대답을 못 하면 큰일이라는 유키코의 말을 듣고, 겐고와 시어머니에게 여러 가지 이야기를 들으며 과일별 특징과 가공 방법을 다시 공부했다. 지식이 늘어나는 만큼 흥미도 커져서 농사일을 하는 중간중간 묘목도 관찰하게 되었다.

마르셰에서 팔 물건에 관해서는 주리를 통해 시오리 씨에게 조언을 들었다. 행사장에서는 생과일보다 가지고 다니기 쉽고 오래 가는 가공품이 더 잘 팔린다고 한다. 어차피 아직 감귤류의 수확은 이르다. 잼과 주스를 중심으로 미우가 좋아하는 레몬즙도 가져가기로 했다. 레몬 자체는 지난 수확기에 딴 것이 냉장고에 소량 보관되어 있다고는 하지만 얼마 남지 않은 귀중품을 쓰는 게 내키지 않았다.

시아버지에게는 정기적으로 상황을 보고했다. 매번 "맘대로 해"라는 말만 들었지만 반대하지 않는 것 같아 다행이라고 생각했다. 마르셰 출점용으로 쓸 라벨을 새로 만들어도 되냐고 물었을 때만큼은 잠시 생각에 잠기더니, 역시 "마음대로 해"라고 말했다. "그렇게까지 신경 안 써도 되지 않아? 아버지도 미우에게 다 맡기고 계신 것 같은데"라고 겐고는 말했지만, 오다 과수원의 상품을 취급하는 이상 그 주인인 시아버지에게 무엇을 하는지 알리는 것이 도리이리라.

　라벨 디자인과 인쇄는 전문가에게 의뢰할 시간도 예산도 부족해서 미우가 직접 했다. 가정용 프린터를 써서인지 드문드문 색이 끊기기도 했지만, 그건 그것대로 느낌이 있다고 생각하기로 했다. 전 직장을 연줄 삼아 아주 싸게 손에 넣은 깅엄체크무늬 천을 잘라 뚜껑에 씌우고 가느다란 리본을 묶었더니 그럴듯해졌다.

　이 모든 게 수작업이라 힘들었지만, 즐거웠다. 회사 초창기 시절, 시간도 예산도 없는 가운데 이것저것 궁리해서 기획한 것들을 하나하나 해나갔을 때 느꼈던 보람이 떠올랐다.

　마르셰 당일은 그야말로 쾌청한 가을 날씨였다.

　나니와 마르셰는 오전 11시부터 시작된다. 히로가와에서 난바까지 차로 한 시간 반 정도 걸리므로, 여유 있게 아침 8시에 주리가 미우의 집으로 오기로 했다.

　현관 앞에 쌓인 일곱 개의 종이상자를 뒤로하고 미우는 전신 거울 앞에 섰다. 도쿄에 살 때 자주 입었던 노란 잔꽃 무늬가 들어간 셔츠원피스 아래에 폭이 좁은 청바지를 매치했다. 머리는 끝만 동그랗게 말고 오랜만에 화장도 했다. 작은 다이아몬드가 박힌 작은 펜던트와 세트인 귀걸이도 했다.

　거울과 마주 본다. 나쁘지 않다, 고 생각한다.

　"미우 씨가 이런 얼굴이었구나."

　며칠 전 상황을 보러 온 주리는 미우를 빤히 보면서 말했다.

"이런 얼굴이라뇨?"

"저기, 화내지 말고 들어요. 실은 저, 미우 씨가 불쌍하다고 생각했거든요."

주리로서는 드물게 진지한 말투로 이어 말했다.

"도쿄에서 태어나 도쿄에서 자랐고, 제대로 대학을 나와 멋진 회사에서 열심히 일했는데 이런 시골에서 매일 풀이나 베고 있잖아요? 겐고 씨는 확실히 멋진 남자이긴 하지만, 그때까지의 생활을 전부 버린다는 건 말도 안 돼, 너무 아까워, 인생을 낭비하고 있다고 동정했어요."

말문이 막힌 미우의 얼굴에 주리는 까치발을 들어 자기 얼굴을 가까이 들이댔다.

"하지만 그렇지 않았네요. 최근 미우 씨를 보면서 깨달았어요. 바뀌었구나 싶었지만 아니구나, 돌아왔구나 하고. 미우 씨는 원래 이런 사람이구나, 하고요."

미우는 빙긋 웃으며 수긍한다는 듯 고개를 끄덕여 보였다.

거울 앞에서 나와 신발을 신었다. 가을에 어울리는 캐러멜색의 부드러운 스웨이드 모카신은 발이 편해서 서서 하는 일에 맞을 것이다. 주스와 잼을 담은 병이 꽉 들어찬 무거운 종이상자를 하나씩 안고 문까지 옮긴다. 마지막 한 상자를 땅에 놓자마자 휴대전화가 울렸다.

주리일 것이다. 이미 8시를 몇 분 넘긴 상태였다. 늦게 나온 것인지 늦잠을 잔 것인지, 뭐가 됐든 약속시간을 일찍 잡아서 다행이었다. 그런 생각을 하면서 액정화면을 보다가 미우는 깜짝 놀랐다.

다행이라고 안심하는 것은 아직 이른 일인지도 몰랐다.

"아, 미우 씨세요? 고토입니다. 갑자기 죄송해요."

죄송하기 그지없다는 목소리로 마리오가 말했다.

"실은 어젯밤에 우리 아버지가 오다 아저씨한테 오늘 이야기를 들었대요. 그래서 오늘 아침 어머니에게도 전한 모양이에요. 아까 주리가 나가려고 하니까 어머니가 마구 화를 내시는 거예요."

머릿속이 새하얘져서 미우는 아무 대답도 할 수 없었다.

어젯밤 미우는 시어머니의 초대로 둘이서 식사를 했다. 겐고는 결혼식에 참석하느라 집을 비웠고, 시아버지도 마을 모임으로 부재중이었다. 그 모임에 주리의 시아버지도 참석했고, 며느리들의 계획에 대해 들은 것이다.

"지금도 둘이서 싸우고 있어요. 주리도 어머니도 열을 올리면서……. 이렇게 되면 아무도 못 말리거든요. 아니, 제가 제대로 해야 하는데……."

뭔가 다투는 듯한 소리가 마리오의 목소리 너머로 들려온다.

"저도 주리를 보내고 싶은 마음은 굴뚝같은데요. 하지만 이대로라면 나중에 큰일이 날 것 같아서……."

말하기 거북하다는 듯 그는 이어 말했다.

"죄송하지만 다른 분을 알아보면 안 될까요? 죄송합니다. 직전에 이렇게 돼서요."

"저야말로 죄송합니다. 저 때문에 이런 일이 생겨서요."

제정신을 차리고 미우는 대답했다. 사과해야 하는 사람은 이쪽이다. 이런 소란이 일어난 것에는 미우의 시아버지 탓도 있으니까.

방심했다. 주리가 동행하는 것을 굳이 시아버지에게 말하진 않았지만, 겐고와 시어머니가 알고 있으니 대화 중에 알아차렸을지도 모른다. 알아차렸다고 해도 시아버지라면 친구를 상대로 며느리의 이야기 따위, 특히 며느리가 고군분투하는 이야기 따위는 하지 않으리라고 믿어 의심치 않았다. 실제로 어젯밤까지는 하지 않았다.

그런데 하필 마지막의 마지막에 이런 일이 일어나다니.

"제가 주리 대신 모셔다드려도 되는데 오늘은 지금부터 아리다가와에 강습회를 나가야 해서요."

마리오의 힘없는 목소리를 자르고 미우는 말했다.

"아니에요. 저는 괜찮아요. 신경 쓰지 말라고 주리 씨에게도 전해주세요. 나중에 또 연락드릴게요."

전화를 끊자마자 다리 힘이 풀려서 바닥에 주저앉고 말았다.

괜찮다고 강한 척했지만 대책은 없다. 겐고는 집에 없다. 5시에 일어나서 운동회 도시락을 준비해야 한다던 유키코를 부를 수도 없다. 시어머니에게 울며 매달릴 수밖에 없을까. 힘내라고 어젯밤에도 말해줬으니 아마도 도와줄 것이다. 오사카까지 운전해달라고 할 수는 없으니 유아사역까지만 데려다달라고 할까? 하지만 이렇게 많은 짐을 가지고 전철을 탈 수는 없다. 차라리 택시로 난바까지 직행할까? 도대체 요금이 얼마나 나올까?

머리가 지끈지끈 아파온다. 정신을 차려야 한다. 지금까지의 노력을 헛되이 할 수는 없다. 뭔가 방법이 있을 것이다.

그때 어딘가에서 엔진 소리가 들려온다. 소리는 점점 커진다. 미우는 멍하니 눈을 떴다. 흰색 소형 밴이 정면으로 달려오고 있다.

차는 눈앞에서 멈췄다. 운전석 창문이 열린다.

"타거라."

시아버지가 조수석을 턱으로 가리켰다.

휴일 아침 고속도로는 텅텅 비어 있었다.

시아버지는 한마디도 하지 않는다. 미우도 무슨 말을 해야 할지 몰라서 침묵을 지켰다. 상황이 상황인 데다 애초에 시아버지와 단둘이서 장시간을 보내는 일이 처음이었다.

핸들을 잡은 시아버지의 옆얼굴에서는 아무런 감정도 읽히지 않았지만, 이렇게 차로 데려다주는 것은 미안하기 때문이리라. 며느리의 발목을 잡으려 한 것일까? 아마도 악의는 없었을 것이다. 취기가 올라와서 그만 실수로 말해버렸는지도 모른다.

규칙적인 흔들림에 몸을 맡기는 동안 두통도 점점 가라앉았다. 평소 밴으로 과일을 배달하기 때문인지 차 안은 감귤류의 청

량한 향이 희미하게 감돌았다.

"미안했다."

오사카와의 경계를 지나갈 무렵 드디어 시아버지가 입을 열었다.

"네가 멋대로 하는 거고 그냥 둘 생각이었는데."

"아니에요. 제가 주리 씨에게 억지로 부탁한 게 잘못이었어요. 돌아가면 고토 씨의 부모님께 제대로 사과할게요."

입 다물고 있으면 된다고 말한 것은 주리였지만 미우도 반대하지 않았다. 주리의 시어머니에게 알려지면 그냥 지나가지 않으리란 걸 알고 있었는데 내 사정이 급해 모른 척했다.

"하지만 저기…… 괜찮다면 아버님도 주리 씨 탓이 아니라고 전해주실래요?"

"알았다. 잘 말해둘게."

시아버지가 힘없이 답했다.

"그 댁 며느리에게 못할 짓을 했어. 설마 고토가 아무것도 모를 거라고는 생각 못 했다. 그냥 감사 인사를 한마디 하려던 건데……."

"감사요?"

미우가 깜짝 놀라 되물었다. 시아버지는 시아버지대로, 이해할 수 없다는 듯 눈을 가늘게 떴다.

"그게 도리지. 우리 며느리가 그 녀석 며느리에게 신세를 지는데."

시아버지는 말실수를 한 것도, 미우를 방해하려는 것도 아닌 듯했다.

잘 생각해보면 뒤에서 소곤소곤 이야기하는 것은 너무도 시아버지답지 않다. 마음에 들지 않으면 얼굴을 보고 그렇게 말할 것이다. 방해하기는커녕 시아버지는 미우를 위해 고개를 숙여주었던 것이다.

고맙습니다. 의심해서 죄송합니다. 오늘 괜찮으시면 함께 참여해보실래요? 아 맞다, 구마모토의 친구도 와 있어요. 저도 직접 만나는 건 처음이지만요. 그 친구도 무농약 감귤 농가로 칠면조를 키운대요. 그 칠면조가 잡초를……

시아버지에게 말하고 싶은 것이 미우의 머릿속에 걷잡을 수 없이 떠올랐다. 그중에서 가장 지장 없을 것 같은 주제를 골라 말했다.

"이 차, 좋은 냄새가 나네요."

"너, 코가 좋구나."

시아버지가 작게 웃었다.

"레몬, 가져왔어. 냉장 보관해놓은 거. 아주 소량이지만."

깜짝 놀라기도 했고, 보기 드문 미소에 정신을 빼앗겨서 답이 늦었다.

"감사합니다!"

스스로 생각해도 큰 목소리가 나왔다. 시아버지의 어깨가 바르르 떨렸다.

"죄송해요, 큰 소리 내서. 저기…… 저, 아버님의 레몬이 정말 좋아요. 너무 맛있으니까요. 그래서 한 명이라도 더 많이 맛봤으면 해요. 왜냐면 정말 맛있으니까요."

이번에는 머릿속에서 떠오른 말이 그대로 목소리가 되어 나왔다.

시아버지는 앞을 바라본 채 입을 다물고 있다. 또 건방지게 들린 것일까. 미우가 불안해지려는 시점에 겨우 대답이 들렸다.

"내 레몬 아니야."

"네?"

"우리의, 레몬이야."

고속도로의 먼 끝에 고층빌딩 숲이 보였다. 창문이 아침 햇살을 반사해서 반짝반짝 눈부시게 빛나고 있었다.

달밤의 치즈

이와테현 구즈마키마치 모리 목장

밤의 역사는 언제나 한산하다. 역 앞에 마련된 주차장도 언제나처럼 텅텅 비어 있다.

　사치코는 역사 출입구 정면으로 차를 댔다. 인적이 없어서인지 어둠 속에 우뚝 선 3층짜리 역사는 크고 훌륭하다. 지나치게 훌륭하다고도 할 수 있는 그 위용이 오히려 어딘지 모르게 쓸쓸하다.

　사치코가 어린 시절, 이곳은 재래선 역이었고, 더 낡고 아담했다. 그 후 도호쿠 신칸센이 연장되면서 새로이 정차역이 된 것을 계기로 건물도 정비되었다.

　당시 사치코는 이미 독립한 상태였다. 1년에 한두 번 고향에 올 때 신칸센을 타고 이곳에서 내렸다. 새로 생긴 넓은 매점은 완성 직후부터 이미 텅 비어 있었다. 센다이역에서 한 시간도 걸리지 않는데 완전히 다른 세계 같다. 상행선과 하행선이 각각 두 시간에 한 대씩 운행되는데, 하루당 승객은 백 명에도 미치지 못한다고 한다. 사치코가 사는 마을은 소가 사람보다 많으니 무리도 아니다.

지금 시간이 7시 반이니 앞으로 30분을 더 기다려야 한다. 사치코는 에어컨 온도를 조금 올리고 좌석을 약간 뒤로 기울였다.

너무 일찍 도착하는 건 매번 있는 일이다. 만에 하나라도 늦고 싶지 않다. 이렇게 추운 곳에 열 살짜리 아이를 혼자서 기다리게 하고 싶지 않다.

지역 라디오 방송이 현재 도로 상황을 안내하고 있다. 이번 주말은 예년보다 약간 늦은 첫눈을 맞이하여 정체나 사고가 잦았다고 한다. 사치코가 일찍 집에서 출발한 것에는 그 이유도 있다. 여름에는 30분이면 가는 길이 겨울이면 두 배씩 걸리기도 하기 때문이다.

조수석에 던져놓은 휴대전화로 손을 뻗는다. 운전 중에 걸려온 전화는 없다. 혹시 몰라 신칸센의 운행 상황을 검색해본다. 지연도 운휴도 없는 듯하다. 마음이 놓인다.

휴대전화 바탕화면으로 돌아가자 야마토의 옆얼굴이 나타났다. 대각선 아래를 보며 활짝 웃고 있다.

세로로 긴 화면 중앙에 들어가도록 수정했지만 원래 사진은 옆으로 길다. 며칠 전 우사에서 찍었다. 실은 이때 야마토의 앞에는 송아지 한 마리가 서 있었다. 울타리 너머로 뻗은 야마토의 손에 어리광부리듯 코끝을 대고서.

사진 폴더에서 원본 사진을 열어 가만히 바라보았다. 잘 찍혔다. 구도도 좋고 빛도 좋다. 무엇보다 야마토의 표정이 좋다. 이곳에서, 심지어 소를 눈앞에 두고 이토록 해맑게 웃어주리라고는 석 달 전까지만 해도 상상도 하지 못했다.

사진 폴더에는 온통 아이 사진뿐이지만 그중에서도 이 사진이 특히 마음에 든다. 이렇게 다시 열어보는 게 몇 번째일까. 특히 어제오늘은 손이 빌 때마다 열어보았다.

순간 눈앞이 밝아져서 고개를 들자 경차 한 대가 주차장으로 들어온다. 그 또한 누군가를 마중 나온 것이리라. 어딘지 모르게 든든한 기분이다. 신칸센의 도착 시간이 임박하자 세 대가 더 들어왔다.

승객들이 하나 둘 출구 쪽으로 모습을 드러낸다. 가랑눈이 날리는 가운데 어둑한 주차장을 두리번거리면서 마중 나온 차를 찾고 있다.

사치코는 핸들에 양손을 올리고 약간 몸을 앞으로 숙인 채 출구를 바라보았다. 점점 심장이 두근거린다. 아이의 걸음으로는 3층 플랫폼에서 여기까지 도착하는 데 시간이 걸린다는 걸 알고 있지만, 안 좋은 예감이 자꾸만 머릿속을 점령한다.

야마토가 안 내린 건 아닐까. 지금 이 순간에도, 역시 센다이에 머물기로 했다고 연락이 오지는 않을까.

도저히 참을 수 없어서 안전벨트로 손을 뻗었을 때, 한껏 작은 사람의 모습이 눈에 들어왔다. 야마토도 엄마의 차를 찾은 모양으로 손을 흔들어 보인다.

멈추고 있던 숨을 서서히 뱉으며 사치코도 아들에게 손을 흔들었다.

차가 집 문을 지나자마자 개들이 합창하며 맞이한다. 조수석에서 잠들어 있던 야마토가 꾸물꾸물 상체를 일으켜 창밖을 바라본다.

모리 목장의 부지에는 수많은 동물이 살고 있다. 개가 다섯 마리, 고양이는 모르는 사이에 늘거나 줄거나 하지만 아마도 스무 마리 정도, 그리고 소가 거의 90마리. 야마토는 몸집이 작은 순으로 익숙해져갔다. 우선은 새끼 고양이, 그다음 어미, 그리고 개, 송아지, 소 순으로 직접 만질 수 있게 되었다.

이 중 가장 좋아하는 동물은 역시 개들이다. 차가 완전히 멈추기 전부터 다섯 마리가 엎치락뒤치락하면서 달려와 미친 듯이 꼬리를 흔든다. 모두 대형견으로 몸집은 야마토와 거의 비슷하다. 이사 온 첫날, 개들이 덮칠 듯 열렬히 환영하는 모습에 겁을 먹은 야마토는 차 문조차 열지 못했었다.

하지만 지금은 익숙해진 모양이다. 야마토도 사치코도 장난을 치는 개들의 머리나 등을 적당히 쓰다듬으면서 현관으로 향한다.

"저희 왔어요."

미닫이문을 열자 현관에 가족 모두가 모여 있었다. 개들이 짖는 소리가 집 안까지 들렸으리라.

"어서 와."

동물만큼은 아니지만 모리가(家)에는 사람도 많다. 사치코의 부모님, 여동생인 가나코와 제부, 그리고 그들의 딸이 다섯 명이나 있다. 삼대가 사는 집에 올 여름부터 사치코와 야마토까지 가세해서 총 열한 명의 대가족이 되었다.

"야마토, 선물은?"

보자마자 물어본 이는 다섯 자매의 첫째인 카렌이다. 야마토보다 두 살 위로, 동생들을 잘 보살펴서인지 초등학교 6학년치고는 어른스럽다. 둘째인 키라라가 야마토와 동갑이고, 그 아래로 일곱 살인 크레아, 이제 갓 세 살인 쌍둥이 케이트와 코코아가 있다.

"선물."

똑같은 잠옷을 입은 동생들이 노래하듯 따라한다. 항상 이런 식이라 메아리나 돌림노래 같다.

"아, 이거……."

야마토가 내민 종이가방을 잠깐 보더니 카렌이 인상을 찌푸린다.

"뭐야, 또 하기노쓰키 과자야?"

뭐야 뭐야, 하고 여동생들이 또 재잘거린다.

"얼마 전에도 하기노쓰키였잖아."

얼마 전이라는 건 2주 전이다. 한 달에 두 번, 첫째 셋째 주말에 야마토는 센다이에 사는 친아버지를 만나러 간다.

"미안. 시간이 없었어."

야마토는 시무룩한 표정으로 어깨를 움츠린다. 개 다섯 마리는 잘 다룰 수 있게 되었는데 여자 사촌 다섯 명은 아직 버거운 모양이다.

"어머나. 할머니는 센다이 과자 중에 이게 제일 좋더라."

"하기노쓰키, 맛있지. 이모도 좋아해. 야마토, 고마워."

어머니와 가나코가 입을 모아 수습했다.

"너희들 불만 있으면 먹지 마. 오빠가 생각해서 사왔는데."

"딱히 불만은 없어."

카렌이 몸을 휙 돌려 안쪽으로 돌아간다. 분위기가 심상치 않다는 걸 알아챈 모양으로, 여동생들도 이번만큼은 아무 말도 하지 않고 나란히 언니 뒤를 졸졸 따라간다.

"자, 모두 그만 자자."

맨 마지막에 있는 코코아의 등에 손을 대고 가나코도 딸들을 따라갔다. 방목했던 소를 우사로 다시 넣을 때와 마찬가지 요령이다. 제부도 뒤를 따른다.

"야마토, 잘 자."

야마토에게 인사하고는 사치코의 부모님도 방으로 들어갔다.

"오늘은 빨리 자. 피곤하잖아."

"네."

신발을 벗는 아들의 머리를 사치코는 가만히 내려다보았다. 초등학교 4학년이 어른도 없이 혼자서 200킬로미터가 넘는 여정을 다녀왔으니 피곤할 터였다. 하지만 야마토가 이렇게 힘이 없는 것은 단순히 육체적 피로 때문만은 아닌 듯하다.

야마토는 센다이에서 태어나 자랐다. 10년이나 산 곳을 떠나 갑자기 이와테의 시골로 오게 된 것이다. 지난 석 달간 조금씩 새로운 생활에 익숙해졌다고는 해도, 그곳에 갈 때마다 그리워지는 것도 무리는 아니다. 그렇지 않아도 섬세한 아이다. 처음 맞이하는 환경에는 긴장하는 성격인지, 유치원도 초등학교도 즐겁게 다니기까지 시간이 걸렸다. 특히 주말이나 긴 연휴 끝이면 집을 떠나기가 싫은 것인지 곧잘 보채곤 했다.

우선 야마토에게 씻으라고 한 후 사치코는 이불을 깔았다.

본가에 돌아온 후 과거 사치코의 조부모가 침실로 썼던 다다미방에서 모자가 함께 잔다. 수년 전에 증축하여 여동생 일가는 그쪽에 살기에 빈방은 또 있지만, 낡은 일본 가옥에 익숙지 않은 야마토가 혼자서 자면 불안해할 것 같아서 함께 자기로 했다. 그건 잘한 선택이었다고 생각한다. 이 넓은 집 안에서 모자가 단둘이 있을 수 있는 공간은 여기뿐이다. 게다가 아들이 색색거리며 잠든 모습을 보면 불면증이 있는 사치코도 푹 잘 것 같은 기분이 든다.

씻고 온 야마토의 얼굴은 꽤 개운해 보였다. 교대로 사치코도 간단히 샤워했다.

방의 전등을 끄고 각자의 이불에 들어간 후 사치코는 아들에게 말을 걸었다.

"이번 주는 뭐 했어?"

처음 한두 번은 센다이에서 돌아온 야마토에게 질문을 마구 쏟아부었다. 재미있었어? 아빠는 잘 계셔? 할아버지 할머니도 여전하시고? 등등.

그러다 야마토가 우물쭈물하는 것을 깨닫고 반성했다. 엄마와 떨어져서 보낸 이틀간, 즐거웠다고 말하기 어려울 터였다. 사치코도 헤어진 전남편이나 시어머니의 근황에 흥미는 없다. 그저 아무것도 묻지 않고 내버려두는 것도 엄마로서 무책임한 것 같아서 물을 뿐이다. 야마토도 먼저 말을 꺼내지는 않는다. 평소에도 말이 없는 편인데 센다이에서 돌아오면 더욱 말수가 적어진다.

그런 점에서 "뭐 했어?" 정도면 무난하다. 어디에 갔는지, 뭘 먹었는지, 이틀간의 행동을 객관적으로 서술하는 거라면, 엄마도 아이도 필요 이상으로 고민하지 않아도 된다.

"어제는 아빠랑 스타디움에서 축구를 봤어. 밤에는 할머니 할아버지랑 같이 초밥을 먹으러 갔어. 그리고 오늘은 아빠랑 할머니랑 셋이서 백화점에 가서……."

야마토의 목소리가 기어들어 간다. 사치코는 감이 와서 말을 걸었다.

"뭐 사주셨어?"

또, 라는 말은 애써 참는다. 이혼 전 시부모님과 함께 살 때부터 시어머니는 이따금 야마토에게 비싼 것을 사주었다. 손주를 예뻐하는 마음도 이해하고, 야마토가 물건에 휘둘릴 아이는 아니지만, 교육상 좋지 않을 것 같아 사치코는 고민이었다.

"게임 소프트."

야마토는 답하고는 우물쭈물 덧붙였다.

"나는 괜찮다고 했는데 오늘을 기념해야 한대서. 할머니가."

시어머니가 할 법한 말이다. 사치코는 한숨을 삼키고 최대한 다정한 목소리로 말했다.

"좋겠네. 고맙습니다, 했어?"

야마토 잘못이 아니다. 이건 시어머니의 취미다. 혹은 며느리였던 나에게 보여주려는 것이리라.

"응, 했어."

야마토의 목소리에 안도의 기운이 깃들었다.

"아, 그리고 말이야. 유키 만났어."

유키는 야마토의 소꿉친구다. 유치원도 초등학교도 같이 다녔다.

"헉, 어디서?"

"우연히, 길에서. 학원 가는 길이어서 얘기는 많이 못 했지만. 2학기부터 다니기 시작했대."

계속 센다이에서 살았다면 야마토도 다녔을지 모른다. 전남편은―말을 꺼낸 것은 전남편이 아니라 시어머니였지만―야마토를 시내의 명문 사립중학교에 보내고 싶어 했다. 아니, 지금도 보내고 싶어 한다.

"그랬구나. 유키, 잘 지내는 것 같아?"

잠시 다른 생각을 한 탓에 맞장구가 늦어졌다. 야마토는 대답이 없었다. 대신 새근새근 소리가 규칙적으로 들려왔다.

목장의 아침은 일찍 시작된다.

다음 날, 사치코는 오전 5시에 눈을 떴다. 야마토가 깨지 않도록 조심조심 재빨리 옷을 갈아입고 밖으로 나온다. 밖은 아직 어둡다. 어딘가에서, 까마귀 우는 소리가 들린다.

모리 목장에는 우사가 두 동 있다.

커다란 한 동에 경산우, 그 뒤에 있는 작은 우사에서 육성우를 각각 키우고 있다. 소도 인간과 마찬가지로 아이를 낳기 시작해야 젖이 나온다. 경산우는 출산해서 젖을 짤 수 있는 상태가 된, 이른바 다 자란 소다. 한편 초산을 맞이하기 이전의 젊은 소를 육성우라고 부른다.

경산우의 우사에서는 아버지가 벌써 소들에게 아침을 먹이고 있는 듯하다. 아침밥을 보채는 소들의 굵은 울음소리가 들린다. 입구에서는 여동생 부부가 서서 이야기를 나누고 있다. 사치코도 마찬가지로 소매가 긴 작업용 점프슈트를 입고 있고, 무릎까지 오는 장화를 신고 있다.

안녕, 하고 짧은 인사를 나누고는 사치코와 가나코 둘이서 육성우 우사에 들어갔다.

입구에서 안쪽을 향해 이어지는 통로 양쪽으로 울타리를 사이에 두고 소들이 두 줄로 나란히 있다. 울타리 안도 한 마리씩 나뉘어 있어서 개별실처럼 되어 있다.

"안녕."

소에게도 아침 인사를 빼놓지 않는다.

사치코가 우사 안에 발을 들인 순간 갑자기 소란스러워졌다. 모두 식사 시간을 기다리고 있었던 것이다. 울타리 틈 사이로 코끝을 내밀어 보챈다.

"알았어, 알았어. 잠깐만 기다려."

생후 2~3개월까지의 송아지는 보통 사료가 아니라 우유를 먹인다. 사람 아기와 마찬가지로 젖병을 쓴다. 사람 젖병보다는 훨씬 크지만 형태는 같다. 태어난 시기에 따라 우유의 양이 달라지므로 틀리지 않도록 채워서 한 마리씩 먹인다.

"많이 기다렸지. 얼른 먹어."

거꾸로 세운 젖병을 울타리 안쪽에 달린 거치대에 고정하자마자 기다리고 있던 송아지가 엄청난 기세로 고무젖꼭지를 빨아 먹는다. 젖병 안에 있던 우유가 눈 깜짝할 사이에 줄어든다.

사치코는 문득 열심히 젖을 빨던 아기 야마토를 떠올린다. 하지만 감회에 젖을 여유는 없다. 옆 울타리에서 다음 송아지가 다리를 동동거리고 있다.

"금방 줄게, 기다려. 줄 서, 줄."

"언니 그 말투 엄마랑 똑같네."

이유식을 먹는 소에게 풀을 먹이면서 가나코가 놀리듯이 말했다.

어머니는 지금쯤 부엌에서 사람이 먹을 아침밥을 하고 있으리라. 사치코와 다른 가족들이 아침 일을 하는 동안 어머니는 아이들 아침을 먹이고 학교에 보낸다. 사치코가 초등학생 시절에는 할머니가 그 역할을 담당했다. 지병인 류머티즘이 악화해서 우사에서의 중노동이 어려워진 것까지 같다.

송아지에게 젖병을 다 물린 후 사치코도 가나코의 작업을 도왔다. 이유식을 먹는 어린 소에게는 풀과 곡류를 먹인다.

열 중간 즈음 풀을 씹는 송아지 앞에서 발이 멈췄다.

"잘됐네. 많이 먹어."

사치코와 야마토가 구즈마키에 온 직후 태어난 아이다. 조산으로 발육이 느려서 최근에 겨우 젖을 뗐다.

송아지가 태어난 것은 한낮이었다. 여름방학이라 집에 있던 아이들도 용기를 내어 보러 왔다. 야마토만 없었다. 나중에 들으니 보지 않는 게 좋다고 카렌이 말렸다고 한다. 출산 광경은 꽤 충격이 클 거라고, 친절한 마음에 충고해준 것이다.

그 며칠 전, 정원에서 수컷 고양이 두 마리가 격렬한 싸움을 벌인 끝에 난 생생한 상처를 본 야마토는 너무도 놀란 나머지 사치코를 부르러 왔다. 야마토는 겁쟁이네, 라며 함께 있던 키라라가 비웃었다. 상냥한 거야, 라고 가나코는 반론해주었고, 그건 그렇다고 사치코도 생각하는 반면 앞날이 걱정되기도 했다.

"이렇게 잘 먹으면 잘 크겠다. 좋네, 문제없어."

가나코는 눈을 가늘게 뜨고 송아지의 머리를 쓰다듬었다.

"가나코도 그 말투 엄마랑 똑같아."

인간은 대가 바뀌었다. 소도 마찬가지다. 하지만 우사의 모습은 놀라우리만치 변하지 않았다. 소들의 느긋한 울음소리도, 자세히 보면 한 마리 한 마리 같은 배치가 없는 얼룩무늬도, 흐린 창에서 비쳐드는 아침햇살도. 지금도 교복을 입은 사치코와 빨간 가방을 멘 가나코가 입구에서 얼굴을 내밀고 다녀오겠습니다, 하고 기운차게 인사할 것만 같다.

그런 생각을 하고 있는데 활기찬 발소리가 들려온다.

"다녀오겠습니다."

카렌과 키라라와 크레아의 책가방은 핑크, 보라, 오렌지색으로 화려하다. 그중에 검정색 가방을 멘 야마토도 있다.

"다녀와."

사치코는 손을 멈추고 아들과 조카들을 배웅했다. 야마토의 자그마한 뒷모습이 다른 소년의 그것에 겹쳐졌다.

사치코에게는 세 살 위의 오빠가 있다. 다정하고 세심해서 소도 잘 보살폈다. 오빠는 소와 대화할 수 있다고, 어린 사치코는 진심으로 믿었을 정도다. 조부모님도 부모님도 후계가 될 장남을 아꼈고, 동시에 엄격하게 키웠다. 소에 관한 지식도 애정도 차세대 목장주에 걸맞다고 누구나 기대했다.

고등학교를 나온 오빠는 대학에 가지 않고 가업을 돕기 시작했지만 사치코에게는 대학 진학을 강하게 권유했다. 지금 생각해보면 오빠 자신도 실은 대학에 가고 싶었던 건지도 모른다. 사치코보다 오빠가 성적은 훨씬 좋았다.

사치코가 하고 싶은 대로 하라며 부모님도 흔쾌히 찬성해주었다. 솔직히 부모님의, 특히 아버지의 관심은 오직 장남에게만 향해 있었다. 물론 딸들의 행복을 바라기는 했겠지만 딸은 어차피 남의 집 식구가 된다는 가치관이 뿌리 깊은 세대이기도 해서, 진로에 간섭할 정도의 집착은 없었다. 그렇다고 사치코가 상처받거나 질투하지는 않았다. 어릴 때부터 오빠는 특별한 존재였고, 내버려둬 주는 게 마음 편했다. 무슨 일을 할지 고민할 때 아이들을 좋아한다는 단순한 이유로 센다이에 있는 단기대학 보육과에 입학했다.

열여덟 살 봄, 사치코는 집을 나왔다. 아마도 이대로 돌아오지 않으리라 생각했다. 그럴 필요가 없다. 2년 후 대학을 졸업하면 센다이에 있는 어린이집에 취직해야지. 그리고 가능한 한 이십 대에 결혼해서 아이를 낳고 싶어. 그것이 사치코가 막연히 그린 미래였다.

20년이 넘게 지나서 이렇게 다시 돌아오리라고는, 그때는 상상도 못 했다.

초등학생 네 명과 교대하듯 어머니가 케이트와 코코아를 데리고 우사로 왔다.

"다들, 좀 어때?"

다들, 이라는 것은 소를 가리킨다. 힘쓰는 일은 못 하게 됐어도. 어머니는 아침저녁으로 우사를 둘러보며 상태가 안 좋거나 아픈 소가 없는지 눈을 반짝이며 살핀다.

"엄마는 쉬어요. 언니랑 내가 잘 보고 있으니까."

가나코의 말에도 아랑곳 않고 우사 안으로 거침없이 들어온다. 케이트와 코코도 손을 잡고 그 주변을 어슬렁거린다. 풀을 먹는 소들을 뚫어지게 쳐다보거나 이따금 말을 걸기도 한다.

역시 예전과 변함이 없다. 생활의 중심에 소가 있고, 우사가 놀이터고, 그곳에서 일하는 부모나 조부모의 모습을 보면서 아이는 자란다.

그것이 좋다고도 나쁘다고도 예전에는 생각하지 않았다. 그저 당연한 생활이었다. 꼭 그렇지만은 않다는 것을 깨달은 건 어린이집 교사로 일하기 시작하면서부터다. 매일 아침 어린이집 입구에서는 아수라장이 펼쳐진다. 부모의 다리나 허리를 온몸으로 붙들고 우는 아이들, 우는 아이를 몸에서 떼어내 선생님에게 맡기고는 도망치듯 사라지는 엄마들.

"이 아이도 식욕이 생겼구나. 다행이야. 좋네, 좋아."

아까 사치코와 가나코도 돌봤던 송아지 앞에서 어머니가 호방하게 말했다.

"저기 엄마, 오늘은 다 같이 방목장으로 보낼까?"

가나코가 물었다. 어느 정도 성장한 소들은 낮에 야외에 보내서 운동을 시킨다. 다리와 허리가 튼튼해지면 사료도 잘 먹고 위장이 건강해진다.

"눈 녹았으니까 괜찮겠네. 낮에는 따뜻해."

너무 살이 쪄도, 너무 말라도 젖량이 줄기 때문에 평소 건강 관리는 매우 중요하다. 우사 안을 청결히 유지하는 것 외에도 온도나 습도, 환기나 채광에도 신경을 쓴다.

소들에게 기분 좋은 생활환경을 마련해주는 것. 한 마리 한 마리를 주의 깊게 관찰하고 미세한 몸 상태의 변화도 놓치지 않는 것. 그리고 무엇보다 애정을 갖고 소들을 대하는 것이 모리 목장의 운영방침이다. "소 입장이 돼봐라"는 아버지의 오랜 입버릇이다. 돌아가신 할아버지의 입버릇이기도 했다.

"아 싫다. 이제부터는 바깥으로 내보내지 않으면 아무래도 운동 부족이 되잖아."

가나코가 우울한 듯 고개를 흔든다.

"나도 빨리 프리스톨식으로 하면 좋겠다. 우리 시댁처럼."

소를 울타리에 가두지 않고 자유롭게 돌아다니게 하는 우사를 프리스톨식이라고 한다.

제부는 일본 제일의 생유 생산량을 자랑하는 베츠카이초 출신으로, 홋카이도에서 낙농업을 하는 집안의 사남이다. 시댁이 작년에 새로 지은 우사는 가나코에게는 동경의 대상이다. 사치코도 사진으로 보았는데, 천장이 높고 자연광이 충분히 들어오는 구조로 특히 나무 벽이 아름다웠다. 사료 급여도 착유도 분뇨 처리도 기계화된 데다 소들의 목에 붙인 측량 장치로 개체별 데이터를 모아 건강 상태도 분석된다고 한다.

"돈은 들지만, 긴 안목에서 보면 그만큼 가치는 있을 것 같은데. 그이가 있으니까 유지 보수도 걱정 없고."

제부는 홋카이도에 있는 대학을 졸업한 후 낙농 관련 기계 제조업체에 취직하여 고객의 목장을 돌며 자사 제품 정비와 수리를 했다. 이와테에도 정기적으로 일이 있어서 왔다가 농협 관련 모임에서 가나코를 만났다.

옆에서 듣고 있던 어머니가 하지만, 하며 인상을 찌푸렸다.

"너희 아버지가 기계는 믿지를 못하시니까."

가나코의 표정도 어두워진다.

"사람은 편해서 좋지만 소가 불쌍하대. 전부 기계에만 맡기면 생물이 아니라 공장 부품 아니냐고. 잘만 쓰면 소도 쾌적할 텐데 말이야. 우리도 여유가 생겨서 그만큼 소들을 더 잘 보살필 수도 있고."

하지만 현실적으로는 그저 비용 절감을 위해 기계를 도입하는 목장도 적지 않은 듯하다. 회사에 있어서는 고객이므로 거절할 수 없지만, 제부는 그런 효율 중시 풍조에 동참할 수 없어서 갈등도 있었다고 한다. 제부의 본가도 최신 설비를 도입하면서 규모는 키우지 않고 가족 경영을 이어갈 생각이라고 한다.

"아버지는 보수적이니까. 뭐, 나이가 나이인 만큼 어쩔 수 없는 거지만."

중얼대는 가나코의 어깨에 어머니가 위로하듯 손을 얹었다.

"서두를 필요 없어. 조금씩 바꾸면 되니까. 이것 봐. 흙도 몇 년은 걸려서 했는걸."

그 변화는 사치코도 요즘 들어 확실히 느끼고 있다.

계기는 우사의 냄새였다. 아무리 열심히 청소하고 환기해도 어쩔 수 없이 독특한 냄새가 남는다. 그랬던 것이 완전히 무취라고까지는 할 수 없지만 이전보다는 훨씬 나아져 있었다. 처음엔 이상한 냄새가 난다고 조심스럽게 호소하던 야마토도 금세 익숙해져서 이종사촌들과 어울려 아무렇지 않게 우사를 출입하게 되었다.

"역시 언니는 금세 눈치채네. 실은 흙을 바꿨거든."

가나코는 득의양양하게 가슴을 폈다. 우사의 냄새와 흙이 어떤 관계가 있는지 사치코가 이해하지 못하자 목초밭 끝으로 끌려갔다.

키보다 더 높이 쌓인 퇴비 앞에서 가나코가 싱긋이 웃으며 말했다.

"냄새 안 나지?"

건강한 소는 좋은 사료를 먹는다. 좋은 사료는 좋은 흙에서 자란다. 그 신념에 따라 약 10년 전부터 목초밭의 토양 개선을 단행했다고 한다. 안전한 흙에서 양질의 목초가 자라고, 소들이 그걸 맛있게 먹고, 배설물에서 퇴비가 만들어지고, 다시 흙으로 돌아간다. 그렇게 순환이 반복된 결과 배설물 냄새도 퇴비의 냄새도 해가 갈수록 줄어들었다고 한다.

목초밭을 둘러보고는 가나코가 작은 목소리로 덧붙였다.

"오빠도 예전부터 말했었어. 흙에 신경 써야 한다고."

17년 전, 오빠가 갑자기 집을 나갔다. 이후 사치코가 아는 한 본가에는 한 번도 나타나지 않았다.

가족 중에서 가장 마지막에 오빠를 만난 사람은 사치코다. 센다이의 보육원에서 일을 시작한 후 두 번째 맞이하는 연말, 정신 없이 바쁜 나날이었다. 그다음 날에 고향에 내려갈 예정으로 밤에 한창 짐을 싸고 있는데 오빠가 갑자기 찾아왔다.

"오랜만이네."

놀라는 사치코에게 미소를 지어 보인 오빠는 눈에 띄게 야위어 있었다. 오빠는 여렸다. 목장에서는 유우의 역할을 할 수 있는 소만 남길 수밖에 없다. 태어난 송아지가 수컷이면 곧바로 다른 곳에 판다. 암컷이라도 여러 번 출산하여 유량이 줄어들거나 다치거나 병에 걸리면 떠나보낼 수밖에 없다. 애정을 쏟아 돌보던 소와의 이별을 스스로 결단해야 하는 중압감이 오빠를 무너뜨린 듯했다.

소들이 영원히 이곳에 있을 수는 없다. 오빠뿐 아니라 사치코와 가나코도 할아버지, 아버지에게 이따금 들어온 말이다. 그렇기에 우리 집에 있는 동안에는 조금이라도 편안하게 지내게 해 주는 것. 그것이 바로 소를 키우는 자로서의 책임이라고.

"머리로는 이해할 수 있어. 하지만 이제 한계야."

항상 우등생이었던 오빠가 힘없이 고개 숙이는 모습을 사치코는 처음 보았다.

"오빠는 착하니까."

사치코의 말에 오빠는 세차게 고개를 가로저었다.

"아니야. 약한 거야. 가족들에게 폐를 끼쳐서 정말 미안해."

당분간 도쿄에서 취직한 친구 집에 얹혀살기로 했다는 말에 퍼뜩 생각이 나서 사치코는 물었다.

"오빠, 돈 있어? 빌려줄까?"

오빠는 아주 잠깐 울 것 같은 얼굴을 했다.

"대견하네, 사치코는. 훌륭히 자립하고."

걱정 안 해도 돼, 라고 몇 번이고 말한 후에 오빠는 떠났다. 말릴 재간은 없었다. 오빠가 잘 지내기를 바라면서 다음 날 예정대로 집으로 갔다.

본가는 난리가 나 있었다. 오빠는 짧은 사죄의 편지만을 남긴 채 아무에게도, 아무 말도 없이 집을 나갔다고 한다. 오빠가 자신을 찾아온 것도, 나이 차가 얼마 나지 않는 여동생에게 속마음을 털어놓은 것도 사치코는 차마 말하지 못했다.

새해를 축하할 정신이 없었다. 할아버지는 격노했고, 할머니는 자리보전했으며 어머니는 부쩍 늙어버린 듯했다. 아버지는 계속 술만 마시다가 아버지답지 않게 농담 섞인 듯한 말을 했다.

"너도 이 기회에 돌아와서 선이라도 볼래?"

부모가 된 지금이라면 사랑하는 아들에게 배신당한 아버지의 실의를 상상 못 할 것도 없다. 안쓰러운 마음에 위로의 말 한마디쯤은 건넸을지도 모른다.

하지만 당시의 젊은 사치코는 화가 났다.

낯선 도시에서 혼자 필사적으로 애써왔다. 자격증을 따고 취직을 하고 친구와 연인도 생긴, 그 모든 것을 부정당한 듯했다. 초췌할 대로 초췌해진 오빠의 얼굴이 눈앞에 아른거렸다. 오빠가 얼마나 힘들었는지 아버지는 알고 있을까. 아들을 끝까지 궁지에 몰아놓고서 금세 잘라버리고 이번에는 딸을 대신 재물 삼을 생각인가.

웃기지 말라 그래.

"안 돼요. 직장은 어떡하고요."

스스로도 깜짝 놀랄 만큼 차가운 목소리가 나왔다.

사치코는 굳이 나누자면 말 잘 듣는 아이였다. 예전부터 부모에게 말대꾸하거나 떼를 써서 곤란하게 하는 아이는 막내인 가나코로 정해져 있었다. 순종적이었던 큰딸에게 쌀쌀맞게 거절당하자 아버지는 기가 막혔는지 입을 다물었다.

어색한 침묵을 깬 것은 가나코였다.

"그래요. 언니에게는 언니의 생활이 있잖아."

이 상황에 어울리지 않을 정도로 밝은 목소리였다. 어리기만 한 줄 알았던 여섯 살 아래 동생이 언니의 가슴에 소용돌이치는 마음을 적확히 대변해준 것에 사치코는 적잖이 놀랐다.

"목장은 내가 도울게요. 괜찮죠, 아버지?"

밝지만 진지한 목소리였다. 그냥 하는 말도, 그 자리를 모면하기 위해 던지는 말도 아니었다. 오빠가 사라진 후 막내도 나름 모리 목장의 장래에 대해 생각했던 것이다. 그때 가나코는 불과 열여섯 살, 아직 고등학생이었다.

사치코는 낡은 우사 안을 다시금 둘러본다. 식후의 소들은 만족한 얼굴이고, 어머니와 가나코는 방목 준비를 시작하고, 쌍둥이 조카딸들은 그 주변을 촐랑촐랑 뛰어다닌다.

변하지 않는 듯 보여도 실은 변했다. 진화하고 있다. 가나코와 제부가 노력해 진화시켜온 것이다. 사라진 오빠 대신에.

그렇게 생각하자 견딜 수 없어졌다. 그동안 대체 나는 뭘 한 걸까.

"맞다, 언니."

가나코가 사치코 쪽으로 몸을 돌렸다.

"프리스톨, 언제 한번 아버지에게 자연스럽게 말해봐. 언니 말은 들을지도 모르니까."

"에이, 설마."

만약 아버지의 마음을 움직일 수 있는 사람이 있다면, 뒤도 안 돌아보고 고향을 버린 큰딸이 아니라 부모님과 함께 목장을 지키고, 사위까지 데려온 막내딸이리라. 이 목장은 부모님과 여동생 일가의 것이다. 군식구인 사치코가 경영의 근간에 관한 문제에 감 놔라 대추 놔라 할 수는 없다.

좀처럼 울리는 일 없는 사치코의 휴대전화가 울린 것은 그 다음 주 목요일 저녁이었다.

아버지는 가나코와 사위를 데리고 농협 모임에 나갔고, 사치코와 어머니는 아이들과 집에 남아 있었다. 초등학생 네 명은 거실 코타츠에서 숙제를 하고, 사치코는 그 옆에서 케이트와 코코아에게 그림책을 읽어주었다.

가나코이겠거니 하며 바라본 휴대전화 화면에 예상 밖의 이름이 떠 있었다. 반사적으로 일어나려고 했지만 조카들이 양쪽 품에 기대 있어서 움직일 수가 없었다. 어쩔 수 없이 그 자리에서 받았다.

"여보세요."

여보세요, 여보세요, 하고 쌍둥이가 재미있다는 듯 따라했다. 야마토는 눈치를 챈 것인지 사치코 쪽을 곁눈질하고 있다.

"활기차네."

전남편이 말했다.

"잠깐만."

전화 너머 사람과 옆의 아이들에게 동시에 말한 후 방을 나섰다. 코타츠에서 따뜻해져 있던 발바닥이 복도 바닥에 닿자 차갑게 식는다.

"그거, 야마토에게 말해봤어?"

야마토를 키우고 싶다고 전남편이 말한 것은 지난번 센다이에 가기 조금 전의 일이다.

"아니, 아직."

"잘 들어. 몇 번이고 말하는 거지만 야마토를 위해서야. 걔는 공부를 잘해. 그러니 좋은 환경에서 서포트해줘야지."

처음 그 말을 들었을 때 사치코는 거절했다. 하지만 전남편도 물러서지 않았다. 야마토의 장래를 위해서라고 주장하니 사치코의 마음도 흔들리기 시작했다. 야마토의 장래가 밝게 빛나기를 전 세계에서 가장 바라는 이는 그 누구도 아닌 사치코다. 그래서 야마토에게 물어보겠다고 약속한 것이다. 바꿔 말하면 멋대로 일을 진행하지 말라고 못을 박은 것이다.

"그쪽 학교 복식학급이라며? 이런 말 하면 좀 그렇지만 다른 학년이랑 섞여서 제대로 공부할 수 있겠어?"

야마토와 조카들이 다니는 초등학교는 전교생 합쳐도 서른 명밖에 되지 않는다. 전학생은 섞이기 힘들지 않을까 걱정했지만 카렌과 키라라도 중간에서 역할을 잘해주어서 생각보다는 별 탈 없이 지내고 있다.

"진도는 센다이랑 크게 다르지 않아."

"하지만 중학교를 못 고르잖아. 고등학교도 그렇고. 센다이라면 학력에 맞는 사립학교를 다닐 수도 있고, 공립이라도 우리 동네는 꽤 수준이 높아서 평이 좋아."

전남편은 말을 잘한다. 자신감이 있는 사람이라 어지간한 이유가 없는 한 주장을 굽히지 않는다. 처음 만났을 때는 그런 점이 남자답고 믿음직스러웠다. 무엇이든 솔선수범하여 결정해주니 편했고, 이 사람만 따라가면 된다는 생각에 든든했다.

하지만 큰 착각이었다.

전남편의 외도를, 사치코는 전혀 눈치채지 못했다. 상대 여자가 전화를 걸어와서 남편과 헤어져달라고 말하지 않았더라면, 지금도 모른 채 살고 있을지도 모른다. 그 사람은 나랑 있는 게 더 행복할 거라고, 그녀는 절절히 말했다. 당신들 부부 사이는 이미 식을 대로 식었다고. 남들 눈이 무서워 무의미한 결혼생활을 이어가는 것에 불과하다고. 아마 전남편이 그렇게 말했으리라.

물론 사치코는 너무나 놀랐다. 미친 듯이 뛰는 심장이 진정되지 않았다. 그러나 한편으로는 내심 그녀의 말에 찬성하지 않을 수 없었다. 반쯤 멍한 상태로 가나코에게 전화를 걸었다. 이혼하라고, 가나코는 깊은 한숨을 쉬며 말했다.

하지만 적반하장으로 전남편이 허락하지 않았다. 사치코와 헤어질 생각도, 상대 여자와 결혼할 생각도 없다고 딱 잘랐다. 자신의 잘못은 제쳐둔 채 인정머리 없다며 사치코를 비난하기까지 했다. "넓은 마음으로 용서해주렴. 다른 데 눈 돌리게 한 데는 네 책임도 있으니까." 하고 시어머니조차 사치코를 책망했다. 사치코는 화를 넘어 말할 가치를 느끼지 못했다.

"야마토는 곧 5학년이야. 돌아온다면 빠를수록 좋아. 슬슬 학원 안 보내면 입시 준비가 너무 늦어져."

전남편이 이렇게 거침없이 몰아세우면 사치코는 순간 머리가 잘 돌아가지 않는다. 결혼하던 무렵부터 그랬다. 결혼 준비로 이야기를 할 때도 왠지 기가 질렸다.

이혼 당시에 어떻게든 싸워 이길 수 있었던 것은 생각지도 못한 아군이 나타났기 때문이다. 바로 시아버지였다. 누구 때문에 이렇게 됐는데 그런 소릴 하느냐고 소리치자 전남편과 시어머니 모두 입을 다물었다. 온화하고 과묵한 시아버지가 그렇게 큰 목소리를 내는 걸 들은 것은 전에도 후에도 없었다. 친권을 사치코에게 양보하고 양육비도 지급하라는, 생각지도 못한 말에 사치코는 진심으로 감사했다. 다만 한 가지 부탁이 있다고 시아버지는 덧붙였다. 세상에 딱 하나뿐인 손주를 정기적으로 만나게 해줄 수 있겠느냐고.

"저기, 듣고 있어? 힘들면 이번 주말에 우리가 야마토에게 이야기할까?"

전남편의 목소리에서 짜증이 묻어나온다. 아들이 센다이에 가고 싶다고 할까봐 두려워 사치코가 말을 못 꺼낸다고 생각하는 것이다.

그렇지 않다. 사치코는 오히려 야마토가 이곳에 남는다고 말할 것 같다.

사치코에게는 틀림없이 기쁜 답이다. 하지만 그것이 문제다. 야마토가 여기를 선택하는 것은 엄마를 배려하기 때문이 아닐까? 사치코를 버릴 수 없어서, 진심을 억누르진 않을까.

"엄마랑 같이 가줄래?"

석 달 전, 사치코는 아들에게 그렇게 물어보고 만 것이다. 매달리듯이. 그때는 정신이 없었지만 냉정하게 생각해보면 마음 약한 야마토가 싫다는 말을 할 수는 없었으리라.

"알았어. 토요일까지 내가 야마토에게 이야기할게."

사치코는 겨우 대답하고 전화를 끊었다. 부르르 몸이 떨린다. 온몸이 차가울 대로 차가워져 있다.

"잠깐, 야마토 이거 무슨 뜻이야?"

거실에서 크레아의 새된 목소리가 새어 나온다.

"너, 다른 사람에게 묻는 태도가 그게 뭐니? 야마토 오빠 가르 처줘, 해야지."

어머니가 나무라니 야마토의 목소리가 들린다.

"어디 봐, 아, 이거는……."

"야마토 오빠, 그다음엔 내 것도 봐줘."

"안 돼, 키라라. 숙제는 자기 힘으로 해야지."

실없는 대화가 무척 멀리서 들린다. 사치코는 복도에 쭈그리 고 앉아 벽에 몸을 기댄 채 심호흡했다. 이런 얼굴로 돌아가면 어머니도 야마토도 걱정할 것이다.

생각하면 할수록 머리가 맑아져서 잠이 들지 않는다. 야마토 가 잠들기까지 기다린 후 잠자리를 빠져나왔다. 따뜻한 거라도 마실까 싶어 부엌에 들어가니 먼저 온 손님이 있었다.

"어라, 언니도 안 잤어?"

가나코는 식탁에서 열심히 종이를 접고 있었다. 모리 목장의 공방에서 만드는 유제품을 소개하는 팸플릿이다. 인터넷에서 판 매하는 상품을 발송할 때 동봉하고 있다.

공방은 사치코가 어릴 때는 없었다. 지금은 어머니의 지휘 아래 파트타임을 고용하여 갓 짠 생유로 치즈 몇 종류와 요구르트를 만들고 있다. 모두 신선한 우유의 맛을 살리고자 쓸데없는 첨가물은 넣지 않는다. 발매 당시에는 주변 직판소나 도로 휴게소 등에서 조금씩 팔렸지만 지금은 모리오카나 센다이의 백화점과 레스토랑에도 공급하고 있다.

"얼마 전에 아이들도 접어줬는데 카렌이나 키라는 괜찮은데 케이트랑 코코아는 좀. 왜 이렇게 못하냐고 언니들도 뭐라고 하니까 결국은 싸우고 난리였어."

팸플릿을 접는 손놀림을 쉬지 않으며 가나코가 중얼거린다.

"뭐, 나도 그랬지. 언니가 하는 건 뭐든 다 하고 싶고, 나도 다 할 수 있다고 생각했어."

"나도 할게."

사치코도 팸플릿 한 다발을 가지고 건너편 의자에 앉았다. 팸플릿 끝에는 '모리 목장에서 보내는 편지'라는 제목으로 매월 근황이 쓰여 있다. 이번에는 지난달 태어난 송아지 사진이 실려 있었다.

"아마도 이번 주말에 또 태어날 거야. 초산이니까 지켜보고 싶은데 몇 시에 나오려나."

"이번 주말……."

문득 사치코가 되뇌었다. 가나코가 이상하다는 듯 얼굴을 들이댄다.

"뭐야, 무슨 일 있었어?"

"응……."

잠시 머뭇거린 끝에 사치코는 용기를 내어 말했다.

"야마토를 센다이에서 키우고 싶대."

"뭐?"

가나코가 얼굴을 찌푸렸다.

이렇게 자매가 대등하게 이야기하게 되다니. 예전에는 생각도 못했다. 사이가 나쁘지는 않았지만 여섯 살 차이는 꽤 크다. 사치코가 집을 나갔을 때 가나코는 열두 살이었다.

자매의 거리가 훅 가까워진 것은 카렌이 태어났을 무렵부터다. 가나코는 어린이집 선생님인 언니에게 곧잘 전화를 걸어와 육아에 관해 의논했다. 어머니에게 물어봤자 가만히 놔두면 애들은 다 큰다고만 하니 도움이 되지 않는다고 했다. 야무진 가나코도 스무 살을 갓 넘긴 어린 나이에 엄마가 되어 불안했던 것이리라.

그 후로 사치코도 야마토를 갖게 되어 어린이집을 그만두었다. 일하면서 아이를 잘 키울 자신이 없었던 것이다. 출산 전부터 일과 집안일의 양립은 어려웠다. 시댁에서는 집안일은 전부 여자 몫이라며, 며느리가 조금이라도 소홀하면, 혹은 소홀할 생각조차 없는데도, 시어머니가 꼬치꼬치 따지고 혼을 냈다. 그런 어머니에게서 자란 전남편 역시 부부가 집안일을 분담한다는 생각은 조금도 없었다.

어린이집 교사로서의 지식과 경험은 있지만 자기 아이를 키우니 사정이 달랐다. 수유는 너무 아파서 견딜 수 없었고, 갑작스러운 발열에 당황하기 일쑤였고, 매일 밤 우는 아이 때문에 지쳐 나가떨어졌다. 전남편은 도와주기는커녕 아이가 울면 잠을 잘 수가 없으니 어떻게든 하라며 화만 냈다. 시어머니는 옆집에서 건너와 아이를 달래거나 기저귀를 갈아주거나 하며 도와주기는 했지만, 어딘지 모르게 자기 의견을 강요했다.

여동생과의 전화통화는 그 당시 사치코에게 있어 유일한 숨구멍이었다. 그 전까지는 주로 사치코가 가나코의 고민을 들어주었지만, 이제는 반대가 되었다. 육아 선배로서 가나코의 이야기는 많은 도움이 되었고, 그저 수다만 떨어도 기분이 좋아졌다. '키라라도 잠을 안 자, 카렌은 젖을 먹으면 자꾸 토해' 하는 말들에 '야마토도 그랬어' 하며 서로 웃어버리면 마음이 가벼워졌다.

하지만 이번만큼은 웃고 넘길 수 있는 이야기가 아니다.

"거절해."

가나코는 발끈했다.

"이제 와서 무슨 소리야? 지금껏 방치한 주제에. 한 달에 두 번 아버지 놀이 하니까 부성을 깨우치기라도 했대?"

부성이라는 표현이 적절한지는 몰라도, 확실히 전남편은 이혼 전에 비해 아들에게 관심을 가지게 되었다. 함께 보내는 주말도 시어머니에게만 맡겨두지 않고 이것저것 계획한 후 야마토를 데리고 다니는 모양이다. 한집에 살 때는 평일에는 매일 밤

귀가가 늦었고, 휴일 출근도 많아서—애인을 만나고 있었으리라—아이와 놀아주는 일은 거의 없었는데.

거리를 두니 오히려 마음이 가까워진다는 게 아이러니한 일이지만, 친아버지와의 관계가 양호한 것은 야마토에게 좋은 일이다. 전남편이 야마토를 데려가고 싶어 하는 것도 억지로 아이를 뺏으려는 게 아니라 아이의 장래를 생각한 제안이기도 하다.

그러니 더욱 고민이 된다.

"시골은 교육이 뒤떨어져 있다는 건 편견이야. 야마토의 담임 선생님 도쿄에서도 가르친 베테랑이야. 키라라 면담에서 이야기 나눴는데 제대로 된 분이셨어. 인원수가 적으면 아이를 더 잘 살펴줄 수 있고, 아이 한 사람 한 사람에게 맞춰서 지도할 수 있다고 그러셨어."

"응."

"중학교도 그래. 사립이 꼭 좋은 건 아니잖아. 어디서든 가고 싶은 대학 준비하면 돼. 야마토는 성실하니까 어디에 있든 열심히 공부할 거야."

"응."

"응, 이 아니잖아. 언니, 왜 고민해?"

가나코가 다 접은 팸플릿을 거칠게 내려놓았다.

"약간 확신이 안 서서. 어떻게 하는 게 야마토를 위해 가장 좋을지."

"그거 엄청 생각했잖아? 생각하고 또 생각해서 여기에서 키우

는 게 가장 좋겠다고 결론 내린 거 아니야? 처음에는 불안불안
했지만 요새는 괜찮아졌잖아. 야마토, 확실히 늠름해졌어. 의외
로 이 생활이 맞는 거 아닐까?"

"그건 그렇지만, 역시 야마토에게 여러 가지로 참는 걸 강요
하는 것 같고……."

사치코의 말에 가나코는 눈썹을 치켜올렸다.

"그 말은, 야마토를 이런 곳에 두는 게 불쌍하다는 뜻이야?"

"그런 건 아니……."

사치코는 말끝을 흐렸다. 제대로 설명할 수 없어 답답하다.

"이래서 싫다니까, 도시 사람은. 그렇게 금세 시골을 바보 취
급하고."

장난스러운 말투와는 달리 가나코의 눈빛이 험악하다. 사치
코는 곧바로 답했다.

"바보 취급 같은 거 안 해."

생각보다 큰 소리가 나왔다.

바보 취급을 하는 게 아니다. 가나코에게, 모두에게 감사하고
있다. 도시에서 도망쳐온 사치코와 야마토를, 아무 말 없이 받아
주고, 지낼 곳과 할 일을 주었다.

만약 본가에 돌아온다는 선택지가 없었다면, 아들과 단둘이
살아가는 게 얼마나 가혹했을까. 상상하는 것만으로도 소름이
돋는다. 어린이집 교사 자격증이 있다고 해도 10년이나 전업주
부로 살아온 사치코에게 조건이 좋은 일자리가 나타날지는 알

수 없다. 가령 나타났다고 해도 그전까지의 생활수준을 유지하는 건 불가능할 테고, 오랜만에 하는 일로 심신이 모두 피폐해져서 야마토를 잘 돌보지 못했을 수도 있다. 최악의 경우 전남편에게 친권을 빼앗겼을지도 모른다.

"면목이 없어. 모두를 걱정시키고, 폐를 끼치고."

사실, 뻔뻔스럽게 돌아올 입장이 아닌 것이다. 오빠가 사라진 후 어울리지 않게 맥이 빠져 있던 아버지를, 후계자를 잃은 목장을, 나는 못 본 척했으니까.

"폐라니. 얼마나 도움이 되는데. 마침 손이 모자라기도 했고."

가나코가 곤란한 듯 말했다.

"아버지도 엄마도, 언니랑 야마토가 돌아와서 기뻐하고 있어. 효도하는 거라고. 야마토도 귀여워서 어쩔 줄을 모르신다니까? 그이도 깜짝 놀랐대. 장인어른이 야마토랑은 이야기를 잘 나눈다고. 우사에 올 때마다 붙잡고서 이것저것 들려주시나봐."

가나코는 자리에서 일어나 사치코의 옆에 가서 앉았다.

"언니는 너무 언니에게 가혹해. 그렇게 소극적인 건 야마토를 위해서도 좋지 않아. 엄마니까 더 당당해져도 좋잖아."

"나도 당당하고 싶어. 하지만, 한심해서."

목소리가 자기도 모르게 높아져서 사치코는 얼굴을 두 손으로 감쌌다.

"나 혼자는 아무것도 못해."

"딱히 혼자서 다 안 해도 돼."

들썩이는 언니의 등을 가나코는 연거푸 쓰다듬었다.

"야마토한테도, 한번 제대로 이야기하는 게 좋을 것 같아. 걔는 언니가 생각하는 것보다 어른스러워. 자기 일은 스스로 생각해서 결정할 수 있어."

다음 날 오후, 학교에서 돌아온 아이들이 가방을 멘 채로 우사에 우르르 들어왔다. 털모자와 장갑 여기저기에 눈송이가 묻어 있다.

"아기는 아직이야?"

카렌을 선두로 입구 가까운 곳에 연결된 한 마리 앞에 다들진을 치고는 번갈아가며 울타리 안을 들여다본다. 어제 가나코가 말한, 처음 새끼를 낳는 소다. 만삭인 배가 터질 듯 부풀어 올라 있다.

"그렇게 뚫어지게 쳐다봐도 금방 안 나와. 예정일은 내일이야."

가나코가 피식 웃으며 딸들을 내쫓듯 손을 휘저었다.

"모두들, 집으로 가서 간식 먹고 와. 오늘은 치즈가 있어."

"아싸."

환호성이 터져 나왔다. 모리 목장의 간판 상품인 스틱 치즈는 아이들이 가장 좋아하는 음식이다. 꿀이나 잼을 바르면 최고의 간식이 된다. 센다이에 살 때는 치즈를 잘 못 먹던 야마토도 이것만큼은 잘 먹는다.

참고로 사치코와 어른들에게 인기가 있는 것은 주먹 정도 크기의 동그란 모차렐라 치즈. 수분이 많아 부드럽고, 입속에서 살살 녹는다. 작게 잘라서 얇게 저민 토마토에 올려서 소금과 올리브 오일을 두르기만 해도 훌륭한 전채요리가 된다.

"나올 것 같으면 금방 불러야 돼."

카렌이 당부하고는 여동생들을 데리고 우사를 나갔다. 야마토만 홀로 남아 달그락달그락 가방 소리를 내며 사치코 쪽으로 달려온다.

"저기, 엄마."

"응, 왜?"

차가운 날씨로 얼굴이 빨갛게 상기된 아들을 바라보며, 사치코는 순간 말할까, 하고 생각했다. 야마토랑 단둘이서, 앞으로의 일을.

오늘 밤 잠들기 전에 말할 생각이었지만, 소들에게 둘러싸여 있는 지금 이곳에서야말로 마음 편히 말할 수 있을 것 같았다. 가나코도 언니의 마음을 알아차렸는지, 아니면 우연히 할 일이 생각난 건지 바깥으로 나갔다.

사치코는 무릎을 꿇고 야마토와 시선을 맞추었다. 우선은 아들의 용건을 물었다.

"왜 그래?"

"나, 이번 주말에는 집에 있을래."

"집에?"

생각지 못한 말에 사치코는 야마토의 얼굴을 바라보았다.

"송아지가 태어나는 거 보고 싶어."

야마토가 출산 장면을 보는 것은 처음이다. 카렌의 협박에 겁을 먹었다가 다시 흥미가 생긴 것일까.

"알았어. 그럼, 아빠한테 말해볼까?"

다시 정신을 차리고 사치코가 말했다. 야마토가 불안한 듯 눈을 깜박였다.

"아빠, 화내지 않을까?"

화낼지도 모른다. 어쩌면 사치코가 일부러 안 보내는 거라고 생각할지도 모른다.

"괜찮아."

사치코는 억지로 웃음을 지어 보였다.

"어쩌면, 약간 실망할지도 모르지만 설명하면 이해해줄 거야. 야마토가 하고 싶은 대로 하라고, 말해주실 거야."

야마토뿐 아니라 자기 자신에게도 들려준다. 그렇다, 분명 이해해줄 거야. 부모로서, 아들의 성장을 기뻐해줄 거야. 야마토가 하고 싶은 대로 하길 바라줄 거야. 나랑, 같은 마음일 거야.

야마토가 고개를 끄덕였다.

"엄마가 연락할게. 야마토도 가서 간식 먹어."

야마토가 우사에서 나가는 뒷모습을 배웅하고는 휴대전화를 꺼냈다. 전남편은 아직 일하고 있을 터였다. 메시지를 보낼까 했지만 마음을 고쳐먹었다. 나중에 전화하자. 쓸데없는 오해를 피하려면 직접 말로 설명하는 수밖에 없다.

하지만 곧 전남편에게 전화를 걸 필요가 없어졌다. 한 시간도 채 지나지 않아서 어미 소의 진통이 시작된 것이다.

사치코가 다른 소들을 돌보다 문득 돌아보니 소가 안절부절 못하며 일어섰다 앉았다 하기에 아버지를 부르러 갔다. 확인해 본 결과 앞으로 4~5시간 후면 태어난다고 한다.

모리 목장은 도움이 필요한 난산을 제외하고는 원칙적으로 출산 수발을 들지 않는다. 아침에 우사에 와보니 밤사이에 송아지가 태어난 경우도 가끔 있다. 다만 초산일 때는 애를 먹는 경우도 있으므로 가능한 한 곁을 지키려 한다.

그 후 경과도 순조로웠다. 아버지와 여동생 부부가 교대로 상황을 지켜봐주었기에 사치코는 먼저 집으로 돌아가 어머니와 함께 저녁 준비를 했다. 송아지를 빨리 보고 싶다고 보채는 아이들을 달래면서 밥을 다 먹이자 가나코가 부르러 왔다.

"앞발, 나왔어."

와아, 하고 아이들이 들뜬 소리를 지르며 일제히 일어난다. 감기에 걸리지 않도록 옷을 갈아입히고 사치코도 함께 우사로 향했다.

어미 소는 건초 위에 누워 있었다.

숨이 거칠고 두 눈동자가 번쩍번쩍 빛나고 있었다. 가나코가 말한 대로 가느다란 앞발이 다리 사이로 나와 있었다. 주변 소들도 동료의 변화가 신경 쓰이는지, 조급하게 몸을 떨거나 발을 구르면서 끊임없이 울어댔다.

우사에 들어갈 때까지 소란스러웠던 아이들은 단숨에 입을 다물고는 빨려들 듯 어미 소를 바라본다. 다섯 자매가 나이 순으로 나란히 섰고, 야마토는 카렌 옆에 섰다. 어느샌가 여섯 명이 손을 붙잡고 있다.

"옛날 생각나네."

가나코가 사치코의 귓가에 대고 속삭였다.

옛날에 사치코 남매도 이런 식이었다. 사치코가 야마토의 나이 정도일 때 오빠는 카렌과 가나코는 케이트, 코코아와 비슷한 몸집이었을 것이다. 셋이서 손을 잡고 마른침을 삼키며 태어나는 생명을 기다렸다.

"앗."

야마토가 작게 외치며 가볍게 몸을 앞으로 숙였다.

"머리……."

작은 목소리로 웅얼거렸지만 눈길은 거두지 않는다. 아들의 작은 어깨에 사치코는 가만히 손을 얹었다.

미끈미끈 젖은 머리가 보인 후부터는 진도가 빨랐다. 어깨 다음으로 몸통과 뒷다리가 스르륵 나오더니 송아지의 전신이 나타났다.

가느다란 앞다리가 발버둥치듯 허공을 가로젓는다. 아이들도 어른들도 휴, 하고 한숨을 내쉬었다.

"움직였다!"

송아지는 촉촉한 눈동자로 눈부시다는 듯 이쪽을 쳐다본다. 따뜻한 태내에서 낯선 세계로 밀려나와 당황한 듯 보인다.

웅크리고 있는 새끼의 몸을 어미 소가 꼼꼼히 핥기 시작했다. 태막이나 점액을 혀로 핥아주어야 털이 마르고, 혈액순환도 좋아지기 때문이다. 경험도 없고, 누구에게 배운 것도 아닌데, 아이를 위해 무엇을 해야 할지 어떻게 아는 것일까.

"아가가 기분 좋아 보이네."

"엄마 소, 대단하다."

카렌과 키라라가 소곤소곤 대화한다.

바지런하게 새끼를 핥는 어미 소의 눈빛은 너무도 평온하고 맑다. 소도 사람과 마찬가지로 감정이 있다는 건 알았지만, 자신이 낳은 새로운 생명을 사랑하는 것은 생물로서 자연스러운 본능인지도 모른다. 야마토를 처음 품에 안았을 때, 얼마나 기뻤는지, 얼마나 자랑스러웠는지, 사치코는 지금도 생생하게 기억한다.

이윽고 송아지가 조금씩 몸을 움직였다. 발을 디디고, 비틀비틀 일어서려다가 바닥에 쓰러졌다.

"힘내."

"힘내."

아이들이 응원하는 목소리가 소들의 울음소리와 뒤섞인다.

아버지와 제부에게 뒷일을 맡기고 사치코와 가나코는 먼저 집으로 돌아가기로 했다. 아이들은 이제 잘 시간이다.

바깥은 훨씬 추워졌다. 검은 하늘에 총총 별이 떠 있다. 눈길에 익숙한 가나코와 딸들은 거침없이 앞서갔고, 사치코와 야마토는 느릿느릿 뒤를 따른다.

"달님이다."

쌓인 눈을 사박사박 밟으면서 야마토가 머리 위를 가리켰다.

"치즈 같아."

그러고 보니 하늘에 동그랗게 떠 있는 보름달은 색이며 모양이며 모차렐라 치즈랑 똑같다.

"진짜네."

달구경을 하는 사치코에게 야마토가 고개를 들어 천천히 말을 꺼냈다.

"저기, 엄마."

"응?"

사치코는 아들을 내려다보았다.

"나, 여기에 있고 싶어."

"여기에?"

무슨 뜻인지 몰라 되묻는다. 야마토는 코끝과 귀가 빨갛게 물든 채 흰 숨을 내뱉고 있다.

"아, 내일은 센다이에 갈 거야. 다다음 주에도. 하지만……."

말끝을 흐리고 땅을 쳐다보더니, 다시금 결심했다는 듯 고개를 들고는 사치코의 눈을 똑바로 바라본다.

"어젯밤에 엄마랑 이모가 말했잖아?"

사치코는 눈에 미끄러져 넘어질 뻔했다. 야마토가 팔을 잡아주었기에 넘어지지는 않았다.

"들었어?"

"어쩌다가."

야마토가 곤란한 듯 대답했다.

"나, 여기에 있고 싶어. 앞으로도."

대답 대신, 사치코는 아들의 손을 꼭 쥐었다. 따뜻하다.

"그래서 어른이 되면 수의사가 되고 싶어."

"좋네."

사치코는 조금 생각하고는 덧붙였다.

"야마토, 외삼촌도 수의사야."

"헉, 그래?"

"엄마의 오빠야. 야마토는 만난 적 없지."

"아, 그렇구나. 영국에 계시지?"

야마토가 다 이해한다는 얼굴로 끄덕여서 사치코는 조금 당황했다. 야마토에게 오빠 이야기를 한 적은 없었다.

"이모에게 들었어?"

"아니, 외할아버지에게."

사치코는 다시금 할 말을 잃었다.

"엄청 머리가 좋았다며. 나도 수의사가 되려면 공부를 무척 열심히 해야 한대. 힘들지도 모르지만 훌륭한 일이니까, 열심히 할 가치가 있다고 하셨어."

잡은 손을 앞뒤로 흔들면서 야마토는 계속 말했다.

"그리고 동물의 마음을 이해해야 한다고 하셨어. 외삼촌, 소랑 대화했다며? 대단해."

야마토의 신나는 목소리에 몇 번이고 고개를 끄덕이면서 사치코는 다시금 밤하늘을 올려다보았다.

"나도 소랑 이야기할 수 있을까?"

"그럼, 당연하지."

손바닥에 가만히 힘을 주었다. 야마토도 손에 힘을 준다. 시야에 끝없이 펼쳐진 눈밭을, 흰 달이 조용히 비추고 있었다.

올리브 나무 아래에서

가가와현 쇼도시마초 다카야마 올리브원

누군가 이름을 부르는 소리가 들렸다.

미쓰에는 눈을 감은 채 몸을 뒤척였다. 베개에 얼굴을 묻고 귀를 기울여본다. 새가 지저귀는 소리가 들렸다. 바람이 나뭇가지를 흔드는 소리도.

하지만 사람의 목소리는 들리지 않는 듯했다. 천천히 몸을 일으켜 침대에서 나왔다. 바닥이 썰렁하니 차가웠다. 슬리퍼를 신고 창가까지 걸어가 커튼을 조금 열어보았다. 하늘이 군청색으로 물들어 있었다.

이제 곧 동이 튼다.

파자마 위에 무릎까지 오는 가운을 걸치고 테라스로 나섰다. 불과 몇 분 사이에 하늘의 색은 눈에 보일 정도로 진해졌다. 바닷바람이 조금 차가웠다. 11월에 들어서면서 아침저녁은 꽤 추워진 상태였다.

가운의 가슴 부분을 여민 후 등의자에 앉았다. 작은 언덕의 중턱에 세워진 이 집의 남쪽 방향 테라스는 풍경이 뛰어나다. 경사면에서 튀어나오는 듯한 설계로, 섬의 남부 일대가 한눈에 들어온다. 새벽 어스름에 눈이 익숙해지자 평지 곳곳에 자리 잡은 민가와 밭, 항구에 떠 있는 몇 척의 배, 바다 쪽으로 가로놓인 섬 그림자가 아련하게 보인다.

가운 주머니를 뒤져 담뱃갑과 라이터를 꺼냈다. 한 대를 피우는 동안 점점 더 날이 밝아왔다. 흰빛을 띠는 동쪽 하늘에 곳에 서 있는 산의 그림자가 새까맣게 보였다.

미쓰에는 하루 중 이 시간대를 가장 좋아한다. 낮의 태양을 가득 받아 반짝거리는 바다도, 새빨갛게 물드는 석양도, 조그만 조각을 흩뿌린 것 같은 무수한 별들로 채색된 밤하늘도 각각 아름답기는 하지만.

나이를 먹은 것일까. 예전에는 자연에 그다지 관심이 없었다. 산이나 바다를 멍하니 바라볼 여유가 있다면, 그 시간에 할 만한 재미있는 일이 훨씬 더 많다고 생각했다. 새벽녘에 저절로 눈이 떠지는 일도 없었다. 밤새 깨어 있다가 어느샌가 아침을 맞이한 적은 있었지만.

예전, 그러니까 이 섬에 뻔질나게 드나들기 시작하던 무렵에는 말이다.

미쓰에, 라고 부르는 낮은 목소리가 다시 들리는 듯하다. 미쓰에, 이쪽으로 와봐. 이것 봐봐, 엄청 예쁘지?

미쓰에는 두 대째의 담배에 불을 붙였다. 길게 내뱉은 연기가 맑은 가을 공기에 녹아든다.

태양이 산 위로 얼굴을 내밀었다. 산기슭 여기저기에 단풍이 들기 시작해, 마치 화려한 색의 직물을 펼쳐놓은 것처럼 보였다. 아침 햇살을 맞아 반짝이는 바다가 눈이 부셨다. 희미한 바다 냄새가 코끝을 스쳤다.

짧아진 담배를 문질러 끈 후, 미쓰에는 몸을 일으켰다. 오늘도 맑은 하루가 될 것 같다.

아침에는 제철 과일을 잔뜩 먹는다. 예전부터 지켜온 습관이다. 미리 사둔 감과 배와 포도가 익은 정도를 신중하게 판단해 결국 감을 골랐다. 껍질을 벗기고 커피도 끓였다.

아침을 먹은 후에는 테라스에서 정원으로 내려왔다. 해가 잘 드는 남쪽 방향의 완만한 경사면에는 화단이나 정원 텃밭은 없다. 간격을 두고 심은 것은 모두 올리브 나무이다.

올리브는 생명력이 강하고 손도 거의 가지 않아 키우기 쉽다. 그렇긴 해도 해충에 당하거나 병에 걸려 말라버리기도 하고, 태풍에 뿌리째 뽑힌 적도 있어서 지난 반세기 동안 몇 번이고 바꿔 심었다. 최근 몇 년 동안은 정원 전체에서 대략 30그루에서 40그루 정도를 유지하고 있다. 상록수이기에 이 계절에도 잎이 풍성하고, 나무 사이를 걷다 보면 정원이라기보다는 숲속을 산책하는 것 같은 기분이 든다.

10월 말에 거의 열매를 수확했다고 생각했는데, 가지를 잘 보니 군데군데 열매가 남아 있다. 미쓰에는 안채로 돌아가서 수확용 목장갑과 바스켓을 가져왔다.

테라스에서 볼 때는 어떤 나무건 비슷해 보이지만, 근처에 가보면 나무의 키는 물론 가지 생김새에도 차이가 있다. 잎의 형태나 줄기의 모습이 제각각인 것은 품종이 다르기 때문이다. 예부터 섬 안에서 인기 있는 네 종류를 이 정원에 심은 것이다.

진한 녹색 잎을 달고 있는 것이 루카다. 네 가지 품종 중에서는 가장 튼튼하고 쑥쑥 크게 자라지만, 자신의 성장에 영양분을 주로 사용하기 때문에 열매가 잘 맺지 않는 경향이 있다. 반대로 미션은 나무 자체는 그다지 크지 않지만 실한 열매를 맺는다. 루카가 서글서글한 그리스인이라면 미션은 착실하고 근면한 일본인이라고 할 수 있을까. 가지가 갑자기 옆으로 구부러지기도 하고, 사방팔방으로 뻗어나가는 등 자유분방한 것은 만자니아로, 크고 둥근 열매가 맺는다. 울퉁불퉁한 나무껍질과 혹처럼 불룩한 뿌리가 특징인 네바딜로 블랑코는 조금 성미가 까다롭다. 꽃을 잔뜩 피우는 한편, 열매가 거의 나지 않는 해도 있고, 병충해에도 약하다.

고작 네 종뿐인데도 각자 개성이 넘치는데, 올리브의 품종은 전 세계에 무려 천 종 이상 된다고 한다. 타가 수분 방식으로 서로 다른 품종을 교배하는 편이 열매가 잘 맺히기에, 농가는 각각의 특징을 고려해서 묘목의 배치와 비율을 정한다.

하지만 미쓰에는 농사를 짓기 위해 올리브 나무를 심은 것이 아니므로 그런 것까지는 고려하지 않아도 되었다. 애초에 관상

용으로 심은 것이다. 안채의 인테리어를 담당한 지역 건축회사로부터 솜씨 좋은 정원사를 소개받고, 원하는 바를 대략적으로 전한 채 일임했다고 레오가 말했다.

그때의 스케치를 미쓰에도 나중에 볼 수 있었다. 레오가 소년 시절을 보낸 그리스의 고향 집 방 창문으로 보이는 풍경을 떠올리며 그렸다고 했다. 그가 태어난 고향은 에게해에 떠 있는 섬이었다.

정원사에게 설명하기 위한 그림이라기에 간단한 배치도 정도일 거라 상상했지만, 일반적인 풍경화였다. 올리브 나무 건너편에 바다와 하늘이 펼쳐지고, 구름과 새, 배까지 세세하게 그려져 있었다. "잘 그렸네"라고 미쓰에가 감탄하자 레오는 부끄러운 듯 고개를 젓더니 서둘러 스케치북을 닫아버렸다.

미쓰에가 처음으로 이곳에 왔을 때의 일이었다.

레오가 자신이 그린 그림을 제대로 보여준 것은 그날이 처음이자 마지막이었다. 별장이 무사히 완성된 것, 그것을 나이 어린 연인에게 보여준 것, 그리고 감탄한 여자친구가 정원을 거닐면서 "오늘은 내 인생 최고의 날"이라고 크게 소리친 것에 그 나름대로 고양되어 있었을지도 모른다.

레오는 평소 조용하고 겸손한 남자였다. 자신이 가지고 있는 것, 가령 지위나 재산, 교양을 과시하는 것을 싫어했다. 재능뿐아니라 실로 많은 것을 가지고 있었음에도 말이다. 거의 독학으로 몸에 익혔다는 예의 바른 일본어도 겸허한 인상을 더욱 돋보이게 해주었다. 외국인, 그중에서도 유럽인은 쾌활하고 목소리가 크며 성격이 드셀 거라는 미쓰에의 선입견은 레오를 만난 후 완전히 뒤집혔다.

그 후, 쉬는 날마다 별장을 방문하게 된 이후에도 레오는 자주 그림을 그렸다. 섬의 풍경이나 미쓰에를 모델로 한 것으로 보이는 인물화도 있었다. 제대로 보여주지 않았기에 확신할 수는 없지만.

"뭐 그리고 있어?"

미쓰에가 들여다보면 레오는 곧장 스케치북을 덮어버렸다. 보고 싶다고 졸라도 소용없었다. 그는 극히 드물게 무척이나 완고한 모습을 보일 때가 있었다. 평소에는 스무 살이 넘는 나이 차에 걸맞게 마치 아이를 사랑하는 부모처럼 미쓰에의 응석을 받아주면서도, 이 부분은 양보하지 않겠다고 정하면 한 발짝도 물러서지 않았다.

"언젠가 더 좋은 실력이 되면 미쓰에에게도 보여줄게."

마지못해 물러선 미쓰에를 보며 레오는 달래듯이 말했다. 그 약속은 결국 이루어지지 않았지만.

이파리 그림자에 숨어 있는 올리브 열매를 하나하나 따내며 미쓰에는 정원의 안쪽으로 나아갔다.

손이 닿지 않는 높은 가지에 달린 열매도 줄기를 가볍게 흔들면 떨어지기도 한다. 이 시기까지 남아 있는 열매는 검은색이나 진한 자줏빛을 띤다. 초가을의, 수확이 시작되고 얼마 되지 않은 무렵에는 화려한 녹색이지만, 숙성되며 색이 변해가는 것이다.

정원의 정중앙에 도착하여, 다른 나무보다 한층 큰 루카 나무 아래에 닿았을 때 미쓰에는 멈춰 섰다.

이곳이 만들어졌을 때 심은 묘목은 이제 이 한 그루밖에 남아 있지 않다. 당시에는 미쓰에보다도 키가 작고 비틀비틀 약했는데, 지금은 올려다봐야 할 정도의 거목으로 자랐다. 열매가 맺히지 않은 지 오래인 노목이지만, 나이에 비하면 건강한 편이다. 윤기 나는 잎이 무성한 가지를 널찍이 펼치고 있어서, 여름에도 나무 그늘 아래는 시원하다.

루카는 그리스인이고 미션은 일본인이라고 예를 든 것은 레오였다.

"그럴싸하네."

미쓰에는 납득했다. 포용력이 있고 무슨 일이든지 우직하게 서서 흔들리지 않는 레오는 올리브로 말하자면 분명히 루카일 것이다.

"그래도 미쓰에는 미션이 아니야."

레오는 어린 묘목의 가냘픈 줄기를 사랑스러운 듯 쓰다듬으며 말했다.

"만자니아일까. 자유롭고 개성적인 데다가 예쁘고 큰 열매를 맺지."

그 말을 듣고 이해가 되는 면도 있었지만, 미쓰에는 일부러 입을 삐죽였다.

"난 성실하지 않다는 말이야?"

"그렇게 말하지 않았는데."

레오는 그런 뜻이 아니라는 듯 눈썹을 치켜올렸다.

"미쓰에는 자유롭고 개성적이고 예쁠 뿐 아니라, 성실하고 노력파야."

미쓰에와 둘만 있을 때만은 그도 조용하다고 할 수는 없었다. 미쓰에 본인이 부끄러워질 정도로 노골적이고 정열적으로 연인의 미모를 칭찬했다.

"그뿐 아니라 머리도 좋고 행동력도 있고 당차기까지 하지. 이렇게 완벽한 여자가 곁에 있다니 나는 세계에서 가장 행복한 사람이야."

낯부끄러운 찬사도, 과장된 사랑의 말도, 푸른 눈과 금색 곱슬머리를 가진 레오의 입에서 나오면 어쩐지 그럴싸했다.

"당차다는 건 칭찬하는 말이 아니야."

미쓰에가 겨우 응수했다.

"일본인에게는 그렇겠지. 하지만 그리스에서는 달라."

레오는 거침없이 답하고는 미쓰에를 끌어안았다.

정원을 한 바퀴 빙글 돌았더니 꽤 많은 양의 열매가 모였다.

품종에 따라서도 다르지만, 이렇게 검게 변할 때까지 익은 올리브는 짜서 오일을 만들기에 적합하다. 반면 녹색의 어린 열매는 소금이나 시럽에 절여서 통째로 먹을 때가 많다. 섬의 주부들은 가을이 올 때마다 수제 소금 절임을 만든다. 가성소다로 떫은 맛을 제거하고 소금에 절이는 단순한 공정이지만, 가정마다 맛이 달라서 재미있다. 이 집을 별장으로 사용하던 무렵에는 근처 이웃들로부터 종종 얻어먹고는 했다. 이곳에 살게 된 이후부터는 미쓰에도 정원의 열매를 직접 절이게 되었다. 특별한 도구도 필요하지 않기에 간편히 만들 수 있다.

다만 오일을 짜내는 일까지 오면 그렇게 간단하지 않다. 전용 착유기는 꽤 값이 비싸서 일정 규모 이상을 짜는 농가나 업자밖에는 가지고 있지 않았다. 미쓰에의 새로운 지인 중에서 가지고 있는 곳은 다카야마 올리브원뿐이었다.

미쓰에는 다카야마에게 전화를 걸어 오일을 짜줄 수 있는지 물었다.

"물론이죠. 오늘 오후는 어떠세요?"

그는 쾌히 승낙했다.

"고마워요. 괜찮으면 수확이나 선별 일을 좀 도와줄까요?"

미쓰에가 물었다. 기계를 빌려 쓸 때는 언제나 그렇게 하고 있다. 수확이나 선별 모두 특별히 어려운 작업은 아니지만, 작은 열매를 하나하나 손으로 따내는 것에는 어찌됐든 사람의 수고가 필요하다. 일흔을 넘긴 노인이라 하더라도 그럭저럭 전력이 될 수 있다.

"아, 괜찮으시겠어요? 고마워요."

다카야마가 시원스레 답했다.

그는 사십 대 중반으로, 미쓰에한테는 아들뻘이지만 어쩐지 처음 봤을 때부터 묘하게 마음이 맞았다. 미쓰에는 고베에서, 다카야마는 도쿄에서 왔다는 차이는 있지만 거의 같은 시기에 혼자 섬으로 이주해온 사람들이기에 어쩐지 인연으로도 느껴졌다.

그로부터 십수 년이 지난 지금, 다카야마 올리브원의 경영은 꽤 순조로워 보였다.

운영 방식은 조금 색다르다. 항시 일을 하는 사람은 다카야마 혼자뿐이고, 다른 전업농가처럼 가족이 도와주거나 종업원을 고용하지 않았다. 그 대신 여러 사람이 드나들며 작업에 관여한다.

전체적으로 어린 사람들이 많았다. 대학의 농학부나 농업 동아리 학생도 있고, 섬 생활을 체험하고 싶어 하는 젊은이도 있다. 다카야마는 조부모가 생전에 살던 빈집을 게스트하우스로 개조해서 무료 숙소를 제공한다. 임금을 받지는 않지만, 숙박료도 아끼고 요리도 가능하기에 짧은 여행이나 합숙소처럼 사용하고자 찾아오는 사람들도 있는 듯했다. 농작업을 하는 틈틈이 바다에서 놀기도 하고 술자리를 열기도 한다. 그러면서 친구와 연인이 생겨나기도 했다. 이곳이 마음에 들어 주말마다 오는 사람과 장기휴가를 이용해 한두 달 정도 머무는 사람도 있었다.

혹은 올리브 농가를 희망하는 이주자가 공부를 겸해서 일하고 싶다고 지원할 때도 있었다. 고품종 일본산 올리브나 오일을 찾아 백화점의 바이어나 레스토랑의 셰프, 요리 연구가나 전문가가 구매도 할 겸 견학을 오는 일도 있었다.

다카야마는 상품 개발에도 힘을 쏟고 있다. 그중에서도 오일에 대해서는 최고의 맛을 끌어내고자 연구에 여념이 없다. 사용하는 품종과 그 배합, 열매의 성숙도, 묘목의 수령에서 생육 환경까지, 다양한 요인이 풍미에 영향을 끼치기에 공부할 내용이 많다. 시행착오를 거친 보람이 있어서 유럽에서 개최되는 국제 콘테스트에서 상을 받은 이후, 일본 내에서만이 아니라 해외에서 시찰을 오는 사람도 생기게 되었다.

나아가 거기에 미쓰에 같은 근처의 지인도 더해진다. 그야말로 접점이 없어 보이는 남녀노소가 한데 뒤섞여 한마음으로 올리브를 따는 풍경에 처음 보는 사람은 다들 놀라고 만다.

"아, 맞다. 미쓰에 씨, 오늘은 밤까지 계실 수 있어요?"

다카야마가 물었다.

"내일 돌아가는 자원봉사 친구들이 있어서 오늘 밤에는 다 같이 바비큐를 하기로 했거든요. 모리시마 씨도 올 것 같고요. 괜찮으시면 함께해요."

점차 넓어지는 사람들의 고리 중심에 다카야마가 있다.

신기한 남자다. 표표해 보이지만 자연스러운 배려가 끊이지 않았고, 학생들에게 사랑받고 지역의 연배 있는 사람들에게도 귀여움을 받는다. 강요하지 않으면서도 내버려두지도 않는다. 담담히 모두를 받아들여서는 또 보내준다. "이 느슨한 느낌이 절묘하지 않나요?" 하고 잘 모르는 학생이 진지하게 말한 적이 있다. 언제 와도 좋고, 언제 돌아가도 좋다. 하지만 언제 오든 누군가를 만날 수 있다.

자유로운 장소라고 미쓰에는 생각했다. 바람이 잘 통하는 올리브밭 같은.

미쓰에는 가볍게 점심을 마치고 외출 준비를 시작했다.

뭘 입을지 조금 고민이 들었다. 작업을 도우려면 움직이기 편한 복장이 좋다. 오늘은 계절로 치자면 따뜻한 편이지만, 날이 저문 후에는 추워질 것이다. 잠시 생각한 끝에 흰색 긴팔 블라우스 위에 엉덩이가 완전히 가려지는 긴 포도색 카디건을 겹쳐 입고 청바지를 입었다. 저녁의 바비큐 때 춥지 않을까 싶어 큰 사이즈의 울 숄도 챙겼다.

젊은 사람들이나 세련된 것에 집착한다고들 생각하지만, 노인이야말로 깔끔한 옷차림에 신경 써야 한다고 미쓰에는 생각한다. 그러지 않으면 초라해 보인다. 물론 값비싼 옷을 입거나 유행을 따를 필요는 없다. 청결하고 본인에게 어울린다면 뭐든 좋다.

미쓰에는 이 나이가 되도록 옷을 어떻게 입을지 고민하는 일이 괴롭지 않았다. 옷은 미쓰에의 취미이자 과거 생활의 근원이기도 했다.

레오와 만난 계기도 옷이었다.

당시, 막 스무 살이 된 미쓰에는 고베의 모토마치에 있는 양복점에서 일하고 있었다. 제2차 세계대전이 끝나고 얼마 되지 않아 개업하여 꽤 번성한 가게로, 신사복과 부인복의 오더메이드에 더해 수선 일도 겸했다. 쉰 살 정도의 여자 점주 밑에서 미쓰에 외에도 여러 젊은 사람들이 재봉사로 일했다.

취직한 것은 열다섯 살 때였다. 기뻤다. 옷에 관련된 일을 하는 것은 미쓰에의 오랜 꿈이었다.

미쓰에는 어렸을 때부터 예쁜 드레스를 동경했다. 그림책을 읽으면 이야기의 전개보다 잘 차려입은 공주님의 화려한 옷에만 눈이 갔다. 전단지 뒤에 여자아이와 옷 그림을 그린 다음, 잘라서 옷을 갈아입히는 놀이를 직접 만들어서 하며 놀았다. 친구가 가게에서 산 옷 갈아입히기 인형을 자랑스레 보여줬을 때도, 내 인형 쪽이 옷을 더 많이 가지고 있다고 생각하면 분한 마음이 어느 정도 가라앉았다.

밤낮없이 일하며 여자 혼자 딸을 키우고 있는 어머니에게 장난감을 사달라고 조를 수는 없었다. 어머니는 다부진 성격으로, 아무리 생활이 어렵고 일에 지쳐 있어도 딸 앞에서는 결코 불평이나 약한 마음을 토로하지 않았다. 그런 모습을 보고 자란 미쓰에도 어머니 앞에서 응석을 부리지 않았다.

어머니는 어머니 나름대로 그런 딸을 가엾이 여겼을지도 모른다. 바쁜 와중에도 시간을 들여 만들어준 천 인형은 미쓰에의 보물이 되었다.

인형은 원피스를 입고 있었다. 등에 작은 스냅 버튼이 있어서 벗기거나 입힐 수 있었다. 빨간 꽃무늬 천은 어딘가 익숙했다.

이젠 너무 작아져버린 미쓰에의 오래된 스커트의 천이었다.

미쓰에는 어깨너머로 본 기억을 토대로 인형 옷을 만들기 시작했다. 종이옷보다 천으로 된 옷 쪽이 몇 배나 만드는 보람이 있었다. 중학교에 가서는 재봉이 취미인 친구도 생겼다. 그녀의 어머니는 재봉을 가르치는 선생님이었는데, 미쓰에에게 재봉틀 사용법과 본을 뜨는 법을 친절히 가르쳐주었다. 너는 솜씨가 좋구나, 하고 칭찬도 해주었다. 손끝이 야무지고 집중력도 있고, 무엇보다 옷을 좋아한다는 사실에 재봉 학교의 동급생이 운영하는 가게에 미쓰에를 소개해주었다.

평소 전문적인 기술을 배워야 한다고 말하던 어머니도 딸의 취직을 기뻐해주었다. "여자 혼자서라도 살 수 있는 힘을 길러야해. 인생에서는 무슨 일이 벌어질지 모르니까."

어머니는 옳았다. 인생에서는 무슨 일이 일어날지 알 수 없다.

눈 깜짝할 사이에 5년이 지났고, 스물이 된 미쓰에는 여전히 직장에서 가장 어렸다. 아직 보조 역할이긴 했지만 일은 즐거웠다. 점주와 선배들에게 이것저것 배웠다. 말로 설명해주지 않는 부분은 눈으로 보고 마음에 새겨 넣었다.

매일 아침 일찍 출근해서 가게를 청소하는 것도 미쓰에의 역할 중 하나였다. 이날도 큰 길가에 면한 창문을 열심히 닦고 입구 앞을 청소하는데 등 뒤에서 누군가가 말을 걸었다.

"실례합니다."

"네?"

돌아보고 깜짝 놀랐다. 우두커니 서 있는 것은 금발 벽안의 덩치 큰 남자였다.

순간 어쩌지, 하고 생각했다. 미쓰에가 이해하는 외국어는 '헬로', '땡큐', '예스', '노' 네 개뿐이었다. 손님 중에는 서양인도 적지 않아서 점주나 고참 선배는 영어를 할 줄 알았지만, 그들이 출근하기까지는 아직 시간이 일렀다.

머뭇대는 미쓰에를 내려다보며, 그는 예의 바르게 물었다.

"죄송한데, 여기에서 일하는 분이신가요?"

유창한 일본어를 듣고 미쓰에는 다시금 놀랐다. 한 박자 늦게 조금 전의 '실례합니다'도 일본어였던 것을 겨우 깨달았다.

"재킷의 버튼이 떨어져버려서요. 고쳐주실 수 있으신가요?"

그가 말했다. '버튼'의 발음이 일본의 그것과 달랐기에 당황했지만, 그가 손바닥에 올려놓은 물건을 보고 용건을 이해했다.

조금 고민했지만, 미쓰에는 그를 가게 안으로 들였다. 단추를 다는 것 정도라면 혼자서 할 수 있고, 빨리 일을 끝내주는 게 좋을 것 같아 보였기 때문이다. 양복에 넥타이, 가죽 서류가방을 든 차림으로 볼 때, 그는 출근 도중인 듯했다. 점주나 선배가 올 때까지 기다리게 하는 것도 미안한 일이었다.

그가 벗은 재킷을 양손으로 받아 들었다. 고급스러운 옷이라고 한눈에 알아봤다. 갈색 헤링본 트위드 천도 아마 무척이나 비쌀 것이다.

그뿐 아니라 이렇게 커다란 재킷은 처음이었다. 유럽인은 대

개 일본인보다 체격이 좋지만, 그는 보통 사람보다도 더 큰 체형이었다. 재킷의 어깻죽지를 잡고 펼치자, 박하와 여름 풀 같은 신기한 냄새가 났다. 그가 애용하던 향수의 냄새라는 사실을 안 것은 조금 이후의 일이다.

미쓰에는 신기한 듯 가게 안을 둘러보는 그에게 의자를 권하고는 단추용 실을 준비했다. 바늘을 움직이는 동안 손 부근을 빤히 들여다보는 시선에 조금 긴장했다.

"다 됐어요."

"엇, 벌써요?"

너무나도 신사적인 차림의 그가, 어린아이처럼 눈을 끔벅이는 모습이 웃겨서 미쓰에는 자신도 모르게 웃고 말았다. 그도 부끄러운 듯 미소로 답했다.

"감사합니다. 덕분에 살았습니다. 저는 레오니다스라고 합니다. 주변 사람들은 레오라고 부르죠."

재킷을 입으며 그가 이름을 말했다.

"괜찮으시다면 당신의 이름도 알려주실 수 있나요?"

레오는 한자의 표기까지 알고 싶어 했다. 미쓰에는 작업 선반에 놓여 있던 메모지에 '미쓰에(光江)'라고 적었다. 한자가 각각의 의미를 지니는 것도 그는 알고 있었다. 이 두 문자는 어떤 의미인지 묻기에 '빛'과 '강'이라고 미쓰에는 답했다.

"광(光)이라는 글자는 '히카리'로도, '미쓰'라고도 읽어요."

레오는 감탄한 듯 몇 번이고 고개를 끄덕였다.

"무척이나 어울리는 이름이네요."

어딘가에서 자신의 이름을 적어야 하는 일이 있을 때, 미쓰에는 지금도 이날 그의 목소리를 떠올리고는 한다.

다음 날 아침, 거의 비슷한 시간에 레오는 다시 가게에 나타났다. 전날과 마찬가지로 양복 차림이었지만, 서류가방 대신 다른 종이봉투를 들고 있었다.

종이봉투 안에 들어 있는 반소매 셔츠도 역시 고급스러운 제품이었다. 실 한 가닥에 겨우 매달려 있던 두 번째 단추를 미쓰에는 고쳐 달았고, 하는 김에 다림질도 해서 건넸다. 아무래도 그에게는 떨어진 단추를 달아줄 가족이 없는 듯했다. 마침 적당한 가게를 찾은 김에 이것도 수선해야겠다고 생각한 거겠지. 일을 잘했다고 인정받은 증거 같아서 미쓰에도 기분이 나쁘지 않았다.

그 다음 날, 레오는 따뜻해 보이는 울 소재의 조끼를 가지고 왔다. 그 다음 날에는 봄에 입는 얇은 카디건을 들고 왔다. 어느 것이든 단추가 완전히 떨어진 게 아니라 실이 조금 느슨해진 정도였다.

그리고 5일째 되는 날, 레오는 미쓰에를 식사에 초대했다.

그렇게 번거롭게 빙빙 돌리지 않아도 좋았을 텐데, 라고 나중에 미쓰에가 놀림 반으로 말했다. 용기를 짜낼 때까지 시간이 걸렸다고 레오가 변명했다. 미쓰에는 어리고 예쁜 데다가, 자신은 외국인이니까.

레오가 쇼도시마에 별장을 지은 것은 그로부터 2년 후의 일이다. 그 무렵 미쓰에는 그에 관해 깊게—누구보다도 깊게, 라고 당시에는 자부했다— 알게 된 상태였다.

레오는 올리브 농가의 둘째로 태어났다. 쇼도시마를 마음에 들어한 이유는 어쩐지 고향을 떠올리게 하는 공기를 느꼈기 때문이라고 했다. 언젠가 미쓰에를 그리스로 데리고 가고 싶다고, 자신이 태어나 자란 섬의 풍경을 보여주고 싶다고 자주 말하곤 했다. 섬의 특산품이라는 스파이스를 사용해 요리를 만들어주거나 전통 포크댄스를 가르쳐주기도 했다.

포크댄스를 배울 때 그렇게 복잡한 안무도 아닌데 미쓰에는 영 따라가질 못했다. 발의 움직임에 집중하다 보면 손이 멈추고, 손을 움직이다 보면 발이 어긋났다.

"미쓰에는 뭐든 완벽한데, 춤 하나는 어설프네."

레오가 놀린 것이 분해서 맹훈련을 했다. 어느 정도 몸에 익히고 나서는 가끔 둘이서 춤을 추었다. 달이 밝은 밤, 테라스에서 술을 마시다 말고 레오가 갑자기 일어서면 춤을 추자는 신호였다. 미쓰에는 그의 손에 이끌려서 정원으로 나가 올리브 나무 아래에서 스텝을 밟았다.

고향을 그리워하는 한편, 레오는 일본 또한 사랑했다.

대학에서 동양미술을 배운 후 흥미가 생겼다고 한다. 그래서 일하던 증권회사가 세계대전 이후 일본의 경제성장을 기회로 지점 개설을 정했을 때, 일본으로 부임하고 싶다고 지원했다. 오사카와 교토의 미술관도 종종 찾아가곤 했다. 수묵화와 불상, 우키요에에 관해 레오는 일본인인 미쓰에보다도 훨씬 해박했다. 미쓰에가 어머니와 살던 연립주택보다 몇 배나 넓은 주재원용 아파트에는 오래된 족자와 항아리가 장식되어 있었다.

일본의 고미술품에 한정하지 않고, 레오는 아름다운 것을 마음 깊숙이 사랑하고 경의를 표했다. 그리고 미쓰에에게도 아름다운 것을 접하기를 권유했다. 미쓰에는 기술자일 뿐 아니라 '디자이너'이자 '아티스트'이기에 미적 감각을 갈고 닦아야만 한다고 주장했다.

"나는 미술을 사랑해. 하지만 결국 아무 관계없는 업계에서 일하지."

그렇게 말하는 레오의 눈빛은 평소 같지 않게 쓸쓸해 보였다. 그래도 곧장 평소의 온화한 미소를 되찾고는 말을 이었다.

"미쓰에는 정말로 대단해. 좋아하는 것을 일로 삼고."

미쓰에 또한 레오에게 많은 것을 말했다. 공주님 드레스에 빠져 있던 어린 시절의 일도, 중학교의 동급생과 겨루듯 만들었던 인형 옷도, 그 친구의 어머니가 취직할 곳을 소개해준 사실도.

하루하루 있었던 일도 일일이 보고했다. 치수를 재는 일부터 봉제까지, 한 벌의 옷을 만드는 것을 전부 맡아서 할 수 있게 되었을 때 레오는 자기 일처럼 기뻐해주었다. 선배에게 혼이 난 이야기를 하다가 분해서 눈물이 흘러나왔을 때도 등을 쓰다듬어주었다.

지금까지 누구에게도 말하지 못했던 꿈도, 레오에게만은 털어놓았다.

"나, 언젠가 내 가게를 차리고 싶어."

"미쓰에라면 분명 할 수 있어."

레오는 단언했다.

"기대된다. 어떤 가게가 될지 얼른 보고 싶어."

미쓰에의 꿈은 이루어졌지만, 레오의 바람은 이루어지지 않았다. 미쓰에가 독립하여 산노미야에 염원하던 자신의 가게를 차렸을 때, 미쓰에의 옆에 그는 이미 없었다.

옷을 갈아입고 가볍게 화장한 후 미쓰에는 승용차인 미니를 타고 출발했다.

강렬한 햇살에 선글라스를 썼다. 경사가 급한 산길을 굽이굽이 내려간다. 커브를 하나 돌 때마다 눈앞의 마을이 가까워졌다. 이케다항에서 가까운 다카야마 올리브원의 사무소에 10분도 채 걸리지 않아 도착했다.

뒤편의 빈터를 주차장 대신 쓰고 있다. 차를 세우려고 들어서는데 반대쪽에서 경트럭이 나왔다.

모리시마였다. 상대방도 미쓰에를 확인하고는 옆에 차를 세웠다. 조수석에 젊은 남자가 타고 있었다. 다카야마 올리브원에서 일하는 학생일까. 아니면 모리시마의 지인일까. 어느 쪽이든 처음 보는 얼굴이었다.

"안녕하세요."

미쓰에는 창을 열고 선글라스를 벗으며 인사했다.

"오랜만이네요. 잘 지내시죠?"

모리시마의 굵은 목소리가 들려왔다. 조수석에 앉은 청년도 가볍게 고개를 숙였다.

"네. 덕분에요."

모리시마와 알고 지낸 것은 다카야마보다 훨씬 더 오래되었다. 그는 미쓰에에게 있어서, 레오에게도 마찬가지로 이 섬에서 처음 생긴 친구였다.

당시, 다시 말해 50여 년 전, 젊은 모리시마는 별장관리 회사에 다니고 있었다. 레오가 토지를 구입했을 때부터 담당을 맡았고, 가옥 건설과 정원 조경에 대해서도 세세하게 상담해주었다. 별장이 완성된 이후에도 부재 시의 관리와 손질을 일임해서 맡아주었다.

처음에는 레오를 '레오니다스 씨'라고 불렀다. 고객을 애칭으로 부른다니 실례라고 생각했을 것이다. 미쓰에는 심지어 '사모님'이었다. 서로 식사에 초대하고 초대받을 정도로 친해지고 나서야, 겨우 '레오 씨', '미쓰에 씨'로 정착했다.

모리시마는 그 후 임원까지 승진하여 70세가 되기 직전까지 회사에 다녔다. 퇴직 이후에는 남아도는 시간을 주체하지 못하는 듯했지만, 얼마 되지 않아 다음 할 일을 찾아냈다.

바로 올리브였다.

본가의 귤밭을 몇 년에 걸쳐 올리브로 바꿔 심고, 지금은 수백 그루의 올리브 나무를 재배하고 있다. 수확기에는 미쓰에도 때때로 돕기도 했다. 동급생과 옛 동료들, 섬의 노인들이 차례로 모여서 밭은 온종일 떠들썩했다. 작업 중에도 세상 이야기로 꽃이 피고, 어쩐지 동창회 느낌이 들어서 다카야마의 농원과는 또 다른 활기가 있었다.

"모리시마 씨도 건강해 보이시네요."

그와 만날 때마다 같은 말을 하는 것 같다는 느낌이 들지만, 빈말이 아니라 실제로 그렇게 느끼니까 어쩔 수 없다. 모리시마는 미쓰에보다 열 살 정도 위니까, 벌써 팔십 대 중반에 가까웠지만, 죽을 때까지 현역으로 올리브를 키우겠다는 것이 그의 입버릇이었다.

"미쓰에 씨도 오늘은 저녁까지 있는다면서요?"

"네. 그럴 생각이에요."

"좋아요. 그럼 쌓인 이야기는 그때 천천히 하죠."

어딘지 모르게 의미심장한 말투가 마음에 걸렸다. 성격이 급한 모리시마답지 않다.

그리고 쌓인 이야기라고 해도, 지난달에도 수확을 도우며 얼굴을 마주했었다. 적어도 미쓰에의 신변에는 새롭게 말할 만한 화제는 없었다. 그렇다면 모리시마 쪽에 무언가 말하고 싶은 것이 있는 것일까.

"맞다. 사쿠라다 군."

모리시마가 갑자기 생각난 듯 조수석 쪽을 돌아봤다. 같이 온 청년은 이름이 사쿠라다인 모양이었다. 미쓰에에게 등을 돌린 채 모리시마가 말을 이었다.

"이분이 아까 말한 미쓰에 씨예요."

미쓰에는 고개를 갸웃했다. 아까 말했다고?

"아까?"

미쓰에가 반문했을 때 이미 모리시마는 창을 반쯤 닫은 채였다. 그 말을 들은 사쿠라다의 반응도 그의 그늘에 가려 보이지 않았다.

"그럼 이따 봐요."

모리시마는 슬쩍 한 손을 올리고는 경트럭을 출발했다.

사무소에 다카야마는 없었다. 대신 본 적 있는 여학생이 작업대에서 올리브를 선별하는 중이었다. 집중한 듯 미쓰에가 온 것을 알아채지 못했다.

"고생 많네요."

미쓰에가 가만히 말을 걸었다. 전에는 이름도 알았는데 기억나지 않아서 어쩔 수 없이 생략했다. 최근에는 이런 일이 잦아서 스스로가 한심하게 느껴진다.

그녀는 깜짝 놀란 듯 어깨를 움찔하더니 고개를 들었다.

"아, 미쓰에 씨. 안녕하세요."

꾸벅 고개를 숙인다. 상대는 이름을 기억하고 있기에 더욱 미안해서 미쓰에는 기억을 더듬었다.

"다카야마 씨는 마을 반상회인지 어딘지에 불려갔어요. 금방 돌아올 테니 기다려달라고 전해달라 했어요."

"그렇군요."

건성으로 맞장구를 친 순간, 아, 하고 떠올랐다. 분명 이 아이는 미쿠다. 자기소개를 나누었을 때, 미래(未来)라는 한자를 쓰고 미쿠라고 읽는다고 설명했던 것이 인상에 남아 있었다.

"미쿠 씨 혼자예요?"

아무렇지도 않게 이름을 불러봤다. 네, 하는 쾌활한 답변에 마음이 놓인다.

"그 숄 귀엽네요. 엄청 어울려요."

이곳에서 어린 친구들과 접할 기회가 늘어난 이후, 귀엽다는 말을 듣는 것에도 익숙해졌다. 그녀들에게 있어서는 무엇이든 칭찬할 때 쓰는 표현이다. 미쓰에가 미쿠와 비슷한 나이였을 무렵에는 윗사람에게, 그것도 오십 살 정도나 차이 나는 상대에게 사용하는 말은 아니었지만, 옷을 칭찬받는 것은 기쁘다.

"그래요? 고마워요."

미쓰에는 감사를 표하고는 미쿠 옆에 앉았다. 발아래 올리브가 잔뜩 담긴 컨테이너가 쌓여 있었다.

"나도 도울게요."

"고맙습니다."

올리브 선별은 매우 지루한 단순 작업이다. 손바닥 위에서 열매를 굴려본 후 품질이 좋은지 어떤지 판단한다. 이 섬에서는 예부터 여자의 역할로 여겨져 왔다. 여성 쪽이 남성보다 세세한 수작업에 뛰어나다는 인상이 강하기 때문일까. 미쓰에 세대라면 몰라도, 지금 시대에 그런 식으로 남녀를 구별하는 것은 어울리지 않고, 성별보다 성격 문제가 큰 것 같지만 말이다. 실제로 다카야마 올리브원에서는 남녀 구분 없이 각자의 특성이나 그때의 상황에 따라 일을 분배한다.

나머지는 경험이 전부다. 가령 모리시마의 농원에서 일하는 주부들은 기계처럼 빠르고 정확하게 상처 입은 것만을 맹렬히 찾아낸다. 이런저런 대화를 나누면서도 손은 쉬지 않는다. 미쓰에는 그렇게까지 숙련되지는 않았지만 태어나기를 손끝이 야무지고 눈도 나쁘지 않기에, 스스로 말하기에는 뭐하지만 나름대로 작업이 빠른 편이다.

다만 움직이는 것은 손뿐이다. 그녀들의 대화에는 거의 끼어들지 않는다. 화제는 딸에 대한 불평이나 손주 자랑, 근처 사람들의 소문 이야기가 대부분이다. 딸이나 손주는커녕 남편도 아이도 없는 데다가 타지에서 온 미쓰에로서는 대화에 끼기가 힘들다. 솔직히 말하면 그다지 흥미도 없다. 해봐야 맞장구를 치는 정도로, 묵묵히 작업에만 전념한다.

"그러고 보니, 방금까지 모리시마 씨가 계셨어요."

작업을 재개한 미쿠가 입을 열었다.

"미쓰에 씨가 오신다고 했더니 만나고 싶어 하던데요."

"아, 앞에서 마주쳤어요. 이따가 다시 돌아온다던데."

"그럼, 사쿠라다 씨도 만났어요? 모리시마 씨가 데리고 온 남자분."

"네. 잠깐 본 것뿐이지만."

"엄청 잘생기지 않았어요?"

미쿠의 목소리가 높아졌다. 손의 움직임은 조금 느릿해졌다.

"저, 그런 희미한 얼굴을 좋아하거든요. 조금 더 얘기하고 싶었는데 모리시마 씨가 곧장 데리고 가버려서. 선별 따위 재미없으니 밭을 보러 가자고요. 사쿠라다 씨는 도와주겠다고 했는데."

모리시마는 선별 작업을 무척이나 싫어했다. 본인이 말하길, 자잘한 수작업은 성에 차지 않는다고 한다. 집에서도 "당신이 한 건 어차피 전부 다시 확인해야 돼"라며 아내로부터 전력 외 통보를 받았다.

"그 사람도 학생인가?"

"아니요. 요리를 공부한다던데요. 모리시마 씨네 집은 이번 시즌 수확이 끝났고, 오일은 하지 않잖아요. 그래서 여기도 견학시켜줘야겠다고 생각한 듯해요."

모리시마도 다카야마를 높게 샀다. 쇼도시마의 올리브를 세계로 알리는 귀중한 인재다, 장사를 하는 법도 독창적이고 새롭다, 무엇보다 그곳의 오일은 무척 맛있다, 등등. 취할 때마다 다카야마를 붙잡고 칭찬을 퍼부은 뒤 "이 섬 올리브의 미래는 자네에게 맡기겠네"라고 눈물을 글썽거려서, 술을 마시지 않는 다카야마를 당황하게 한다.

쇼도시마는 다른 지역보다 이주자를 적극적으로 받아들이는 편이라고 들었지만, 오래도록 살아온 주민 중에는 신참을 경계하거나 싫어하는 사람도 없지는 않다. 하지만 모리시마는 그 반대로, 오히려 앞장서서 친해지려고 한다. 타고난 사교성과 배려심에 주로 섬 밖의 사람들을 상대로 하는 직업의 특성이 더해져 생겨난 자질이라고 해야 할까.

"오늘 밤 마침 바비큐도 하고, 타이밍 좋네요."

미쿠의 말에 그렇네, 하고 미쓰에도 끄덕였다. 참석하는 사람들 사이에 교류가 생겨날 것이므로, 젊은 요리사로서는 유의미한 자리일 테다.

"프로가 구워주는 고기는 역시 다르겠죠."

미쿠가 방긋방긋 웃으며 말을 이었다.

"……그러게."

"지난주에 도쿄의 3성급 레스토랑 요리사가 왔다 갔대요. 저는 못 먹었는데 친구가 엄청 자랑했어요. 그렇게 맛있는 파스타는 태어나서 처음 먹어봤다고."

미쿠는 억울한 듯 고개를 저었다.

다카야마 올리브원에서 일하는 젊은 사람들은 점심식사에 대한 기대가 크다. 평소에는 당번제지만, 요리사나 요리 연구가 같은 전문가가 머무는 경우에는 그들이 가볍게 만들어줄 때도 많다고 한다.

"사쿠라다 씨도 꽤 본격적인 것 같던데요. 유럽에서 몇 년이나 수련했다더라고요. 그 얼굴로 영어랑 스페인어까지 하다니, 대박 아니에요?"

미쿠가 한숨을 내쉬었다. '대박'도 '귀엽다'에 견줄 만큼 자주 사용되는 말이다. '귀엽다'와는 달리 긍정적으로도, 부정적으로도 쓰이기에 주의가 필요하지만, 이번에는 알기 쉬웠다.

"이탈리아와 스페인, 포르투갈, 그리고 어디더라……. 맞다. 그리스에도 살았다고 하더라고요."

"그리스?"

손 위에서 굴리던 올리브가 떨어져 미쓰에는 놀라서 주워 들었다. 미쿠는 천천히 고개를 갸웃거렸다.

"그리스 요리라니 신기하지 않아요? 어떤 요리일까."

모리시마가 이야기한 '아까 말한'의 의미를 미쓰에는 뒤늦게나마 알아챘다. 사쿠라다로부터 그리스라는 나라 이름을 듣고 미쓰에에 관해 말한 것이리라. 미쓰에, 그리고 아마도 레오의 이야기를.

사쿠라다 쪽도 흥미를 보였을지 모른다. 미쿠가 말한 대로 그리스라는 나라는 일본인에게 있어 그렇게 가깝다고는 할 수 없다. 도시라면 또 몰라도, 이런 곳에서 그리스에 인연이 있는 사람을 만난다니, 예상하지 못했을 것이다. 모처럼이니 이것저것 대화를 나눠보고 싶다고 생각해도 이상한 일은 아니다.

수수께끼가 풀려서 후련해진 것은 잠깐이고, 금방 마음이 무거워졌다. 미쓰에는 그리스에 관해 하나도 알지 못한다. 그리스어를 할 줄 모를 뿐 아니라, 그리스 요리도 만들지 못하고, 그리스에 가본 적조차 없다.

그저 먼 옛날, 그리스인 연인이 있었을 뿐이다.

별장이 완공된 이후, 특별한 일이 없는 주말에는 섬으로 건너가는 것이 미쓰에와 레오의 습관이 되었다. 금요일 저녁이나 토요일 아침에 고베에서 출발해서 1박 혹은 2박을 하고 일요일에 페리를 타고 돌아오곤 했다.

그 주말도 예외는 아니었다.

일요일 오후, 두 사람은 짐을 싸놓고 정원을 거닐었다. 마중 나오는 차가 오기를 기다리는 동안 올리브 나무를 둘러보기로 한 것이다. 열매와 그 근원이 되는 꽃눈이 달리는 것은 나무를 심고 나서 몇 년 후라고 했지만, 만 3년이 지난 그해, 드디어 몇 그루의 나무가 첫 꽃을 피웠다.

5월의 맑은 하늘에 만개한 하얀 꽃이 피어 있었다. 멍하니 반해서 쳐다보는 미쓰에에게 레오가 말했다.

"나, 다음 달에 그리스로 돌아가."

미쓰에와 사귀기 시작한 후, 레오는 장기휴가도 일본에서 보냈지만, 친척의 관혼상제를 위해 그리스에 다녀오는 일은 몇 번인가 있었다. 그때마다 미쓰에는 일본에서 기다렸다. 며칠이나 일을 쉬는 것은 마음이 내키지 않았고, 말도 통하지 않는 외국인이 친척 무리에 섞이는 것도 이상하리라. 아내라면 몰라도, 미쓰에는 그저 연인에 불과하니 말이다.

레오와 결혼하고 싶은 마음이 없었던 것은 아니었다. 그래도 지금 당장은 아니라고 미쓰에는 생각했다.

결혼에 대한 마음은 크지 않았고, 결혼 준비는 매우 힘든 일이라며 친구들이 겁을 주기도 했다. 거기다가 미쓰에와 레오는 국제결혼이었다. 이제 겨우 한 명의 재봉사로서 인정받기 시작했는데, 사적인 일 때문에 업무를 망쳐서는 곤란했다. 레오 또한 '사랑한다'거나 '계속 함께 있고 싶다'는 말을 부끄러움도 없이 하는 것치고는 결혼이라는 단어는 입에 올리지 않았다. 연인에게 있어 중요한 시기라고 생각해주는 것이라고 미쓰에는 해석했다. 천진하게도.

그랬기에 그날도 천진하게 물었다.

"다음 달 언제?"

"3일."

올리브 꽃을 올려다본 채 레오가 간결하게 답했다.

"그래? 꽤 빠르네. 언제 돌아오는데?"

답은 없었다.

미쓰에는 레오의 얼굴을 살폈다. 본 적 없는 듯한 딱딱한 표정을 짓고 있었다. 가슴이 요동쳐서 질문을 바꾸었다.

"왜 그래? 무슨 일 있었어?"

"더는 일본에 돌아오지 않아."

레오는 빠른 말투로 답했다. 무슨 말을 하는 것인지 미쓰에는 알 수 없었다. 머릿속이 새하얘졌다.

"왜?"

어떻게든 되물었다.

"그리스로 돌아가고 싶다고 내가 회사에 요청했어."

"왜?"

"전부터 생각하고 있었어. 나는 그리스 사람이야. 언제까지 일본에 있을 수는 없어."

"왜?"

스스로도 바보 같다고 생각했지만, 그것 말고 다른 말이 나오지 않았다. 반대로 레오는 답을 할수록 점점 냉정해지는 듯했다. 딱딱해 보이던 얼굴을 풀더니 미쓰에의 눈을 가만히 바라봤다.

"그러니까."

따라와 달라고 말하는 것일까. 미쓰에는 순간 기대했다. 하지만 아니었다.

"이별이야."

레오는 조용히 말을 이었다.

"싫어."

미쓰에는 자신도 모르게 답했다. 싫다. 레오를 잃는다니, 레오가 없는 인생이라니, 절대로 견딜 수 없다.

"나도 같이 갈게. 레오랑 함께."

"안 돼. 데리고 갈 수 없어."

레오가 매정하게 고개를 저었다.

"왜?"

"그거야, 미쓰에한테는 소중한 일이 있잖아? 언젠가 자신의 가게를 연다는 꿈도 있고."

철부지 아이를 달래는 듯한 온화한 말투였다.

"왜? 왜 그렇게 못되게 말해?"

미쓰에는 덤벼들듯 말했다. 새하얗던 머릿속이 새빨갛게 물들어갔다.

"가게는 그만둘게. 재봉은 그리스에서도 할 수 있잖아."

맹렬하게 화가 났다. 뭐든 제멋대로 정해버리는 레오에게. 그리고 그가 언제까지나 옆에 있을 거라 순진하게 믿어왔던 오만하고 어리석은 자신에게도.

"무리야."

"아니야!"

화를 내는 순간, 눈물이 넘쳐흘렀다. 레오가 체념한 듯 한숨을 내쉬었다.

"나한테는 아내가 있어."

저녁의 바비큐에 모인 사람은 총 아홉 명이었다. 다카야마와 그가 전화로 이야기한 자원봉사자 두 명, 미쿠를 포함한 학생이 세 명, 미쓰에와 모리시마, 그리고 예의 사쿠라다까지.

사무소 뒷마당에 식탁이 차려졌다. 그릇과 잔이 놓인 테이블 위로 올리브 거목이 가지를 뻗고 있었다. 이 나무가 미쓰에 정원의 최고령인 루카보다도 나이가 많다고 한다. 나뭇가지에 매달아놓은 랜턴 빛이 어둠을 밝혀서 세련된 레스토랑 같은 분위기를 냈다.

언제 사쿠라다가 말을 걸어올지 미쓰에는 조용히 기다렸지만, 다카야마로부터 오늘의 요리사로 임명받은 그는 느긋하게 대화를 나눌 여유가 없어 보였다. 모두가 건배한 후에는 테이블에서 벗어나 거대한 바비큐 그릴에서 고기와 채소를 계속 구워댔다. 그의 양옆에는 미쿠와 또 한 명의 여학생이 바짝 달라붙어서 바지런히 접시를 내밀었고, 구워진 요리를 이쪽으로 옮겨주었다.

미쓰에의 옆에는 모리시마가 앉았다. 잠시 아무 말 없이 고기를 먹었지만, 접시가 비어갈 때쯤 사쿠라다를 눈으로 가리키며 말했다.

"저 친구, 그리스에서 일했었다고 해요."

"그렇다면서요."

미쓰에는 짧게 답했다. 모리시마는 아직 무언가 더 말하고 싶은 눈치였지만, 마침 미쿠가 와서 고기를 접시에 얹어주었기에 다시 식사로 돌아갔다.

모리시마는 레오와 미쓰에가 원만하게 헤어진 걸로 알고 있다. 당시 레오에게 그렇게 설명을 들었다고 했다. 일 때문에 귀국할 수밖에 없게 됐고, 미쓰에와 대화를 통해 각각 다른 인생을 살아가기로 했다. 이제부터는 연인이 아니라 좋은 친구가 되기로 둘이서 정했다고.

애초에 그들 사이에 이런 대화가 있었다는 사실을 미쓰에가 안 것도 몇 년이 지난 후의 일이다. 레오와 헤어진 후, 미쓰에는 쇼도시마를 찾는 일도, 당연하지만 모리시마를 만날 일도 없었다. 두 번 다시 없을 거라고 생각했다.

갑자기 이별을 통보받은 직후의 기억도 무척이나 애매하게 흐렸다. 미쓰에는 그저 악착같이 일했다. 재봉틀을 밟고 바늘을 움직이고 천을 꿰매는 동안에는 작업에만 몰두할 수 있었다. 즉, 레오를 생각하지―분개하거나 원망하거나 비탄에 잠기지―않을 수 있었다. 다행히 호경기 덕에 가게는 무척이나 바빴다. 미쓰에와 동료들은 휴일도 반납한 채 완전히 지칠 때까지 일하고 쓰러지듯 잠들었다.

레오가 없는 인생 따위 견딜 수 없다고 한때는 진심으로 생각했는데, 분주한 하루하루에 뒤섞여 그의 모습은 조금씩 조금씩 희미해져갔다. 여하튼 미쓰에는 어렸고, 나중에 생각해보면 방어본능이라고도 할 수 있는 심리도 작용했을지도 모른다. 잊어버리지 않는다면 그것이야말로 견딜 수 없었으리라. 몇 년이나 거짓말에 속고 결국에는 버려지다니, 너무나도 굴욕적이었다.

왜 레오가 모리시마에게 헤어진 경위를 각색해서 전했는지도 지금에 와서는 알 것 같다. 처음 들었을 때는 악당이 되는 것이 싫어서 속인 거라고 생각했지만, 아마 그렇지 않을 것이다. 레오는 미쓰에의 자존심을 지켜주려고 한 것이리라. 불륜 끝에 일방적으로 헤어지자는 말을 들은 불쌍한 여자가 아니라, 서로의 인생을 존중하자고 스스로 결단을 내린 어른스러운 여성으로 당당히 가슴 펴고 살 수 있도록.

모리시마가 미쓰에에게 전화를 걸어온 것은 레오가 일본을 떠나고 2년 후의 여름이었다.

그 전화를 미쓰에는 그럭저럭 평정심을 유지하며 받았다. 무슨 용건인지 의아하긴 했지만, 감정이 동요하거나 싫은 기분이 들거나 하지는 않았다. 싫은 기분은커녕, 오랜만에 들은 모리시마의 시원시원한 목소리에서 그리움이 느껴질 정도였다. 레오와의 사랑도, 그 사랑에 관여된 모든 것도 미쓰에에게 있어서는 먼 과거가 되어가는 중이었다.

하지만 모리시마로부터 용건을 들은 순간, 미쓰에는 수화기를 떨어뜨릴 뻔했다.

"레오 씨가 돌아가셨어요."

교통사고였다고 했다. 그것만으로도 충격이었는데, 아직 더 이야기가 남아 있었다. 레오가 그 별장을 미쓰에에게 남긴 것이다. 여러 수속을 위해 한번 섬에 와달라고 모리시마는 말했다.

이렇게나 엄청난 유산을 받아도 좋은 것일까 고민이 없었던 것은 아니다. 실은 사양하는 쪽으로 마음이 기울었다. 그런데 2년 만에 쇼도시마에 가서 별장과 정원을 본 뒤에는 싱거울 만치 마음이 반대 방향으로 바뀌었다.

"제가 거절하면 이 별장은 어떻게 되나요?"

혹시 몰라 모리시마에게 물었다. 그는 마음이 불편한 듯 미쓰에의 눈을 피했다.

"레오 씨의 가족에게 상속권이 넘어가죠."

가족이란, 다시 말해 레오의 아내이리라.

"그래도 레오 씨는 꼭 미쓰에 씨에게 남기고 싶어 했어요. 멋진 하루하루를 보내게 해준 은혜를 조금이라도 갚고 싶다고."

준비성 좋게도 레오는 일본을 떠나기 전에 앞으로의 처리를 모리시마에게 부탁해두었다고 한다. 미쓰에보다 스무 살 넘게 연상인 자신이 그만큼 빨리 세상을 떠날 것을 내다보고 있었는지도 모른다. 빠르다고는 해도, 이렇게까지 빠를지는 생각하지 못했겠지만.

"잠깐만 생각해봐도 될까요."

미쓰에의 말에 모리시마는 신경을 써주듯 나중에 오겠다고 말한 후 자리를 떴다.

쓸쓸하고 고요한 별장 안을 미쓰에는 홀린 듯 거닐었다. 레오는 저기에 있었다. 거실 소파에 눕듯이 앉아서 영어 신문을 읽고, 부엌에서 직접 구운 고깃덩어리를 자르고, 테라스에서 스케치북을 펼쳐서 그림을 그렸다.

기억은 사라진 것이 아니었다. 마음속 깊은 곳에 밀려들어가 있었을 뿐이었다.

스스로도 의외일 정도로 분노도 증오도 쓸쓸함조차도 솟아나지 않았다. 떠오르는 것은 즐거웠던 일뿐이었다. 당연할지도 모른다. 괴로웠던 것은 헤어지던 날, 마지막의 단 하루뿐이었으니까. 그전까지 5년간은 즐거운 일밖에 없었다.

미쓰에는 터덜터덜 정원으로 나갔다. 바람이 강하게 불어 올리브의 나뭇가지가 와삭와삭 흔들렸다. 2년 만에 루카 아래에 섰다.

이별이야. 레오의 딱딱한 목소리가 귓가에 들려오는 것 같았지만 바다에서 불어오는 바람에 날아가 버렸다. 미쓰에는 루카의 줄기에 양팔을 감싸고 마른 나무껍질에 이마를 기댔다. 미쓰에, 라고 몇 번인가 상냥한 속삭임이 들려서 고개를 들었다. 덩치 큰 레오와 눈을 마주치기 위해서는 턱을 들어 올려다볼 수밖에 없었다.

곧게 뻗은 가지에 아직 어린 작은 녹색 열매가 맺혀 있었다. "이 나무에 열매가 맺히면 소금에 절이자"라고 레오는 기쁜 듯 말했었다.

미쓰에는 레오가 죽었다는 소식을 들은 이후 처음으로 울었다. 나야말로 멋진 하루하루를 보내게 해줘서 고마워, 라는 말을 할 기회를 잃고 말았다.

미쓰에가 사쿠라다와 이야기를 한 것은 식사가 시작되고 나서 한 시간 가까이 지났을 무렵이었다.

"사쿠라다 군, 여기에 앉지."

음식을 굽는 일을 어느 정도 마치고 테이블로 돌아온 그에게 모리시마가 손짓했다. 자신의 의자를 내주더니 정원 구석에서 수제 피자 가마에 장작을 넣는 다카야마 쪽으로 성큼성큼 걸어 간다.

"안녕하세요. 처음 뵙겠습니다."

사쿠라다가 조심스레 자리에 앉았다.

"맛있었어요. 잘 먹었어. 요리 일을 하고 있다면서요?"

"네. 아직 경험은 부족하지만요."

사쿠라다는 아버지의 일 때문에 초등학생 때부터 해외 여기 저기에서 살았다고 한다. 고등학교를 졸업한 후에도 현지에 남 아 요리를 배웠다. 미쿠가 말한 것처럼 남유럽의 여러 나라를 돌 며 솜씨를 갈고닦았다고.

"그래도 다음 달부터는 도쿄에서 일하게 되어서요. 일본으로 돌아오기 전에, 이제 한동안은 가기 힘들 것 같아서 유럽을 여기 저기 여행했어요. 친구나 일 관계로 신세를 진 분들에게 인사하 러 돌아다니는 느낌으로 그리스에서 일주일 정도 있었어요."

"그런가요."

여행담을 들어줄 각오를 정하고 미쓰에는 맞장구를 쳤다. 사 쿠라다가 일단 말을 끊고, 몸 전체를 돌려 미쓰에를 바라봤다.

"그리스의 키오스섬이에요. 혹시 아시나요?"

미쓰에는 작게 숨을 들이켰다. 물론 알고 있었다. 키오스섬은 레오의 고향이다.

"그래서, 미쓰에 씨에게 보여드리고 싶은 게 있어서요. 잠시만 기다려주세요."

사무소 쪽으로 달려가는 그를 미쓰에는 멍하니 바라봤다. 보여주고 싶은 것? 사쿠라다의 말투로 봐서는 섬과 인연이 있는 무언가임이 분명하다. 사진? 아니면 특산품이나 민예품 같은 것일까?

곧이어 돌아온 사쿠라다의 손에 든 것을 슬쩍 보고는 미쓰에는 더 어안이 벙벙해졌다.

오래된 스케치북이었다. 표지 뒤편에 필기체 알파벳으로 주인의 이름이 적혀 있었다. 그 이름은 물론, 필적 또한 미쓰에는 알고 있다.

"이것을 부탁받았어요. 레오니다스 씨의 가족으로부터."

사쿠라다는 예전에 그리스 아테네의 시가지에 있는 레스토랑에서 일했다고 한다. 그곳 주방에서 친해진 동료가 키오스섬 출신이었다. 오랜만에 연락했더니, 고향에 돌아와서 가업을 잇고 있으니 놀러 오라고 초대를 받았다.

그 마을은 관광지 같은 곳이 아닌 옛날 모습 그대로의 농촌이었다. 일을 끝낸 후, 마을에 하나뿐인 술집에서 한잔 마시는 것이 친구의 일과로, 사쿠라다도 그를 따라나섰다.

가게에 들어서자 취기가 오른 마을 사람들에게 둘러싸여 질문 공세를 받았다. 그리 놀라운 일도 아니었다. 경험상 이런 유럽의 시골 마을에서 아시아인은 자주 볼 수 있는 사람이 아니었다. 일본인이라고 소개하자 "그럼 야마모토의 친구야?", "사토는 알고 있지?" 등 몇 년 전에 그곳에 들렀다는 호기심 많은 여행객의 이름을 듣기도 했다.

그곳에 머물면서 사쿠라다는 친구와 함께 매일 밤 그 가게를 찾았다. 마음 착한 단골손님들과도 친해졌다. 마을을 떠나기 전날 밤에는 모두가 차례로 술을 대접해주어서 작은 송별회 같은 느낌이 되었다. 취한 남자들이 어깨를 두르고 합창하기도 하고, 그 노래에 맞춰서 춤을 추기도 해서 평소보다 훨씬 더 소란스러웠다.

새로운 손님이 찾아온 것은 모임이 끝나갈 무렵이었다.

오십 대 정도의 백발이 듬성듬성한 중년 여성이었다. 화장을 하지 않고 간결한 복장에 딱히 눈에 띄는 풍모도 아니었지만 취한 남성 손님들만 있는 가게에서는 붕 떠 보였다. 그녀는 천천히 가게를 둘러보더니 사쿠라다를 발견하고는 곧장 그에게 다가왔다.

그리고 아무런 인사도 없이 말을 꺼냈다.

"당신은 쇼도시마를 알고 있나요?"

한 마디씩 끊어서 말하는 듯한 더듬거리는 영어였다. 예스, 라고 사쿠라다가 답하자 그녀의 얼굴이 확 밝아졌다.

"제 숙부가 전에 쇼도시마에 있었어요."

하지만 그녀의 영어 실력은 거기까지가 한계인 듯했다. 그녀는 구원을 바라듯 사쿠라다 옆에 있던 친구에게 그리스어로 말을 걸었다.

그가 빠른 말투로 무언가를 되묻고, 그녀는 손짓발짓을 섞어서 답했다. 대화는 어쩐지 달아오른 것 같았지만, 사쿠라다로서는 종잡을 수가 없었다. 어느 정도 대화가 끝나고 나서 친구가 영어로 설명해주었다.

"이분의 숙부가 일본에서 오래 부임했었대."

사쿠라다가 말하지 않아도 누구의 이야기인지 미쓰에는 알고 있었다.

"그런데 사십 대 후반에 중한 병에 걸려서 그리스로 돌아왔다는 듯했어요."

"병? 레오가?"

미쓰에는 자신도 모르게 끼어들었다. 레오 본인도, 모리시마도 병이 있다고는 말하지 않았다.

"그 숙부는 남은 시간을 1~2년 선고받고, 일을 그만두고 요양하기로 했답니다."

사쿠라다가 미안한 듯 말했다.

"부모님은 이미 돌아가셨고, 가족의 농원은 장남이 이어받은 상태였죠. 그분이 그녀의 아버지이고요. 병에 걸린 동생을 혼자 두는 것이 걱정되어 집으로 불러들였대요."

"잠시만요. 레오의 부인은?"

혼란스러워서 미쓰에는 또 끼어들고 말았다.

"그는 독신이었어요. 그래서 형은 자신과 가족들이 레오니다스 씨의 마지막을 돌봐주고 싶어 했대요."

너무 놀라 할 말을 잃은 미쓰에를 바라보며 사쿠라다는 말을 이었다.

외국에서 돌아온 숙부의 어딘지 수수께끼 같은 분위기는 어린 조카의 호기심을 자극했다. 아픈 사람을 귀찮게 하지 말라고 혼이 나면서도 그녀는 종종 병실에 몰래 숨어들었다. 과묵한 숙부는 병세가 심해지면서 점점 더 말이 없어졌지만, 조카가 조르자 걷잡을 수 없는 듯 추억들을 이야기해주었다. 먼 이국의 이야기에 그녀는 곧장 빨려 들어갔다. 그중에서도 인상적이었던 것은 쇼도시마의 별장 이야기와 숙부가 그곳에서 함께 시간을 보낸 어린 연인의 이야기였다. 그 시절 숙부가 그린 그림도 보여주었다.

"여기요."

사쿠라다가 건네는 스케치북을 미쓰에는 떨리는 손으로 펼쳤다. 바다, 정원, 올리브 나무, 몇 페이지에 걸쳐 풍경화가 이어진 후 호리호리한 여자의 옆모습이 나타났다.

젊은 시절 자신의 초상화를 미쓰에는 멍하니 바라보았다.

"면모가 남아 있네요."

사쿠라다도 감탄한 듯 미쓰에와 스케치북을 번갈아 쳐다보며 말했다.

"이 그림을 그녀에게 보여주고 싶다고 숙부가 안타까운 듯 말했다고 했어요."

레오가 세상을 떠난 후, 조카는 숙부의 유언을 부모님에게 전하며 스케치북을 일본으로 보내자고 말했다. 하지만 어른들은 난색을 표했다.

레오는 일본을 떠날 때 별장을 처분했다고 말했다고 한다. 그 연인의 주소도 알지 못한다. 언어도 통하지 않는 동양의 나라에서, 알지도 못하는 일본인을 찾아내는 것은 불가능하다. 애초에 그녀의 이름조차 듣지 못했다는 것을 뒤늦게 깨닫고, 조카는 절망했다.

"자기도 어린아이였으니까 포기할 수밖에 없었다네요. 하지만 계속 신경이 쓰였다고 말했습니다."

그래서 마을에 일본인이 와 있다는 말을 듣고는 일부러 만나러 온 것이다.

"그래서 결국 도와드릴까요, 하고 묻고 말았어요. 이야기를 듣는 도중에 어쩐지 가슴이 아려와서. 취했기 때문일 수도 있지만, 이것도 무언가의 인연이라는 생각에."

사쿠라다는 작게 웃고는 진지한 표정으로 돌아갔다.

"저에게도 있거든요. 벌써 몇 년이나 만나지 못했고, 지금 어디에 있는지도 모르지만 언젠가 꼭 한번 만나고 싶은 사람이."

그렇구나, 하고 미쓰에는 생각했다. 다양한 나라를 떠돌아다녔다는 이 청년도, 우연한 만남과 이별을 반복해왔겠지.

아테네에서 키오스의 젊은이와 만나고, 키오스에서는 숙부에게 쇼도시마의 이야기를 들은 조카와 만나고, 그리고 쇼도시마에 와서 이렇게 미쓰에를 찾아주었다.

"그래서, 일단 와봤어요. 국산 올리브에도 전부터 흥미가 있기도 했고요."

사쿠라다는 일단 별장관리 회사를 찾았다. 50년 전, 쇼도시마에 별장을 가지고 있던 그리스인은 흔치 않을 것이다. 누군가가 무언가를 기억하고 있을지도 모른다.

"그랬더니 예전 일이라면 모리시마 씨에게 물어보면 된다고 소개를 받았습니다."

사쿠라다가 미쓰에의 등 뒤로 시선을 돌렸다. 모리시마가 담배를 피우며 겸연쩍은 듯 어깨를 움츠리고는 이쪽을 바라보고 있었다.

미쓰에가 문 담배에 모리시마가 라이터로 불을 붙여주고는 자신도 새로운 한 대를 꺼냈다.

"딱히 속이려는 생각은 없었어요."

깊게 연기를 내뿜고 나서 모리시마는 천천히 말을 꺼냈다.

"레오 씨는 그저 미쓰에 씨가 행복해지길 바랐을 뿐이에요."

미쓰에도 이제 와서 레오나 모리시마를 책망할 생각은 없었다. 레오보다도 꽤 오래 살아버린 지금, 그의 기분을 알 수 있었기 때문이다.

만약 병에 대해 털어놓았다면 미쓰에는 전력으로 레오를 간호했으리라. 얼마 남지 않은 시간, 조금이라도 길게 곁에 있고 싶다고 바랐을 것이 분명하다. 일을 비롯해 다른 전부를 내팽개치면서까지.

그리고 그것은 미쓰에를 위한 일이 아니라고 레오는 판단한 것이다. 어린 연인을 희망이 없는 투병 생활에 끌어들이는 것도, 약해진 모습을 보이는 것도 그는 피하고 싶었을 것이다. 그리고 자신이 죽은 후, 미쓰에는 홀로 남겨진다. 마음이 쉽게 회복되지 않을 수도 있고, 절망한 나머지 삶에 대한 의지를 잃어버릴 수도 있다.

자신을 최대한 빨리 잊고 새로운 미래를 바라보게 하는 것이 미쓰에를 위한 최선이라고 레오는 믿었다. 그렇기에 서둘러 미쓰에의 앞에서 사라졌다. 아내가 있다는 거짓말까지 해가며.

"아무리 그래도 너무 심하다고 저는 말렸지만요. 미쓰에 씨니까 그 정도로 하지 않으면 납득하지 않을 거라더군요."

분명 그런 말을 듣지 않았다면 미쓰에는 포기하지 않았을 것이다. 어쩌면 그리스까지 쫓아갔을지도 모른다.

"원망을 살 거다, 미움을 살 거다, 라고도 말했어요. 그랬더니 레오 씨가 뭐라고 했을 것 같아요? 괜찮대요. 미쓰에 씨를 위해서라면 아무리 괴로워도 참을 수 있다더군요. 거참 너무 거창하죠?"

원망을 사고 미움을 사게끔 레오가 스스로 꾸민 것이다. 미쓰에의 마음에 미련을 남기지 않기 위해, 과격한 수단까지 사용해서. 처음에는 무척이나 상처받을지 몰라도, 그 후의 회복은 빠를 거라고 생각했으리라.

"그래놓고 이별 후에는 무척이나 낙담하더군요. 보기 안쓰러울 정도로요. 어두운 표정을 짓고, 이렇게 머리를 감싼 채 한숨만 내쉬고."

과장된 몸짓을 하며 모리시마가 말했다. 풀이 죽은 레오의 모습을 상상하고, 미쓰에는 자신도 모르게 웃고 말았다.

"레오 씨는 그렇게까지 해서 연극을 한 거죠. 그래서 솔직히 미쓰에 씨에게 사쿠라다 군을 만나게 해야 할지 고민했어요. 뭐, 그래도 슬슬 시효가 된 게 아닐까 싶어서."

그렇다. 시효가 된 것이다. 그도 그럴 것이 이렇게 웃을 수 있으니까.

레오도 화를 내지는 않으리라. 그가 바란 대로 레오가 사라진 세상을 미쓰에는 살아냈다. 일에 정열을 쏟고 가게를 열고 수많은 단골손님을 만들었다. 몇 번인가 사랑도 했다. 한 번은 결혼까지 할 뻔했다.

하지만 그중 누구도 별장으로 데려온 사람은 없었다. 그럴 생각조차 없었다. 연애에 빠져 있는 동안에는 일부러 섬에서 멀리 지냈다. 일이 바빠서 좀처럼 갈 수 없는 시기도 있었다. 그럼에도 환갑을 계기로 가게를 접자고 마음먹었을 때, 가장 먼저 떠오른 것은 올리브로 장식된 이 섬의 풍경이었다.

"그거, 마지막 페이지도 보셨나요?"

모리시마의 말에 미쓰에는 담배를 비벼서 껐다. 한 손에 안고 있던 스케치북을 다시금 펼쳤다.

마지막 페이지에 가득 채워져 있는 것은 그림이 아니라 문자였다. 크고 작은 '빛[光]'이라는 한자가 스케치북에 수도 없이 가득 적혀 있었다.

"미쓰에는 내 빛입니다, 라고 레오 씨가 말했어요. 죽으면 그 빛에 이끌려서 영혼은 이 섬으로 돌아올 거라며. 정말로 거창하죠? 일본인은 흉내 낼 수 없을 만큼."

삐뚤삐뚤한 선으로 쓰인 글씨를 미쓰에는 손끝으로 더듬었다. 그랬구나. 레오의 혼이 여기에 있었구나. 미쓰에를 계속 지켜주었구나.

분명 기색은 느껴졌다. 미쓰에, 라고 부르는 목소리가 들렸다. 최근 그 빈도가 늘어난 것은 미쓰에도 레오가 있는 곳에 조금씩 가까워지고 있기 때문일지도 모른다.

"미쓰에 씨, 모리시마 씨."

미쿠의 들뜬 목소리에 돌아보니, 어느새 둘을 제외한 모두가 올리브 나무 아래에서 원을 그리고 서 있었다.

"다들 뭐 하는 거예요?"

모리시마가 물었다.

"두 분도 춤추지 않으실래요? 사쿠라다 군이 그리스의 춤을 가르쳐준다네요."

다카야마가 웃으며 말했다.

서늘한 바람이 미쓰에의 볼을 쓰다듬었다. 올리브 거목이 손을 흔드는 것처럼 나뭇가지를 흔들고 있었다. 즐겁게 춤을 추는 무리와 함께하기 위해 미쓰에는 발을 내디뎠다.

토마토의 약속

이시카와현 고마쓰시 스치 토마토팜

시간이 10분이나 지났는데 비행기는 꿈쩍도 하지 않는다. 좌석 왼쪽의 창문으로 나쓰미는 바깥을 내다봤다. 크레용으로 빈틈없이 칠한 것 같은 평평한 잿빛 지면에 아침햇살이 눈부시게 내리쬐고 있었다.

활주로가 혼잡해서 이륙이 조금 늦어진다는 무뚝뚝한 안내 방송이 나온 후, 추가 안내는 없었다. 이렇게 텅 비어 있는데 도대체 어디가 혼잡하다는 걸까. 고개를 돌려 기내를 둘러봤다. 오른쪽 옆에 앉은 회사원처럼 보이는 정장 차림의 중년 남성은 좌석에 기댄 채 눈을 감고 있었다. 통로를 사이에 둔 너머에는 친구 사이로 보이는 젊은 여성 둘이 작은 목소리로 대화에 열중한 채였다. 그 바로 앞 열에 앉은 백발 노신사는 기내 소식지를 훌훌 넘기고 있었다.

누구 하나 짜증을 내지도, 마음이 급해 보이지도 않는다.

혹시 정시에 비행기가 날지 않는 일이 흔한 것일까. 비행에 익숙지 않은 탓에 알 수가 없었다.

나쓰미가 비행기를 탄 적은 지금까지 단 한 번, 고등학교 수학여행 때였다. 벌써 10년도 전의 일이다. 지금은 한 사람 몫을 해내는 어른이 되었지만, 이렇게 어찌할 도리 없이 가만히 앉아 있다 보면, 고등학생은커녕 무력한 어린아이로 돌아간 것처럼 불안해진다. 신칸센을 타는 편이 나았을까. 고마쓰에서 도쿄까지의 소요 시간은 그렇게 다르지 않다. 역보다 공항이 집에서 가깝기도 하고, 가만히 앉아 있는 시간이 짧고 쾌적하다고 류타가 추천해서 항공편을 택했지만, 늦어질 수도 있다는 말은 듣지 못했다.

허리에 안전벨트를 맨 채로 등을 쭉 펴서 앞쪽을 살펴봤다. 기체 중앙에 3열, 통로를 사이에 두고 그 양옆에 2열씩, 승객의 머리가 같은 간격으로 보인다. 마치 캔에 담은 토마토처럼.

안절부절못하는 기색을 느낀 것인지 옆 손님이 실눈을 뜨고 나쓰미를 슬쩍 본다. 10분쯤 기다리는 걸로도 안절부절못할 정도로 성미가 급한 사람이라고 생각한 것일까. 나쓰미는 시선을 피해 좌석 깊숙이 고쳐 앉았다.

오해다. 나쓰미는 결코 성미가 급하지 않다. 어느 쪽인가 하면 느긋한 편이다.

서두르지 마, 서두르지 마. 돌아가신 할머니는 걸핏하면 그렇게 말하곤 했다. 좋아하는 노래의 한 구절을 입에 담듯, 혹은 소중히 간직한 주문을 읊듯 독특한 리듬을 붙여서. 그리고 그 말대로 어떤 때도 태연히 버티며 흔들리지 않았다. 타고난 성격 때문만이 아니라, 농가라는 직업 특성 탓도 있었을지 모른다. 농업이란 날마다 날마다 작물의 성장을 참을성 있게 지켜보는 일이다. 씨를 뿌리고 싹이 나오기를 기다린 후, 줄기가 뻗고 잎이 늘어나기를 기다린다. 이윽고 작디작은 열매가 맺고 점점 부풀어올라 색이 물드는 것을 또 기다린다.

그 피를 이어받은 나쓰미도 기다리는 일에 익숙하다. 오늘 일 또한 긴 세월에 걸쳐 이룩한 결과라고 말하지 못할 것도 없다. 그래도, 그렇기에 더욱 늦어져서는 안 된다.

갑자기 기체가 쿵, 하고 흔들렸다.

그러고 나서는 거의 기다릴 필요가 없었다. 웅웅 하는 소리를 내며 비행기가 앞으로 달려 나갔고, 몸이 좌석에 떠밀리며 바깥 경치가 비스듬하게 기울었다. 나쓰미는 자기도 모르게 무릎에 올려둔 양손을 기도하듯 맞잡고 있었다.

두둥실 떠오른 비행기는 빛이 비치는 상공을 향해 쑥쑥 나아갔다.

비행기가 구름 위로 떠오르고 얼마 되지 않아 기내 방송이 나왔다. 도착이 정시보다 15분 정도 늦어진다고 했다.

나쓰미는 가슴을 쓸어내렸다. 15분 정도라면 아마 문제없을 것이다. 원래 예정으로는 30분 이상 여유를 가지고 목적지에 도착할 셈이었다. 공항에서 에비스역까지의 환승 경로도 조사해두었다.

가방을 뒤져서 초대장 엽서를 꺼냈다. 사쿠라다 하야토의 가게 주소와 간단한 지도도 인쇄되어 있었다. 안내 문구에 따르면 역의 동쪽 출구에서 걸어서 5분 정도 거리라고 한다.

나쓰미가 하야토와 만난 것은 초등학교 2학년 신학기를 바로 앞둔 봄방학 때였다.

당시 나쓰미는 아직 가나자와시에 살고 있었다. 어머니, 할머니와 함께 여자 셋이 살았다. 나쓰미의 아버지가 남긴 보험금과 할머니의 연금, 그리고 직판장에 파는 토마토의 매출로 가족은 생계를 꾸렸다.

단단해 보이는 기와지붕을 가진 옛날 그대로의 단독주택 뒤편에 두 동의 비닐하우스가 서 있었다. 가족이 먹을 정도의 채소를 키우는 작은 밭도 있었다. 나쓰미는 어렸을 때부터 어머니나 할머니 뒤에 바짝 달라붙어 비닐하우스에서 묘목 일을 돕기도 하고, 밭의 잡초를 뽑으며 용돈을 받기도 했다.

어른들이 바빠서 챙겨주지 못할 때는 혼자서 정원을 탐험했다. 비닐하우스와 밭 외에는 거의 방치한 상태였기에 잡초가 빽빽이 들어선 정원은 아이에게 최고의 놀이터였다. 철쭉 꽃잎을 짓이겨 꿀을 마시기도 하고, 도토리를 줍기도 했다. 섬세하게 레이스를 떠놓은 것 같은 거미줄을 바라보며 질리지도 않고 시간을 보냈다. 나비와 메뚜기를 쫓고, 지렁이와 공벌레를 손가락 끝으로 잡았다. 그리고 나무에 올라 시끄럽게 울어대는 작은 새의 지저귐에 귀를 기울였다.

그중에서도 나쓰미는 안채 옆에 우뚝 솟은 느티나무 거목을 좋아했다. 튼튼한 가지에 올라타서 부드러운 줄기에 몸을 기대고 편한 자세로 정원 전체를 둘러본다. 햇빛을 반사해서 반짝반짝 빛나는 비닐하우스의 지붕도, 사계절의 작물이 자라나는 텃밭도, 따스하게 햇볕을 받은 툇마루도.

그리고, 생울타리를 사이에 둔 옆집도.

옆집은 이 동네에서는 드물게 몇 년마다 사는 사람이 바뀌었다. 시의 교외 지역에 공장을 갖춘 대형 정밀기계 회사가 전근자를 위한 주택으로 빌려서 사용했기 때문이다. 나쓰미가 태어난 이후, 초등학생과 중학생 형제가 있는 4인 가족, 중년 부부 2인 가족, 부모와 여고생 3인 가족 순으로 사람이 바뀌었다. 세 가족 모두 좋은 사람들이었고, 근처에 살면서 불편한 점은 없었지만, 동년배 아이가 없는 것이 나쓰미에게는 아쉬웠다.

그랬기에 이사 인사차 찾아온 사쿠라다 가족과 현관에서 마주쳤을 때, 나쓰미의 가슴은 두근거렸다.

성실해 보이는 부친은 과자가 담긴 봉지를 손에 들고 있었고, 키가 작은 모친은 어린 딸을 품에 안고 있었다. 새까만 눈동자와 하얀 피부가 마치 인형처럼 귀여웠고, 분홍색의 하늘하늘한 원피스가 잘 어울렸다. 그리고 또 한 명, 나쓰미와 비슷한 나이대의 아이가 어머니의 뒤에 숨듯이 서 있었다.

어른들이 서로 자기소개를 마친 후, 과자를 받아 든 나쓰미의 할머니가 물었다.

"아이들은 몇 살이에요?"

그건 나쓰미도 묻고 싶었던 질문이었다.

"위에 아이가 올봄부터 초등학교 2학년이 되고, 아래 아이는 이제 막 두 살이 됐어요."

"저도요."

나쓰미의 말에 사쿠라다 부부의 얼굴이 활짝 폈다.

"잘됐구나. 둘이 사이좋게 지내렴."

나쓰미는 곧바로 고개를 끄덕였지만, 아이는 변함없이 어머니 뒤에서 뭉그적거렸다. 핫짱도 인사해, 라고 재촉해도 아무 말 없이 고개만 숙일 뿐이다. 원래 내성적인 성격인지, 아니면 이사 온 지 얼마 되지 않아 낯을 가리는 것인지 알 수 없었다. 동생과 달리 머리카락이 짧고 감색 티셔츠에 청바지를 평범하게 입었지만, 반듯한 이목구비는 쏙 빼닮았다.

이튿날, 나쓰미는 아침부터 느티나무에 올라 옆집 상태를 살폈다. 건너편 정원에는 밭도 비닐하우스도 없고, 대신 마구 자라난 잔디와 텅 빈 화단이 있다.

나쓰미의 소원이 통한 것인지, 얼마 지나지 않아 정원에 아이가 나왔다. 핫짱이라고 불린 큰아이였다.

"저기, 같이 놀래?"

나쓰미가 소리쳤다. 핫짱은 주변을 두리번거렸다. 여기야, 여기, 라고 나쓰미가 나무 위에서 외치며 크게 손을 흔들었다.

"엄마한테 물어보고 올게."

핫짱이 답했다. 필사적으로 짜낸 건지, 가냘픈 목소리였다. 나쓰미는 부리나케 나무에서 내려와 옆집 문 앞에서 새로운 친구를 기다렸다.

핫짱은 몇 분 지나지 않아 나왔다.

"나는 나쓰미야. 넌 이름이 뭐야?"

하루카, 하나에, 하루나처럼 '하'가 붙은 친구 이름을 떠올리며 물었다.

"하야토."

"하야토?"

남자아이 같은 이름이네, 하고 말하려던 참에 가까스로 자신이 착각했음을 깨달았다.

조금 놀라긴 했지만, 딱히 낙담하지는 않았다. 친구가 생긴다면야 성별은 뭐든 상관없었다. 오히려 남자아이 쪽이 마음 편할지도 모른다. 나쓰미는 인형놀이보다 곤충 잡기에 흥미가 있으니까.

나쓰미는 하야토의 팔을 잡아당겨 정원으로 안내했다. 하야토는 신기한 것을 구경하듯 구석구석 바라보더니 중얼거렸다.

"좋은 정원이네."

역시 마음이 잘 맞을 것 같다고 나쓰미는 확신했다.

하네다 공항은 엄청나게 붐볐다. 짐을 들고 통로를 통과하는 사람들은 다들 무서울 정도로 걸음이 빨랐다.

도착 출구를 빠져나간 직후 류타에게서 전화가 걸려왔다.

"나쓰미, 도착했어?"

"응. 지금 방금. 비행기가 조금 늦어져서."

"알아. 공항 홈페이지에서 봤거든. 그래서 환승 시간도 다시 검색해봤는데, 늦지 않게 도착할 수 있을 것 같아. 게이큐로 시나가와까지 가서 야마노테선으로 갈아타는 거, 잊지 않았지?"

"고마워. 일부러 찾아봐 줘서."

"괜찮아. 귀여운 동생을 위해서 이 정도야 뭐."

대본을 낭독하는 듯한 수상쩍은 말투에 긴장이 조금 배어나왔다. 나쓰미도 장난으로 답했다.

"역시 우리 오빠밖에 없어. 믿음직해."

"아니, 그렇게 부르지 말라니까. 징그러워."

일단 오빠는 오빠다. 생일은 류타 쪽이 3개월 빠르다. 그렇긴 해도 동갑이니까, 의남매가 될 때 서로 반말을 쓰자고 둘이 정한 바 있었다.

어머니가 류타의 아버지와 재혼한 것은 나쓰미가 초등학교 5학년 때였다.

새아버지는 아버지라고 부른다. 본인이 그렇게 원했다. 딸을 갖는 것이 꿈이었다고 했다. 두 사람이 결혼했을 때, 나는 나쓰미를 진짜 딸처럼 키우겠다. 그러니까 나를 진짜 아버지라고 생각해달라, 라는 상냥한 말을 들었다. 지금 생각해보면, 사춘기를 맞이할 즈음의 의붓딸과 잘 해나갈 수 있을까 불안기도 했으리라.

당시 나쓰미는 생각보다 자연스레 '아버지'라는 존재를 받아들였다. 실제 아버지의 얼굴을 사진으로밖에 알지 못하기에, 처음 불러보는 그 호칭에 그렇게 위화감은 없었다. 온화하고 쾌활한 새아버지가 좋기도 했다. 할머니가 돌아가시고 난 후 한동안은 더더욱 그 밝음과 포용력에 구원받았다.

나쓰미가 알지 못했을 뿐, 어머니와 새아버지는 꽤 긴 시간 동안 사귀었다고 한다. 다만 각자의 아이들, 그리고 나쓰미의 할머니를 생각하다 보니 결혼까지는 좀처럼 나아가지 못했다.

할머니도 그것을 알고 있었으리라. 숨을 거두기 직전, 지금까지 고생 많았다, 앞으로는 자유롭게 살아라, 땅에도 집에도 얽매이지 말아라, 라고 어머니에게 말한 것이다. 그러고는 옆에 있던 나쓰미에게 손짓을 했다. 너는 엄마 말을 잘 듣고, 엄마를 도와주라고.

할머니의 유언을 어머니와 나쓰미 모두 잘 따랐다. 장례식이 끝나고 반년이 지났을 때, 어머니는 새아버지와 결혼한 후 상속받은 땅을 처분하고 고마쓰시의 스치 일가로 집을 옮겼다. 나쓰미는 불평 없이 따라갔다.

몇 년이 지난 후, 새아버지 또한 병상의 할머니로부터 유언을 들었다는 사실을 알게 됐다. 병원으로 문병을 갔을 때, 우리 딸과 손녀를 잘 부탁한다고 했다고 한다. 자신의 죽음이 목전에 닥쳐 있다는 것을 깨닫고 있음에도 냉정하게 미래를 내다보고 주도면밀하게 땅을 일구어두다니, 너무나 할머니다웠다. 자네와 이 토마토는 그럭저럭 믿을 만하다는 말을 들었다며 새아버지는 조용히 말했다.

"그럼 끊을게. 힘내."

류타가 말한다.

"힘내라니. 난 그저 밥을 먹으러 가는 건데……."

"하야토에게 안부 전해줘."

의미심장한 웃음소리와 함께 전화가 끊겼다. 나쓰미는 휴대전화를 가방에 집어넣고 혼잡한 무리 속을 걸어 나갔다.

지난달, 하야토가 갑자기 집을 찾아왔을 때, 먼저 그를 맞이한 것은 류타였다.

나쓰미는 비닐하우스 안에서 토마토를 따고 있었다. 스치 토마토팜에서는 5월부터 7월까지 출하하는 봄 토마토 수확을 막 시작한 참이었다.

"나쓰미, 손님 왔어."

류타가 하우스 입구에서 빼꼼 고개를 내밀고 말을 걸더니 곧장 사라졌다.

"손님?"

짚이는 바가 없었다. 근처에 사는 지인일까. 나쓰미는 이마에 두른 수건으로 얼굴의 땀을 닦고 바깥으로 나섰다. 작업복 차림에 화장도 제대로 하지 않았지만, 늘 그랬기에 딱히 신경 쓰지 않았다.

하우스 옆에서 류타와 서서 이야기를 나누는 상대의 옆얼굴은 본 기억이 없었다. 키가 크고 하얀 폴로 셔츠에 해진 청바지를 입고 있었다. 나쓰미나 류타와 동년배일까. 살이 탄 피부를 봐도 그렇고, 다부진 몸을 봐도 그렇고 동업자일지도 모른다.

싫은 예감이 들었다.

재작년, 나쓰미가 5년이나 사귀던 애인과 헤어진 이후, 새아버지는 시간 날 때마다 미혼 남성을 소개해주고는 했다. 너무 끈질기게 굴기에, 그렇게 나를 떠나보내고 싶냐고 농담처럼 항의했더니 무슨 말을 그렇게 하냐며 섭섭해했다. "물론 아버지도 쓸쓸해, 하지만 나쓰미가 행복해지면 좋겠어, 할머니에게도 면이 안 서니까"라며 장황하게 읍소했다. 나쓰미를 평생 비닐하우스에 가둬둘 수는 없지 않느냐며.

나쓰미로서는 갇혀 있다고 생각해본 적은 없었다. 친구의 결혼이나 출산 소식을 듣고, 나는 이대로 괜찮은지 불안해질 때도 물론 있고, 세간의 인식으로는 마음이 급해질 나이라는 자각도 있다. 반면, 이제 와서 모르는 상대와 하나부터 연애를 시작해야한다니, 어쩐지 귀찮아서 마음이 내키지 않았다.

나쓰미의 마음을 못 본 척할 수 없었는지, 어머니도 아버지에게 말을 잘 해준 것 같았다. 요즘 들어서는 별말이 없기에 방심하고 있었는데 아직 포기하지 않은 것일까.

"나쓰미! 얼른 와봐."

류타가 한 손을 들었다. 옆에 있던 남자도 이쪽으로 얼굴을 향했다.

"오랜만이야."

반가운 듯한 말투에 나쓰미는 당황했다. 낮으면서도 귀에 잘 들어오는 목소리도 들어본 기억이 없었다. 다시 한번 그의 얼굴을 제대로 쳐다봤다. 상대도 나쓰미를 말똥말똥 바라봤다.

그때, 나쓰미는 숨을 들이켰다.

"오랫동안 못 만났다며?"

류타의 물음에 고개를 끄덕였다. 목소리가 목에 걸려서 나오지 않았다. 나쓰미를 대신해서 하야토가 답했다.

"초2 때 이후니까, 어디 보자…… 22년 만인가?"

그 무렵은 매일같이 둘이 놀았다.

나쓰미가 더없이 사랑하는 넓은 정원을 하야토도 마음에 들어 했다. 물론 처음에는 사마귀나 도마뱀을 마주칠 때마다 깜짝 놀라 뒷걸음질을 치기도 하고, 느티나무를 오르는 것도 두려워했다. 도시의 아이는 다들 이럴까, 하고 나쓰미는 반쯤 질리고 반쯤 안타까운 마음이 들었지만, 일주일 만에 하야토는 완전히 정원에 익숙해졌다.

이 새로운 친구가 겁쟁이도 아니고 심약한 것도 아니라는 사실을 나쓰미도 그때는 이미 이해한 상태였다. 그저 신중할 뿐이다. 곤충이든 고양이든 화초든 무언가를 만질 때 망설이듯 머뭇거렸던 것은, 작은 생물을 무서워한 탓이 아니라 상처를 주지는 않을까 조심스러웠기 때문이다.

익숙하지 않은 것은 주의 깊게 관찰하고, 괜찮다고 판단하면 가볍게 받아들이는 그 자세는 초등학교에서도 다르지 않았고, 하야토는 교실에도 문제없이 녹아들었다. 호기심의 눈으로 바라보던 반 친구들도 얼마 지나지 않아 어른스러운 전학생을 받아들였다. 하야토 역시 어깨의 짐을 덜어낸 것 같았기에 나쓰미는 남몰래 안심했다. 학교에서는 말이 없는 하야토가 둘만 있을 때는 나름대로 말을 해주는 것도 기뻤다.

하야토는 비닐하우스에서 키우는 토마토에도 관심을 표했다. 초여름에 심어 무럭무럭 자라는 토마토 묘목을 둘러보는 것이 하야토의 일과가 되었다. 둘 사이에서는 이것을 패트롤이라고 불렀다. 잎이 시들어 있거나 줄기의 색이 변해 있는 등 이변이 발견되면 곧장 할머니나 어머니에게 보고했다. 가루받이를 위해 흩뿌려진 노란 꽃 사이를 쉴 새 없이 날아다니는 호박벌에도 하야토는 곧 익숙해졌다.

패트롤 후에는 하우스의 구석에 앉아 이런저런 이야기를 나눴다.

하야토의 아버지는 공장의 생산공정을 관리하는 기술자로, 전국의 제조 거점을 전전한다고 했다. 가나자와보다 더 작은 마을에서 살았던 적도 있다는 말에 나쓰미는 조금 의외라고 생각했다. 하야토의 표준어는 도시에서 자랐기 때문이 아니라 도쿄

출신 부모님의 영향인 듯했다.

　나쓰미는 하야토로부터 멀리 떨어진 알지 못하는 곳의 이야기를 듣는 것을 좋아했다. 태어난 이후로 가나자와 시내를 한 번도 벗어나본 적이 없는 나쓰미는 하우스 안에 옹기종기 앉아 미지의 풍경을 상상하고는 했다.

　"좋겠다. 여러 곳을 다닐 수 있어서."

　어느 날인가 나쓰미가 말했다.

　"한 곳에서 오래 사는 게 더 좋아."

　평소와는 다르게 강한 어투로 하야토가 부정했다.

　"우리 할아버지와 할머니도 그렇거든. 벌써 몇십 년째 같은 집에 살고 계셔."

　"그렇구나. 어딘데?"

　"도쿄 에비스."

　나쓰미는 이상한 이름이라고 생각했다. 마치 외국 지명 같다.

　"양식점을 하고 있어. 단골손님도 엄청 많아. 그 사람들도 몇십 년째 가게를 다니고 있어."

　평소 겸손한 하야토답지 않게 자랑스러운 말투였다. 그러고는 긴장된 표정으로 나쓰미의 눈을 들여다보며 말했다.

　"나도 커서 요리사가 되고 싶어."

　중대한 비밀을 털어놓는 듯한 엄숙한 목소리였다.

　"좋을 것 같아."

　나쓰미도 순순히 답했다. 하야토는 손끝이 야무지니까 요리도 잘할 것 같다.

"나쓰미는? 커서 뭐가 되고 싶어?"

바로는 답할 수 없었다. 유치원 무렵에는 공주님이 되고 싶었고, 올림픽 중계를 보고는 여자 축구선수를 동경했던 적도 있다. 하지만 하야토가 바라는 것은 그런 대답이 아닐 테다.

진지한 눈빛에서 도망치듯 나쓰미는 시선을 피했다. 하야토의 어깨 너머로 나란히 늘어선 토마토 묘목이 눈에 들어왔다. 겹쳐진 잎 사이로 붉고 푸른 작은 열매가 보였다.

"나는 여기서 토마토를 키우지 않을까."

"진짜로?"

하야토가 눈을 반짝였다.

"그럼 언젠가 내가 레스토랑을 열면, 나쓰미가 키운 토마토를 써도 돼?"

여름방학에 수확을 돕고 새빨갛게 완숙한 갓 따낸 열매를 맛본 이후, 하야토는 토마토를 무척이나 좋아하게 됐다. 이렇게 맛있는 토마토는 태어나서 처음 먹어본다며 일곱 살 아이답지 않은 거창한 말로 칭찬하여 할머니와 어머니를 기쁘게 했다.

토마토는 재배하는 인간의 개성이 나오기 쉬운 작물이라고 여겨진다. 같은 품종이라도 옆에 있는 농가의 것과는 어딘가 다르다. 사람의 품격이 투영되는 거라고 할머니는 가르쳐주었다. 어린이가 부모를 투영하는 것과 마찬가지다. 애정과 수고를 잔뜩 들이면, 그에 응해서 훌륭하게 자라니까.

"좋아."

나쓰미가 대답했다. 크게 뜨고 있던 하야토의 눈이 순식간에 가늘어졌다.

"와! 약속한 거다!"

요리사를 지망하는 게 맞을 만큼 하야토는 꽤 연구에 힘썼다. 한때는 토마토에 뿌리는 드레싱을 만드는 것에 열중했다. 소금, 후추, 식초, 간장, 마요네즈와 샐러드 오일을 넣고 정원 한쪽에서 자라는 파슬리와 바질도 잘라서 넣자 꽤 그럴싸했다. 어머니에게 배웠다며 토마토 스테이크를 만들어준 적도 있었다. 토마토를 두툼하게 썰어서 프라이팬으로 구운 것이다. 나쓰미의 집에서는 토마토를 생으로 먹거나 으깨서 조린 소스로만 먹었기에 참신했다.

수확 계절이 끝나자 하야토는 매우 섭섭해했다.

"그 토마토는 이제 더 못 먹겠네."

"내년에 또 먹을 수 있잖아."

나쓰미는 위로했다. 설마 그 내년이 없으리라고는 상상하지 못했다.

이듬해 초봄에 하야토 아버지의 전근이 갑자기 결정됐다. 수확은커녕, 올해의 묘목 심기도 기다리지 못한 채 사쿠라다 가족은 이사를 갔다. 헤어지는 날, 하야토는 처음 만난 날과 마찬가지로 한마디도 하지 않은 채 아래만 바라봤다. 나쓰미도 눈물이 나올 것 같았지만, 겨우 참아냈다. 하야토를 더욱 쓸쓸하게 하고 싶지 않았기에.

하야토네 가족을 태운 차가 떠나간 후, 나쓰미는 텅 빈 비닐 하우스로 뛰어 들어가 엉엉 울었다.

22년 만의 재회인데 서서 말하는 것도 그렇기에 집에 들어가서 이야기를 나누기로 했다. 나쓰미는 가능하면 하야토와 둘이서 대화하고 싶었지만, 류타가 당연한 듯 따라왔다.

"나쓰미의 동급생이라는 말은 나랑도 나이가 같다는 건가. 난 류타, 스치 류타. 잘 부탁해."

하야토에게 사람 좋아 보이는 웃음을 지었다. 류타는 언제나 이렇다. 처음 만나는 상대와도 순식간에 사이좋게 지낸다.

차를 끓여와 세 명이 거실의 낮은 상에 둘러앉았다.

"키, 많이 컸네."

나쓰미가 말하자 하야토는 수줍은 듯 웃었다.

"전에 알던 사람들한테 자주 들어."

조심스러워 보이는 미소는 달라지지 않았다. 어렸을 때는 키가 작고 말랐었어요, 라고 류타에게 덧붙인 후 나쓰미를 향해 말했다.

"나쓰미는 전혀 달라지지 않았네."

거의 민얼굴이었던 것을 뒤늦게 떠올리고는 서둘러 고개를 숙였다.

"어떻게 이곳을 알았어?"

화제를 바꿀 겸 질문을 던졌다. 하야토가 가방을 뒤적거리더니 얇은 책자를 꺼냈다.

"이걸 이시카와현 안테나숍에서 받았거든."

고마쓰산 토마토의 인지도를 높이고자 이시카와현에서 만든 팸플릿이었다. 고마쓰시는 호쿠리쿠 3현에서 유일한 토마토 산지다. 재배 역사와 최신 정보, 토마토를 사용한 레시피 등에 더해 시내의 농가를 소개하는 페이지도 있다.

새빨간 토마토를 얼굴 좌우에 들고 웃는 '스치 나쓰미(스치 토마토팜)'의 작은 사진은 페이지 중간 정도에 실려 있었다. 나쓰미는 내키지 않았지만 젊은 여자 쪽이 사진발이 잘 받는다며 새아버지에게 떠밀려 할 수 없이 승낙한 사진이었다.

"안테나숍이라니, 긴자에 있는?"

류타가 끼어들었다.

"네."

안테나숍이란 지자체가 지역산 특산품 및 관광 정보를 알리기 위해 대도시권에서 운영하는 점포를 말한다. 최근 몇 년간 스치 토마토팜의 토마토도 출하하고 있었다. 고마쓰 시내에서도 유수의 규모를 자랑하는 토마토 농가의 뒤를 잇는 아들로서, 새로운 시도에 적극적으로 도전하고 싶다는 것이 류타의 생각이었다. 도쿄의 직판 이벤트에 출점하기도 하고, 드라이 토마토와 주스 같은 가공품을 기획하기도 하는 등 판로 개척에도 적극적으로 뛰어들었다.

"내가 실려 있어서 깜짝 놀랐어?"

이번에는 나쓰미가 물었다. '기뻤어?'라고 물을 용기는 나지 않았다.

"깜짝 놀라긴 했는데…… 뭔가 이해했어. 전에 말한 대로 되었구나, 싶더라고."

"말한 대로?"

"기억 안 나? 커서 뭐가 되고 싶은지 얘기한 적 있잖아."

"아, 그리고 보니 나 커서 토마토 키운다고 했지."

고개를 끄덕이는 나쓰미를 보고 하야토는 방긋 웃었다.

"나는 요리사가 됐어. 올해 여름에 내 가게를 열 거야."

나쓰미는 자기도 모르게 몸을 앞으로 내밀었다.

"그랬구나! 축하해!"

"오너 셰프인 거야? 엄청나네."

류타도 감탄한 듯했다.

"감사합니다."

하야토가 미소 짓더니, 진지한 얼굴로 돌아왔다.

"나쓰미, 그 약속 기억해?"

진지한 표정에서 과거의 새하얗고 홀쭉했던 소년의 면모가 겹쳤다. 나쓰미의 귓가에 그 옛날 비닐하우스에서 들었던 호박벌의 날갯소리가 웅웅 하고 울려 퍼졌다.

언젠가 내가 레스토랑을 열면…….

"실은 저번에 인터넷으로 스치 토마토팜의 토마토를 사봤어."

멍하니 있는 나쓰미와 류타를 교대로 바라보더니 하야토는 몸가짐을 바로 했다.

"정말로? 어땠어?"

류타가 기세 좋게 물었다. 일반 소비자를 대상으로 하는 인터넷 판매도 류타의 생각이었다.

"엄청 맛있었어요. 도쿄의 슈퍼에서 파는 토마토와는 비교도 안 될 정도로."

"그렇지? 완숙 직전까지 기다렸다 수확하니까 당도가 높거든."

"그래서 부탁이 하나 있습니다."

하야토가 바닥에 양손을 댔다.

"괜찮으시면 이곳의 토마토를 우리 가게에도 공급해주시겠어요?"

"조금만 기다려, 아버지도 불러올게" 하고는 류타는 서둘러 거실을 나가버렸다. 갑자기 조용해진 방에서 하야토가 나직이 말했다.

"아직도 믿기지 않아. 정말로 나쓰미를 만나다니."

"나도 마찬가지야."

사쿠라다 가족이 가나자와를 떠난 이후에도 몇 년인가 편지 교환을 계속했다.

하야토의 아버지는 일단 도쿄 본사로 돌아갔고, 이어서 규슈로, 나아가 체코로까지 전근하게 됐다. 컬러풀한 우표가 잔뜩 붙은 크리스마스카드를 나쓰미는 지금도 소중히 보관하고 있었다. 거기에는 새해에 중국으로 이사하니까 또 편지를 쓰겠다고 적혀 있었다.

나쓰미도 고마쓰시로의 이사를 앞두고 있었지만, 답장에는 일부러 쓰지 않았다. 그 이야기를 쓰려면 할머니의 죽음은 물론, 둘이서 놀던 정원과 비닐하우스를 떠난다는 사실까지 적어야만 한다. 감출 생각은 없었지만, 알리는 것은 조금 더 이후여도 괜찮을 것 같았다. 어찌됐든 다음 편지는 새로운 집에서 보내게 될 테니까.

하지만 그 이후, 하야토로부터 편지가 오지 않았다.

나쓰미는 1년 넘게 계속 기다렸다. 하야토는 이제 막 이사를 했으니 바빠서 편지할 틈이 없을 거야. 어느 정도 안정이 되면 편지를 보내주겠지. 가나자와의 옛 주소로 보낸다고 해도, 고마쓰로 다시 전송될 테니까 문제없을 거야.

"편지, 기다렸는데."

나쓰미는 농담조로 말했다.

"어?"

하야토가 묘한 소리를 냈다.

"나도인데. 답이 없어서 결국 포기했어."

"거짓말! 언제? 내가 마지막에 받은 편지는 체코에서 왔는데."

"체코? 중국에서도 보냈는데?"

"안 왔어!"

둘은 놀라서 얼굴을 마주 보았다.

"어딘가에서 행방불명이 된 건가? 엄청난 시골이었거든. 국제 우편을 보내는 방법을 우체국에서도 잘 모르더라고."

미안, 하고 사과를 받고 나쓰미는 고개를 저었다. 하야토는 편지를 쓰는 일이 귀찮아진 것도, 나쓰미의 존재를 잊어버린 것도 아니었다. 그 사실을 알았다는 것만으로도 충분했다.

나쓰미가 입을 열려는 참에 류타가 거실로 돌아왔다.

"미안, 기다리게 했네."

뒤이어 새아버지도 들어왔다.

토마토 거래에 관해 세세한 조건을 정하고, 하야토의 레스토랑 이야기도 조금 들었다. 이탈리아 요리와 스페인 요리와 포르투갈 요리를 더해 셋으로 나눈 것 같은 요리라는 말은 나쓰미 가족한테 확 와 닿지는 않았지만, 어찌됐든 남유럽풍의 요리를 낸다고 한다. 아버지의 일 관계상 중학교에서 고등학교에 걸쳐 그 주변에 살았다고 한다. 졸업 후에도 현지에 남아 수년간의 수업을 거쳐 귀국한 후, 올봄까지는 도내의 호텔 주방에서 일했다고 한다.

"그곳의 요리사는 지역산 식재료를 소중히 여기거든요. 저도 국산 재료를 살려서 요리하고 싶다고 생각하게 됐어요. 토마토는 어렸을 때의 추억도 있고, 이쪽 것을 사용하고 싶었어요."

그래서 이시카와현의 안테나숍을 들여다보았다고 한다. 그곳에서 상담했더니 고마쓰산을 추천받아 예의 팸플릿을 받게 되었다.

"우리 집 토마토를 골라줘서 영광이네. 어떤 요리가 만들어질지 엄청 기대된다."

류타가 들떠서 말했다. 새아버지와 나쓰미도 함께 고개를 끄덕였다.

"꼭 가게에 와주세요. 맞다. 다음 달, 개점 기념 파티를 하거든요. 관계자들을 초대할 예정이니까, 혹시 괜찮으시다면……."

기쁜 듯 말을 꺼냈다가, 하야토는 도중에 입을 닫았다.

"그래도, 너무 멀죠. 일부러 찾아와 달라는 것도 죄송하네요. 다음에 도쿄에 오실 일이 있을 때라도 언제든 들러주세요."

"아니, 모처럼이니까 찾아봬야죠."

새아버지가 답했다.

"나쓰미, 갔다 오렴."

"어? 근데 6월에는 수확 일이……."

"하루나 이틀 정도는 괜찮아. 항상 고생하는데, 가끔은 바람도 좀 쐬고 해야지."

"그럼, 일단 초대장을 보낼게요."

하야토는 송구한 듯한 얼굴로 세 사람을 둘러보았다.

"그래도 너무 무리하지는 마시고요."

그다음 주, 이번에는 행방불명이 되는 일 없이 제대로 초대장이 도착했다. 수신인에는 류타와 나쓰미의 이름이 둘 다 적혀 있었다.

기대된다, 어떤 옷을 입고 가지? 하고 둘이서 이야기를 나누는데, 새아버지가 옆에서 끼어들었다.

"류타는 가지 마. 나쓰미 혼자 다녀와."

"어? 왜? 나도 초대받았는데."

류타가 불만 섞인 듯 말했다.

"너 참 둔한 녀석이구나."

새아버지는 질린 듯 고개를 저었다.

"엉?"

"사쿠라다 군은 나쓰미의, 그, 저거잖아? 20년도 더 지나서 드디어 만나게 된 거잖아? 운명의 재회란 말이지."

류타도, 그리고 나쓰미도 눈을 동글게 떴다. 옆에서 듣고 있던 어머니가 눈썹을 깔더니, 나쓰미를 향해 미안하다는 제스처를 취했다.

나쓰미의 앞날을 걱정하는 새아버지에게, 그 아이는 예전부터 줄곧 잊지 못하던 남자아이가 있어요, 하고 어머니가 말했다고 한다. 그러니 본인이 그럴 마음이 생길 때까지 내버려두라며.

"딱히 그런 건 아닌데……."

나쓰미에게 있어서 하야토가 특별한 존재였던 것은 분명하다. 그렇다고는 해도 줄곧 잊지 못했다는 건 너무 과장됐다. 아무리 성격이 느긋한 나쓰미라 해도 20년은 기다리지 못한다. 실제로 몇 번인가 사랑도 했다.

"엇, 그럼 원거리 연애가 되는 건가? 설마 나쓰미도 도쿄에 가 버리는 거 아니야?"

"외로워지겠네. 그래도 나쓰미가 행복한 게 최고지."

부자간에 제멋대로 들떠서 설레발을 친다. 농원의 영업 방침과 농법에 관해 의견이 나뉘어 격렬하게 논쟁하는 일도 있지만, 일단 뭉치면 강하다.

"둘 다 너무 성급한 거 아니야?"

어머니가 쓴웃음을 섞어가며 타일러도 제대로 들으려 하지 않는다. 상상력이 너무 넘치는 것도 스치 가문의 핏줄인 것일까. 상상이라기보다는 망상이다. 이야기가 너무 비약되어 있어서 어디부터 고쳐야 할지 알 수 없었다.

"나쓰미, 우리를 잊지 말아줘."

류타가 연극을 하는 말투로 두 손을 모았다.

"뭐, 어쩔 수 없지. 우리보다 한 여자의 행복이 소중하니까."

"잠깐만! 제멋대로 말을 만들지 말라니까!"

나쓰미도 결국 폭발했다. 애초에 하야토 쪽의 사정도 완전히 무시하고 있다. 나이를 생각하면 아내는 물론 아이가 있다 해도 이상하지 않다. 그렇지 않다고 해도 애인이 있을지도 모른다.

"아니, 나쓰미가 도쿄에 가서 해야 할 게 이것저것 있어."

새아버지가 의기양양한 얼굴로 끼어들었다.

"하야토 군의 레스토랑이 번성하면, 그만큼 많은 손님이 우리 토마토를 먹게 되는 거잖아? 인맥도 넓어지고. 그럼 나쓰미는 스치 토마토팜의 홍보부장이 되어주면 돼."

"그런가. 역시, 아버지는 머리가 참 좋아."

"류타. 너도 자주 말하잖아. 채소를 만들면 그걸로 끝이 아니라고. 누군가가 먹는 것까지 포함해서 농업이라고."

"아니, 둘 다, 잠깐 기다려보라니까."

나쓰미가 애원하듯 끼어들었다.

"우리, 지난주에 오랜만에 다시 만난 것뿐인데. 아직 아무것도……."

"알고 있어. 중요한 건 지금부터지."

새아버지가 젠체하는 태도로 나쓰미의 어깨에 손을 올렸다.

"나, 이번에는 빠질게."

류타가 얌전하게 끄덕였다. 자못 심각한 체하는 표정이 부자지간에 쏙 빼닮았다.

"그런 말 하지 말고, 류타도 같이 가자. 혼자 가면 긴장되기도 하고 심심해."

아무리 꼬셔봐도 류타는 듣는 시늉도 안 했다. 나쓰미는 어쩔 수 없이 참석 여부를 알리는 회신용 엽서에 '혼자서 갑니다'라고 써서 보냈다. 이런 사정을 하야토에게 알릴 수도 없었다.

레스토랑에 도착한 건 개시 시간 직전이었다.

역에는 일찍 도착했지만, 지도를 잘못 보고 말았다. 도로가 거미줄 형태로 뻗어 있어서 방향을 알아보기 어려웠다. 길을 물어보려고 해도, 지나는 사람들이 다들 너무 세련돼서 말을 걸지 못했다.

결혼식에 참석할 때만 신는 힐이 높은 펌프스 탓에 다리가 지근지근 아팠다. 마찬가지로 결혼식에서 활약해주는 빨간 반소매 원피스도 무릎 부분이 허전해서 뭔가 어색했다. 허둥지둥하던 참에 땀도 흘리고 말았다. 모처럼 기합을 넣어 화장도 했는데, 번지지는 않았을까. 지난번에 만났을 때도 민얼굴과 마찬가지였으니 이제 와서 신경 쓴다고 해도 늦은 것 같지만.

익숙하지 않은 것은 옷이나 화장뿐만이 아니었다. 모르는 장소로 향하는 것도, 지도와 눈싸움하는 것도, 나쓰미로서는 무척이나 오랜만이었다. 고마쓰에서는 가는 곳이 거의 정해져 있었고, 자동차로 이동할 때는 내비게이션에 의존했다.

사교적인 류타는 나쓰미도 가끔은 하우스 밖으로 나가라고 설교하고는 했다. 청년부 모임이나 학창시절 친구와의 술자리에 끌려 나갈 때도 있었다. 이사한 지 얼마 되지 않았을 무렵, 친구가 없던 나쓰미를 신경 써서 어떻게든 친구를 소개해주려고 애쓰던 기억도 났다. 지금은 나쓰미에게도 현지 친구와 아는 사람이 생겼고, 근처 농가와도 교류했기에 특별히 지루하지도 않지만 말이다.

SAKURADA라고 적힌 작은 간판을 좁은 골목길 끝에서 발견하고는 안도의 한숨을 내쉬었다.

낡았지만 정취 있는 석조 건물이었다. 양식당을 운영하던 조부모의 은퇴를 계기로 가게를 물려받았다고 한다. 더욱 서민적인 가게를 상상했는데, 생각보다 깔끔해 보였다.

나쓰미가 입구에 다가서자 무거워 보이는 목제 문이 안쪽에서 가만히 열렸다.

"어서 오세요."

순간 하야토인가, 했지만 아니었다. 문을 잡아주는 사람은 아직 앳된 얼굴이었다. 스무 살 정도일까. 혹은 십 대일지도 모른다. 검은 테 안경을 쓰고 새하얗고 마른 체형이다.

"스치 씨 맞으시죠?"

어떻게 곧바로 이름을 알아맞힌 것인지 가게 안을 바라보고는 바로 이해했다. 여섯 개의 테이블은 이미 벽 쪽 테이블 하나만을 남겨두고 꽉 차 있었다. 절반이 4인석, 나머지가 2인석이었다. 초등학생 정도의 아이를 데려온 부부도 있고, 백발의 노부부도 있다.

"이쪽으로 오세요."

빈 테이블로 안내받아 자리에 앉았다. 순백의 테이블보 위에 유리잔과 식기가 세팅되어 있었다. 중앙의 커다란 접시에는 테이블보와 마찬가지로 새하얀 냅킨과 메뉴 인쇄지가 놓여 있다.

가게 인테리어도 흰색을 기조로 통일되었다. 길가에 면한 창문으로 햇살이 비추어 가게 안이 밝았다. 다른 테이블에서는 떠들썩하게 대화가 이어지고 있었다.

이야기할 상대가 없는 나쓰미는 무료하게 주변을 살폈다. 옆 테이블에는 사십 대 정도의 부부로 보이는 남녀가 앉아 있었다. 남편은 헐렁한 반소매 셔츠와 청바지를 입었고, 아내는 5부 소매의 검은 티셔츠와 리조트풍의 치렁치렁하고 긴 오렌지색 스커트를 갖춰 입었다.

잘 보니 그들 말고도 손님들 모두 가벼운 복장이었다. 그러면 서도 어딘가 우아하고 세련된 것은 역시 도쿄이기 때문일까.

갑자기 부끄러워져서 나쓰미는 고개를 숙였다. 결혼식용 원 피스는 어울리지 않은 복장일지도 모른다. 너무 힘을 준 것이 시 골 사람 티가 난다고 여겨지면 어쩌지. 그래도 나쓰미는 청바지 나 티셔츠를 그들처럼 멋지게 입을 수 없다. 주변에서는 전부 갖 춰 입었는데 혼자 초라한 옷을 입은 것보다는 낫다며 스스로를 설득했다.

고개를 숙인 채 메뉴를 읽었다. 어뮤즈, 차가운 전채와 따뜻한 전채, 생선 요리, 고기 요리와 디저트. 우리 토마토는 어떤 요리 에 사용될까.

그때, 뒤쪽에서 누군가가 들뜬 목소리로 말을 했다.

"아, 사쿠라다 씨. 축하해요."

구원받은 기분으로 나쓰미는 뒤를 돌아봤다. 하야토와 한마 디라도 대화를 나누고 싶었다. 적어도 모습만이라도 보고 싶었 다. 그러면 무료함도 조금이나마 가실 것 같았기에.

하지만 거기에 있는 것은 하야토가 아니었다.

"오늘 방문해주셔서 감사합니다."

4인 테이블의 손님들을 향해 밝은 미소를 보이는 '사쿠라다 씨'는 젊은 여성이었다. 이십 대 중반 정도일까, 예쁜 사람이다. 하얀 셔츠에 검은 스커트 차림에, 허리에는 검은색 앞치마를 두르고 있다.

나쓰미는 곧장 몸을 돌려 다시 정면을 향했다.

처음으로 떠오른 것은 '새아버지가 실망하겠네'였다. 아마 류타도, 그리고 어머니도.

나쓰미 자신은 그렇지 않았다. 실망보다는 '역시'라는 생각이 먼저 들었다. 조금도 기대하지 않았다고 하면 거짓말이겠지만, 어쩐지 이렇게 될 것을 마음속 어딘가에서 각오했던 것도 같다.

가족들도 이 자리에 와 있었다면 납득할 수밖에 없었으리라. 왜냐하면 그녀는 이 가게에, 그리고 하야토와 딱 보기에도 잘 어울렸으니까.

"여러분, 오래 기다리셨습니다."

명랑한 목소리가 들려와 나쓰미는 고개를 들었다.

가게 안쪽, 주방으로 통하는 것처럼 보이는 문 앞에 새하얀 요리사 코트를 입은 하야토가 서 있었다. 객석의 떠들썩함이 순식간에 조용해졌다.

"오늘 참석해주셔서 감사합니다. 오픈을 맞이하여 신세를 지고 있는 분들을 모셔서 자그마한 파티를 열게 되었습니다."

당당한 목소리였다.

어머니의 스커트 그늘에서 고개를 숙이고 있던 시절과는 그야말로 다른 사람 같았다. 잘 컸구나, 하고 나쓰미는 친척 아주머니 같은 감상을 마음에 품었다. 친구의 결혼식에 참석했을 때, 연단 위에서 새침을 떨고 있는 신부를 볼 때의 심경과도 어딘가 비슷한 마음이었다.

"아시는 것처럼 저는 어릴 적부터 이런저런 땅에서 생활해왔습니다. 그 경험이 요리에도 반영되어 있습니다."

갑자기 가슴 한편이 움찔 아파왔다.

물론 훌륭하게 꿈을 실현한 소꿉친구를 축복하고 싶은 마음은 있었다. 훌륭히 성장한 모습은 감개무량했다. 다만 너무나도 훌륭하기에 조금 쓸쓸했다.

22년 만에 재회하게 되어 하야토가 돌아왔다고 여겼지만, 잘 생각해보니 그는 변함없이 손이 닿지 않는 곳에 있었다. 요리사와 토마토 농가, 둘 다 과거에 얘기한 것처럼 되었다고 하야토는 기뻐했지만, 차원이 다르다. 나쓰미는 꿈을 이룬 것이 아니었다. 하야토가 목표를 향해 착실히 나아가는 동안, 강한 의지나 특별한 노력 없이 그냥 흘러가는 대로 몸을 맡기며 멍하니 세월을 쌓아왔을 뿐이다.

나쓰미도 물론 토마토를 좋아한다. 농작업도 싫어하지 않고, 하우스 안에 있으면 묘하게 마음이 편안하다. 그래도 류타처럼 인생을 걸고 토마토를 기르고 있다고 한 점 부끄럼 없이 말할 수 있는 정열도, 이것이 천직이라고 가슴을 펼 신념도 없었다.

"각각의 도시에서 둘도 없는 만남이 있었습니다. 그런 한편 마지막에는 이렇게 저의 장소를 가지게 된 것을 진심으로 기쁘게 생각합니다."

한 곳에서 오래 사는 게 더 좋아. 아직 변성기도 오지 않았던 어린 하야토의 중얼거림이 나쓰미의 귓가에 되살아났다. 어딘가에 뿌리를 내리고 싶다고 바라던 소년은 오랜 시간이 걸려 이 가게로 도착했다.

나쓰미의 할머니는 가나자와에 뿌리를 내리고 살았다. 어머니는 고마쓰에 뿌리내렸다. 새아버지와 류타 또한 고마쓰를 벗어날 생각은 없는 것이 분명하다.

갑자기 마음이 불안해졌다. 흐름에 몸을 맡기고 살아온 나는 도대체 어디에 뿌리를 내리면 좋지?

"하나하나 마음을 담아 만듭니다. 부디 천천히 즐겨주세요."

하야토가 고개를 숙이자 박수가 터져 나왔다. 나쓰미도 제정신을 차리고 손을 마주쳤다. 한순간이지만 하야토와 눈이 마주쳤다.

행복해 보이는 그의 미소를 보고 퍼뜩 깨달았다.

기념해야 할 날에 모처럼 초대를 받아 왔는데 마음을 어지럽혀서는 안 된다. 내가 할 수 있는 최선을 다해 축복하자. 쭈뼛쭈뼛 비굴하게 생각에 잠기는 일은 그만두고 하야토의 요리를 맛보자.

새삼 그렇게 결의할 필요도 없이, 일단 식사가 시작되자 쓸데 없는 생각을 하고 있을 여유는 사라졌다. 한 그릇 한 그릇 순서 대로 나오는 요리가 전부 맛있어서, 나쓰미는 빠져들어 식사에 열중했다.

가장 인상적이었던 음식은 차가운 전채인 계절 채소 샐러드 였다.

입구에서 맞이해준 젊은 웨이터가 커다란 유리그릇을 사뿐사 뿐 들고 왔다. 다양한 채소가 듬뿍 담겨 있었고, 그 산 정상에 빗 살 모양으로 자른 새빨간 토마토가 자리 잡고 있었다.

"이 토마토, 엄청 달다!"

옆 테이블의 대화가 들려와서 나쓰미는 귀를 기울였다.

"진짜네. 엄청 맛있다."

자신도 모르게 미소가 지어졌다. 생각해보면 모르는 누군가 가 우리 토마토를 맛보는 자리에 함께하는 것은 처음이었다. 새 아버지의 말이 떠올랐다. 채소를 기르면 그것으로 끝이 아니고, 누군가가 먹어주는 것까지를 포함해서 농업이라던 말.

나쓰미도 포크에 찍어 토마토를 한입 가득 물었다. 차갑게 식 힌 토마토가 신선했다.

오길 잘했어.

오늘 처음으로 자연스레 그렇게 생각했다. 류타의 말을 빌리 면, 가끔은 하우스 밖으로 나오는 것도 좋네. 덕분에 자신과 마 찬가지로 하우스에서 자립해온 토마토의 멋진 모습을 발견할 수 있었으니.

"메뉴 뒤편에 오늘의 주된 식재료의 산지를 적어놓았습니다. 괜찮으시면 한번 봐주세요."

웨이터의 말에 나이프 옆에 놓아두었던 메뉴를 펼쳐봤다. 종이 가득 그려진 일본 지도의 북쪽부터 남쪽까지 여기저기 별 표시가 달려 있었다. 그 하나하나에 작은 식재료의 일러스트와 함께 지명과 생산자의 이름이 적혀 있었다.

이시카와현에도 별이 하나 달려 있었다. 통통하고 둥근 토마토 그림 밑에 '스치 토마토팜(고마쓰시)'라고 적혀 있다. 잘 살펴보니 모든 생산지에서 도쿄 쪽으로 가느다란 점선 화살표가 이어져 있었다.

스치 토마토팜과 레스토랑 SAKURADA는 토마토를 통해 이어져 있었다.

나쓰미는 포크를 다시 쥐었다. 아삭아삭 싱싱한 양상추를 씹었다. 갓 쪄낸 감자도, 탱탱하고 굵은 아스파라거스도, 깜짝 놀랄 정도로 맛이 깊었다. 듬뿍 뿌려진 농후한 올리브 오일의 풍미에 상큼한 레몬 산미가 어우러졌고, 튀김옷을 입히지 않고 그대로 튀긴 가지와 부드러운 치즈가 절묘한 향을 더했다.

다시 한번 메뉴의 지도를 가만히 바라보았다. 홋카이도에서 규슈까지, 일본 각지에서 이 그릇 위로 모여든 각각의 식재료를 온 마음을 담아 키워온 사람들이 있다. 사랑으로 키워 이곳으로 보낸 누군가가 있다.

이 아름다운 한 그릇을 그들에게도 보여주고 싶었다.

그 후의 메뉴에도 토마토가 사용되었다. 대구 허브찜 위에는 잘게 자른 양파가 셀러리와 함께 소스가 되어 뿌려져 있었다. 돼지 로스트에도 토마토를 포함한 여러 종류의 구운 채소가 곁들여져 있었다.

식후의 커피를 마시면서 나쓰미는 가게를 둘러보았다. 모두 만족한 표정으로 온화하게 대화를 나누는 중이었다.

혼자 앉은 테이블에서도 더는 불편함이 느껴지지 않았다. 같은 요리를 함께 만끽한 주변 손님들에게서 친근감이 느껴졌다. 여기에 있는 한 명 한 명이 하야토의 인생 어딘가와 연결되어 있기에, 나쓰미와 그들은 친구나 마찬가지이니까.

하야토는 주방에서 나와 돌아가는 손님들을 배웅했다. 돌아갈 준비에 시간이 걸린 나쓰미는 마지막으로 나가게 되었다.

"오늘 일부러 멀리까지 와줘서 고마워."

볼이 상기된 하야토가 말했다. 큰일을 마치고 지쳤을 텐데도, 마치 자신 쪽이 거창한 식사를 해치운 듯한 만족스러운 얼굴이었다.

"나야말로 잘 먹었어. 엄청 맛있었어."

나쓰미가 진심으로 칭찬했다.

"샐러드 같은 것도 프로가 만들면 완전히 다르네. 저 메뉴 뒷면의 일본 지도도 재밌었어. 다양한 산지의 채소를 사용했더라."

"재료가 생명이니까. 특히 샐러드처럼 간단한 요리는 더 그렇고."

"정말로 그렇게 맛있는 샐러드, 먹어본 적 없어."

이렇게 가까이서 마주하고 보니, 그야말로 주눅도 감상도 떠오르지 않았다. 그저 순수하게 하야토가 지금까지 해온 노력을 칭찬하고 싶었다.

"내 힘이라기보다는 식재료의 힘이야."

하야토는 부끄러운 듯 웃는다.

"아니, 요리 솜씨겠지."

말을 되돌려주면서도 나쓰미의 가슴은 희미하게 밝아졌다. 우리 토마토가 하야토의 힘이 되었다면 자랑스러운 일이다.

어릴 적 비닐하우스에서 나눈 약속을 이뤄서 다행이야. 의식한 것은 아니지만, 나쓰미의 마음속 깊은 곳에 하야토의 말이 남아 있었을지도 모른다. 어른이 되고 나서도, 하우스 안에서 작업에 쫓기는 틈새에도, 조용히 묘목 사이를 패트롤하던 어린 시절의 모습을 문득 떠올릴 때가 몇 번이고 있었다.

"다시 한번 축하해. 앞으로가 기대되네."

나쓰미의 말에 하야토가 허리에 손을 얹고 가게를 빙글 돌아보았다.

"정식 오픈을 위해 해야 할 일이 산더미처럼 많지만 말이야. 실은 접객 스태프도 아직 정해지지 않았거든. 오늘은 식구한테 도와달라고 했지만."

시선 끝에는 미인 웨이트리스가 척척 테이블을 정리하고 있었다.

결혼 축하해, 라고 한마디 해야 하는 것일까. 나쓰미가 잠시 머뭇거리는 사이에 대화를 들었는지 그녀가 빙글 돌아 이쪽을 바라봤다.

"오랜만이에요."

상냥한 인사에 나쓰미는 어안이 벙벙했다.

"라고 해도 저한테는 가나자와에 살던 때의 기억이 거의 없지만요."

그녀가 고개를 돌려 옆에 있던 웨이터에게 말을 걸었다.

"너는 아직 태어나지도 않았었지. 내가 두 살 때였으니까."

나쓰미의 온몸에서 힘이 빠졌다. 여동생은 화장 때문에, 남동생은 안경 때문에 알아채지 못했지만, 잘 보니 둘 다 하야토와 닮았다.

주방으로 들어가는 그들을 눈으로 배웅하며 나쓰미는 입을 열었다.

"사이좋네. 가족 간에."

"아니. 알바비를 비싸게 불러서 힘들어. 그래, 나쓰미는 외동딸이었지."

응, 하고 말하려던 차에 류타의 얼굴이 떠올랐다.

"일단 의붓오빠가 생기긴 했지."

"아, 류타 씨."

"응."

"어? 류타 씨가 의붓오빠라고? 남편이 아니고?"

나쓰미는 머리가 멍해졌다. 무슨 소리를 하는 걸까.

하야토가 찾아왔을 때 류타의 간결한 자기소개를 머릿속에서 재생해봤다. 난 류타, 스치 류타. 잘 부탁해.

그러고 보면 나쓰미의 어머니가 재혼해서 나쓰미의 성이 함께 바뀐 것을 알지 못했다면, 류타의 소개만 들은 하야토가 오해했다고 해도 이상하지 않다.

"성이 같기에 틀림없이 류타 씨랑 결혼해서 성이 바뀐 거라고 생각했어."

하야토는 맥이 빠진 듯한 목소리를 냈다. 뭐야, 그런 거야? 그런 거구나. 하고 중얼거린 후 갑자기 등을 쭉 폈다.

"그럼, 다시 만나러 가도 돼?"

흔들림 없는 눈동자는 22년 전, 요리사가 되고 싶다고 선언했을 때와 달라지지 않았다. 서두르지 않아도 되겠지, 하고 나쓰미는 생각했다. 안심한 채 기다리면 돼. 이 사람은 약속을 깨지 않으니까.

"응. 기다릴게."

마치 해가 좋은 날의 하우스처럼, 눈부신 빛이 가득 찬 가게에서 나쓰미는 고개를 끄덕였다.

아스파라거스 꽃다발

초판 1쇄 인쇄 2023년 2월 15일
초판 1쇄 발행 2023년 2월 22일

지은이 다키와 아사코
옮긴이 박제이
펴낸이 이승현

출판1 본부장 한수미
라이프 팀장 최유연
편집 최유연
디자인 하은혜

펴낸곳 ㈜위즈덤하우스 **출판등록** 2000년 5월 23일 제13-1071호
주소 서울특별시 마포구 양화로 19 합정오피스빌딩 17층
전화 02) 2179-5600 **홈페이지** www.wisdomhouse.co.kr

ISBN 979-11-6812-581-0 03830